UNA
TERAPIA
DE
ALTURA

SONIA DAGOTOR

UNA
TERAPIA
DE
ALTURA

Traducción de Patricia Orts

Título original: *ZEN ALTITUDE*
Traducción al español a partir de la edición autopublicada en Francia, 2019

Edición en español publicada por:
Amazon Crossing, Amazon Media EU Sàrl
38, avenue John F. Kennedy, L-1855 Luxembourg
Noviembre, 2020

Diseño de cubierta por lookatcia.com
Imagen de cubierta © jkcDesign © GoodStudio
© VectorUpStudio / Shutterstock
Producción editorial: Wider Words

Impreso por: Ver última página

Primera edición digital 2020

ISBN Edición tapa blanda: 9782496705300

www.apub.com

SOBRE LA AUTORA

Sonia Dagotor tenía treinta y cuatro años cuando, en una noche de insomnio, decidió escribir una trilogía: *Epouse, mère et working girl*. En principio, nada la empujaba a escribir. Casi como su heroína, Marie, Sonia está casada, tiene dos hijos y un trabajo muy absorbente. A pesar de que sus jornadas son muy intensas, todas las noches, después de acostar a sus hijos, tiene una cita con sus personajes e inventa historias en las que todos, hombres o mujeres de cualquier generación, pueden reconocerse.

Después de terminar su trilogía, que obtuvo una calurosa acogida entre los lectores, Sonia publicó *Un voeu pas comme les autres* en julio de 2016, por el que quedó finalista del premio *Plumes francophones*, un concurso organizado por Amazon en el que participaron mil ciento setenta y tres autores.

Una terapia de altura es su séptima novela, ganadora del Premio Literario Amazon 2019 en Francia, y es el primer libro de la autora traducido al castellano por Amazon Crossing.

¡Cuanto más alto se sube, más lejos se ve!

PROVERBIO CHINO

PRÓLOGO

Bérénice es soltera y le aterran los hombres. Por eso, sus amigas del colegio, Gaëlle y Gwen, han tomado cartas en el asunto y han pensado hacerle un regalo muy original por su treinta cumpleaños: una excursión. Algo fuera de lo común, ¿verdad? ¡Es lo mínimo que se puede decir! Como la inspiración les fallaba en el momento de elegir el regalo, entraron en internet y teclearon en el motor de búsqueda: «¿Qué hay que hacer para encontrar el amor?». Al principio solo aparecieron sitios de citas. Justo lo contrario de lo que estaban buscando para su amiga, a la que quieren mucho, a pesar de que la idea de ofrecerle el hombre perfecto pueda sugerir lo contrario. Luego añadieron otras palabras clave a la búsqueda inicial. A saber por qué, entre estas estaban: «Italia, bienestar, desafío, montaña», y entonces se produjo el milagro. El artículo o, mejor dicho, el anuncio rezaba: «Francesco, guía francófono, te acompañará en una excursión especial al monte Meta, en pleno corazón de Italia. ¡Vive la Zen Altitud! Cuarenta y ocho horas serán suficientes para cambiar tu vida y alcanzar tu objetivo mientras recorres los espléndidos paisajes de los Abruzos en un pequeño grupo de cinco o seis personas…».

Total, que esto fue más que suficiente para convencer a las amigas de Béré. El anuncio le va como anillo al dedo. Después del trauma que le causó un antiguo novio, Bérénice parece haberse vuelto alérgica al género masculino. Basta con que un hombre se acerque a ella para que sienta pánico, empiece a sudar y a tartamudear. En pocas palabras, un auténtico desastre.

Dado que sus amigas de la infancia están recién casadas (Gwen incluso va a tener un hijo), Bérénice va perdiendo la esperanza. Organizadora perfecta de despedidas de soltera y de *baby showers*, vive por poderes la felicidad de sus amigas.

¿Llegará su momento? Claro que sí, pero ¿cuándo, por Dios? Y, sobre todo, ¿será capaz de superar la falta de confianza en sí misma y en los hombres en general?

«¿Qué coño imagináis que voy a hacer en Italia? Y por si fuera poco, montañismo. Pero ¿me habéis visto bien?», masculló Bérénice cuando vio la tarjeta de cumpleaños que le habían preparado sus amigas: además de original, en ella aparecía un perro en posición de loto, que, dicho sea de paso, resultaba un poco ridículo.

La verdad es que tenía razón. Bérénice no es nada deportiva, así que refunfuñó, porque eso sí que sabe hacerlo de maravilla, pero, dado que no se puede rechazar un regalo, no le ha quedado más remedio que dar su brazo a torcer. Además, pensándolo bien, jamás ha estado en Italia, a pesar de que el país siempre la ha atraído: su melodioso idioma, sus hombres guapos y morenos, musculosos y con el pelo engominado, pero, por encima de todo, sus innumerables riquezas culinarias. Visto así, de pronto considera que, después de todo, el regalo no ha sido tan mala idea. Tiene dos meses para preparar el viaje. Lejos de su vida cotidiana, podrá sentirse libre para ser ella misma y piensa aprovechar la ocasión.

***

Stéphane fuma demasiado, ¡como un carretero! Hace tiempo vio por casualidad un anuncio que decía: «¿Sueñas con dejar de fumar? Con Francesco es fácil. Francesco te propone una excursión especial que te ayudará a recuperar la actitud zen».

Pensó que podría dejarlo si se inscribía. Él, que fuma más de dos paquetes al día. Él, que no cree en casi nada y que poco a poco está perdiendo el placer de vivir. Ha probado de todo para librarse de esa maldita adicción: los parches, los chicles, el cigarrillo electrónico e incluso la hipnosis, pero es superior a sus fuerzas. El cigarrillo es su remedio contra el estrés, contra el dolor, contra todo. Siempre vuelve a tener ganas de encenderse uno. Por algo dicen que es una droga.

Si dejara de fumar, podría comprarse un BMW, su sueño desde niño. Además del dinero que se ha gastado en tabaco, la dependencia le ha costado también el matrimonio. Su exmujer, Judith, que se puso a hacer yoga y a comer «bio» de buenas a primeras, no soportaba más sus carraspeos matutinos. Un día Stéphane se despertó y vio que ya no estaba a su lado. Se había marchado. A ver si adivináis con quién. ¡Con el profe de yoga, claro! Por suerte, no tenían hijos. Puede que esa porquería del tabaco hasta lo haya vuelto estéril. Nunca se sabe, ¿verdad?

De esta forma, sin saber muy bien por qué, Stéphane se ha apuntado a la excursión de la última oportunidad. La fecha está anotada en rojo en la pequeña agenda que el banco le regaló a principios de año. Porque, a pesar de tener un *smartphone* a la moda, a Stéphane le gustan las agendas de papel.

***

Isabelle es farmacéutica: le encanta su profesión y la ejerce con entusiasmo desde hace más de diez años. Además, confía en tener algún día una farmacia propia. Hasta ahí, ningún problema. Lo malo es que nuestra querida Isa es hipocondríaca. Su mayor sueño (ese que todos consideramos casi imposible de realizar) sería tener en su casa una máquina para hacer escáneres y resonancias: una inversión que resultaría más que rentable, dado el sinfín de consultas inútiles que hace a su médico y a todo tipo de especialistas, cuyos honorarios suelen ser exorbitantes. Si hubiera que hacerle caso, Isabelle habría muerto ya varias veces víctima de diferentes cánceres, imaginarios, ya que solo existen en su cabeza.

Desde hace varios meses, Isabelle visita cada quince días a Béatrice Ferron, su psicóloga. Así pues, cada quince días la señora Ferron se dedica a recoger los pedacitos de su paciente. Son pocas las veces que Isabelle va a verla con ánimo optimista, da la impresión de que no se siente con derecho a la felicidad, cuando, en realidad, todo va sobre ruedas en su vida. Casada y madre de dos hijos sanos, Isabelle no puede evitar sentirse alicaída ni anticipar las enfermedades que sus familiares o ella pueden llegar a contraer.

Hace unos meses, la psicóloga, sin saber cómo remediar el estado de postración en que se encontraba su paciente, le habló de un nuevo tipo de terapia. La señora Ferron había descubierto en una revista especializada las excursiones que organizaba Francesco en una cadena montañosa situada en el centro de Italia. Se la había recomendado ya a uno de sus pacientes, que se sentía agobiado por el estrés, y había regresado feliz y sereno. De hecho, al mismo tiempo que le daba las gracias, dio por terminadas las sesiones. La excursión había sido milagrosa. Así pues, dado que su prioridad no es el dinero, la señora Ferron se la prescribió luego a otros casos desesperados como el de Isabelle. Al principio la farmacéutica se opuso. No podía imaginarse «abandonando» por un solo instante a sus dos hijos: un niño de doce años y una niña de nueve. Romain, su marido, la obligó a inscribirse.

—Los niños son mayores, solo son un pretexto para no avanzar. ¡Joder! —Romain se enfadó—. ¡Haz ese viaje! Solo serán tres días.

—¿Tú crees? —balbuceó ella.

—¡Sí! Nos sentará bien a todos.

Así pues, no muy convencida, Isabelle rellenó el formulario de contacto. En cualquier caso, ya no sabe qué hacer para librarse de la hipocondría. Su estado psicológico empeora día a día. En los últimos tiempos su ansiedad se ha duplicado: retortijones inexplicables (seguramente tiene cáncer), dolores en las articulaciones (la artrosis ha hecho su aparición) y migrañas incesantes (el tumor cerebral es cada vez mayor, es evidente). Isabelle está harta y se reprocha el caer tan bajo. Ya no puede más y, por eso, ha depositado todas sus esperanzas en esa pausa. Confía en que, si no se cura, al menos durante unos días habrá pensado en otra cosa.

***

Fabrice vive solo en su piso de París. Nada le interesa de verdad. Tiene pocos amigos y su familia vive en el sur de Francia. Con el tiempo se ha acostumbrado a la soledad. Habla muy poco durante el día: cuando da los buenos días a los vecinos con los que se cruza ocasionalmente en el edificio y cuando saluda y da las gracias en la caja después de hacer la compra. Además, su trabajo propicia el aislamiento: es programador informático. Por si fuera poco, su pasatiempo preferido, la natación, tampoco le ayuda a hacer amigos. Hace tiempo que Fabrice está triste. Nunca ha sido extrovertido, pero cada vez está más encerrado en sí mismo. Se siente cansado y a veces, sin saber muy bien por qué, le entran ganas de llorar. Preocupado, se lo ha consultado a su médico.

—Todo parece normal —le responde el doctor después de auscultarlo—. Necesita distraerse un poco.

—¿No estoy enfermo?

—No, y eso es ya una buena noticia. Hace tiempo que es usted mi paciente y, sin embargo, sigo ignorando ciertas cosas sobre usted. Soy su médico, así que debo respetar el secreto profesional. ¿Tiene usted novia o convive con alguien?

—La verdad es que no.

—Debería ver gente, salir. ¡Tómese unas vacaciones!

—Hum… Suena bien, pero no sé adónde ir.

—Se me ocurre una idea. Mi primo ha emprendido una actividad bastante agradable. Por lo visto, tiene mucha aceptación.

—¿De qué se trata?

—Organiza excursiones en la montaña, en Italia. Dos días en las alturas y volverá como nuevo. ¿Le gusta la montaña?

—Pues… lo justo.

—Le gustará, créame. El paisaje es magnífico.

—¿Es usted italiano, doctor?

—Solo de origen, mi madre nació allí. Solía ir cuando era más joven, pero mi primo vive en Italia desde la adolescencia. Aquí tiene su número de teléfono, llámelo de mi parte, es un paquete con todo incluido. Él se encarga de todo. Le explicará lo que hace en detalle.

—Me lo pensaré, doctor.

—¡Hágalo! Ya me contará cómo ha ido.

Al volver a su casa, Fabrice ha hecho un pequeño balance. Lo cierto es que si se escapa un par de días, nadie va a echarlo de menos. Además, un poco de aire fresco le sentará de maravilla. El médico tiene más razón que un santo. Vive en situación de autarquía en su piso. No habla con nadie. Debe reconocer que está solo y que se siente… infeliz. Es la primera vez que expresa su estado de ánimo con palabras.

Siguiendo las recomendaciones médicas, Fabrice ha llamado al primo del doctor. En apenas cinco minutos de conversación, Francesco lo ha cautivado y ha logrado tranquilizarlo. Dentro de unas semanas irá a darse una vuelta por la montaña.

***

Audrey está agotada. Desde que Jérôme, su marido, la dejó de buenas a primeras por una mujer más joven, se ocupa sola de sus dos hijos, que tienen seis y cuatro años. No se lo esperaba. Sigue pareciéndole increíble lo que pasó. Eran felices o, al menos, eso era lo que creía. No acaba de entender qué empujó a su marido a buscar en otro sitio. Ella siempre intentó ser la mejor, amante, coqueta, seductora incluso. En la cama sus relaciones eran frecuentes y apasionadas. Nada presagiaba esa huida repentina. Por eso Audrey no entendió una palabra la noche en que, mientras miraban juntos la televisión (a decir verdad, él chateaba en el portátil con la otra, pero ella estaba demasiado absorta para sospechar nada), Jérôme le soltó a bocajarro:

—Tengo que decirte algo.

—¿Qué pasa, cariño? —preguntó ella confiada, desviando ligeramente la mirada de la pantalla, donde estaba viendo una de sus series preferidas.

—Quiero separarme.

¡Boom! Una bomba acababa de estallar.

—¿Qué? Es una broma, ¿no? —replicó ella, descompuesta.

Al ver el semblante alterado de Jérôme, Audrey comprendió que iba en serio. Su marido tenía en ocasiones un sentido del humor bastante peculiar, pero esto era diferente.

—¿Se trata de otra mujer? —preguntó temblando como una hoja, con el estómago encogido.

Jérôme no respondió. «¡El que calla otorga!», pensó Audrey. En ese momento, la pantalla del teléfono de su marido se iluminó. El mensaje llegó a su cerebro. Supuso que al otro lado de la línea aguardaba impaciente la amante de Jérôme. Audrey se levantó despechada. Apagó la televisión, ya que, a todas luces, era la única que la estaba mirando, y fue al piso de arriba a lavarse los dientes y desmaquillarse. A continuación, dio un beso mentolado en la frente a sus hijos y se acostó. Una vez en la cama, las compuertas se abrieron y lloró hasta el agotamiento. Por primera vez, él no se reunió con ella.

A la mañana siguiente, le dijo, como si fuera la cosa más natural del mundo, que había alquilado un piso no muy lejos de allí para poder ver a los niños cuando quisiera. «Será muy fácil, ya lo verás», le aseguró.

¡Facilísimo!

A pesar del engaño, Audrey sigue queriendo a su marido. Y eso que tiene razones más que sobradas para odiarlo. Aparece de cuando en cuando sin avisar para ver a los niños y no manifiesta la menor compasión por ella, con la que ha compartido casi diez años de su vida. A veces se los lleva todo el fin de semana, cuando le viene bien, de forma que Audrey tiene el tiempo justo para ordenar la casa y realizar otras tareas ingratas. Para engatusar a los pequeños ha adoptado un gatito. Los niños están encantados, evidentemente. Querían uno desde hacía tiempo, pero Audrey es alérgica. Otra puñalada en el pecho a esa madre abandonada.

Audrey afronta su carrera y el papel de madre lo mejor que puede. Ha adelgazado mucho desde que su marido se marchó. Al menos, la separación ha tenido algo bueno: liberarla de los kilos que tenía incrustados desde el último embarazo. Ya no tiene tiempo para cenar. Cuando llega la noche, cae rendida después de haber acostado a los niños. Luego se despierta antes de que amanezca y aprovecha para terminar el trabajo que no ha podido acabar durante el día.

Por suerte, sus padres, Philippe y Nicole, están recién jubilados y la ayudan mucho, a pesar de que viven a treinta kilómetros. Su hija está mal, roza el *burn out*, salta a la vista. Así pues, Philippe y Nicole se han hecho cargo de todo. Sobre todo Nicole, la madre. Incluso llamaron a Bertrand, el jefe de Audrey, para pedirle que le concediera varios días de baja.

Al principio pensaron en regalarle una sesión en un centro de talasoterapia, pero luego se imaginaron a su hija entre los clientes de edad avanzada que suelen frecuentarlos y cambiaron de opinión. Si

Audrey está deprimida, es fácil suponer que no puede volver renovada después de haber convivido con tanto abuelito.

Sin saber muy bien dónde buscar y dado que no es muy aficionada a internet, Nicole fue a la librería-papelería de su barrio para hojear las revistas especializadas. No imaginaba que hubiera tantas sobre salud, bienestar y psicología en general. «¿Tan abatido está el mundo?», pensó.

El primer titular que le llamó la atención proclamaba: «Objetivo: adiós al estrés». Justo lo que necesitaba su hija. Hojeó la revista y leyó rápidamente el editorial, que ponía en guardia contra las prácticas sectarias que llevan a cabo los charlatanes para abusar de las personas más frágiles. Tranquilizada por esas palabras, que acreditaban la ayuda, siguió pasando páginas hasta que dio con un artículo muy interesante sobre ecoterapia, también conocida como terapia de la naturaleza o terapia verde. Intrigada, leyó de pasada el artículo y gracias a él supo de Francesco Ricci, un empresario italiano que organiza excursiones llamadas «Zen Altitud» con el objetivo de fomentar el desarrollo personal.

Cuando Audrey encontró la convocatoria en el correo, pensó que era *spam*, pero después se detuvo a leerla y comprendió que era de su madre:

Querida Audrey:

Tu padre y yo pensamos que necesitas un descanso, alejarte de la rutina, aunque solo sea por unos días. Estamos preocupados por ti. Nos gustaría mucho que recuperaras la alegría de vivir y la serenidad. Así pues, queremos regalarte unos días al aire libre. ¡Calma, no te inquietes! No te enviamos a la Luna ni a la otra punta del mundo. Solo estarás fuera tres días.

Además, Bertrand ya ha dado el visto bueno.
Echa un vistazo a los detalles. Nos hemos informado bien, no necesitas ser una gran deportista para subir al monte Meta. Puedes hacerlo de sobra porque eres fuerte. Eres una luchadora y queremos que recuperes la paz interior.

Tu marido es una nulidad. Te mereces algo mejor. ¡No sabes cuánto te queremos!

Mamá y papá.

Tras leer esas líneas, Audrey se echó a llorar como una Magdalena. A decir verdad, Audrey llora siempre. Ya dejará de hacerlo cuando se quede sin lágrimas, piensa.

**

A Francesco le gusta el grupo que ha formado para la próxima sesión de junio. Ha examinado atentamente el formulario de cada candidato. A pesar de que no tiene por costumbre juzgar a nadie, al leer las fichas de inscripción no ha podido evitar la tentación de poner un apodo a cada uno. Bérénice es «la soltera» del grupo. Fabrice, que tampoco se ha casado, es el «solterón». Stéphane «el fumador empedernido», Isabelle «la farmacéutica hipocondríaca» y Audrey «la mamá depresiva». Francesco sonríe. Mientras observa sus fotos, ya se imagina la escena, a pesar de que aún no los conoce personalmente. Piensa que la joven soltera podría hacer buenas migas con el solterón y que, conviviendo con un fumador neurótico, la farmacéutica hipocondríaca podría aprender a relativizar. En cuanto a la depresiva, una buena dosis de autoestima y, ¡alehop! Todo volverá a ser para ella como debe.

Francesco es sincero y pragmático. Además, se equivoca raras veces, cosa que desde luego no le disgusta. Tiene una confianza excesiva en sí mismo. Hay que decir que no le falta nada. Es guapo, alto, moreno y tiene los ojos de color verde océano. Es joven, acaba de cumplir treinta años, y es inteligente. Suficiente para que las jóvenes con las que se cruza sientan que el corazón les da un vuelco al verlo. Porque resulta difícil no sucumbir a sus encantos. Es el típico guapetón italiano en todo su esplendor. Sin duda, por eso aún no ha conocido a la mujer adecuada. Sueña con enamorarse locamente, pero a la vez tiene la impresión de que su necesidad de amar y ser amado no es compatible con lo que emana de él. Por el momento, se contenta con esperar. La mujer de su vida aparecerá tarde o temprano, quizá entre sus próximas clientas.

Hace dos temporadas que Francesco organiza de forma oficial las excursiones al monte Meta y ha descubierto que, además de gustarle la gente, también disfruta haciéndola feliz. La cosa empezó casi por casualidad. Conoce ese pico, el Meta, como la palma de la mano. Para verlo le basta con abrir las persianas de su habitación. Al principio hizo varias excursiones solo, para domesticarlo, y luego invitó a sus amigos y conocidos. Nadie sabe a ciencia cierta qué es lo que sucede en la cima, pero todos concuerdan en que al bajar se sienten transformados.

Hablando con su mejor amigo y cuñado, Giuseppe, a Francesco se le ocurrió la idea de ofrecer esa actividad al público y, como es bilingüe, porque de niño vivió en Francia, se dijo que, además de los italianos, podía intentarlo también con los franceses. Las excursiones tienen lugar cada quince días, del uno de abril al treinta y uno de octubre. Francesco trabaja también como directivo en una fábrica de papel, pero se las ha arreglado para poder consagrarse a esa actividad. Aunque la verdad es que no lo considera un trabajo: en la cima se siente como si estuviera de vacaciones.

PRIMERA PARTE

CAPÍTULO 1

Es el día de la partida. Bérénice no ha pegado ojo en toda la noche. Ha dormido en casa de Gwen, que vive a pocos kilómetros del aeropuerto. Así es más sencillo. Su amiga la llevará a la terminal, es lo mínimo, dada la encerrona en que la han metido ella y Gaëlle con esta estúpida excursión. Aún no ha amanecido. Son las cuatro de la mañana y el vuelo sale a las siete y media.

Bérénice está superestresada. No está acostumbrada a viajar sola ni a dormir en una cama que no sea la suya, no digamos en una tienda a más de dos mil metros de altitud. La aterroriza lo desconocido. Por si fuera poco, ¡en un país cuyo idioma no sabe!

No ha dicho nada a sus amigas, pero está un poco cabreada con ellas por haberle hecho semejante regalo de cumpleaños. ¡Es horrible! ¡Se podría decir que es casi un regalo envenenado! Por si fuera poco, se ha visto obligada a equiparse de pies a cabeza, ya que no tenía nada apropiado para la excursión. Ha sido necesario comprarlo todo: las botas de montaña, la mochila, la cantimplora, el saco de dormir. Además, le ha costado una pasta, a pesar de que en Le Bon Coin había varios artículos rebajados. Soñaba con cocoteros y arena blanca, ese sí que habría sido un regalo estupendo, pero, en lugar de eso, le toca hacer montañismo con un grupo de desconocidos. La foto del guía, que está como un tren, no cambia nada. Aunque al principio pensó que podía ser una experiencia divertida, ahora lo duda seriamente. Se enfurruña al ver su reflejo en el espejo del vestíbulo de su amiga. «¡Vaya pinta! —piensa—. ¿Cómo voy a encontrar novio así? Además, nos han dicho que solo podemos llevar lo mínimo. El único producto cosmético que hace falta es la crema solar. Mejor me callo».

—¡No pongas esa cara de funeral! Parece que vas camino del matadero —comenta Gwen—. ¿En qué estás pensando?

—Me habría gustado que Gaëlle y tú vinierais conmigo —miente.

—¡Es tu regalo, no el nuestro! Además, te recuerdo que en tu cumpleaños estaba superembarazada.

Gwen dio a luz un niño, Mahé, el mes pasado. Es monísimo. Además, duerme ya toda la noche de un tirón. A Béré le encantaría tener un bebé así, algún día…

—Estoy segura de que todo irá bien —prosigue Gwen—. A la vuelta nos lo agradecerás como se debe. Lo intuyo. Bueno, ¡vamos! No debes llegar tarde. El avión no te esperará.

«Ojalá fuera así», piensa Bérénice.

***

—Al aeropuerto de Orly, por favor. ¡Rápido! Llego tarde —exclama Stéphane lanzando una mochila enorme al asiento trasero.

—De acuerdo, señor. ¿A qué hora sale su vuelo?

—¡A las siete y media! Pero ¡ya sabe que hay que presentarse dos horas antes como mínimo! Menudo coñazo —mascula.

Stef está de mal humor. Ha dormido fatal y, por si fuera poco, aún no se ha fumado su cigarrillo matutino. Ya que pretende dejar de fumar, ha pensado que quizá le convenga empezar un poco antes. ¡Mierda! Apenas llega al aeropuerto se enciende uno y estruja el paquete. Si la imagen inmunda de los pulmones enfermos no ha conseguido convencerle de dejarlo, no lo disuadirá ahora. Si pudiera, daría media vuelta. Solo tiene ganas de fumar. Y también de volver a la cama. ¿Cómo se le ocurrió inscribirse en una excursión tan estúpida? Hace siglos que no practica ningún deporte. No está en forma. Sabe de sobra que morirá de cáncer. Esa maldita enfermedad se ha llevado ya a su abuelo y a su tío, a pesar de que no fumaban. Es su destino, así que ¿para qué sirve todo esto?

—Parece usted muy nervioso —se atreve a comentar el taxista.

—Sí, mucho —responde Stef con acritud a la vez que trata de ver por el espejo retrovisor la cara del taxista, del que ha pasado olímpicamente hasta ese momento.

Stéphane lo encuentra bastante singular. Una mano de Fátima cuelga del espejo retrovisor.

—¿Es por trabajo? —insiste el hombre.

—Qué va… —contesta Stéphane exasperado.

—En ese caso, joven, ¿por qué está tan alterado?

Stéphane no da crédito a lo que oye. Si siguen así, no tardará en tutearle. Es su día de suerte: ha acabado en manos de un taxista que ejerce la psiquiatría. Odia charlar. ¿Por qué no lo deja en paz? De haberlo sabido, habría ido en transporte público. De hecho, esa fue su primera intención, pero debía cambiar cuatro veces. Habría sido mejor salir del aeropuerto de Charles-de-Gaulle.

—Vamos, respire, señor. La vida es hermosa —dice el taxista esbozando una gran sonrisa, que se refleja en el espejo.

—¡Eso es lo que usted se cree! La mía es un asco —replica Stéphane cada vez más irritado.

—No diga eso.

—¿Y si se limitara a llevarme al aeropuerto? No he cogido un taxi para hablar. No estoy de humor, la verdad.

El taxista se calla, un poco molesto. Todos los días le tocan varios clientes desagradables. Este no es el primero y sin duda no será el último. ¡Y pensar que el día no ha hecho más que empezar!

Para vengarse, sube el volumen de la radio. France Info retumba en el habitáculo. Las noticias no son alegres. El paro ha subido. Los franceses tienen la moral por los suelos. ¡Peor aún! Un incendio arrasó anoche un edificio en París y murió una familia: una mujer y tres niños. El marido trabajaba de noche y se salvó de la masacre. Por si fuera poco, hay cuatro personas en estado crítico, debatiéndose entre la vida y la muerte. Stéphane se lleva una tremenda impresión al enterarse. Anoche no vio las noticias porque estaba muy ocupado haciendo el equipaje, y ahora mira por primera vez las imágenes en el teléfono al mismo tiempo que oye la radio. El taxista suspira. Stéphane también.

—¿No decía que la vida es hermosa?

**

Fabrice es el primero en llegar al aeropuerto, mucho antes de la hora que indicaba la convocatoria. ¡Ni siquiera han abierto aún el mostrador de facturación!

Fabrice tiene un auténtico problema con la puntualidad, pero no en el sentido en que os imagináis. Al contrario, siempre llega a los sitios con media hora de adelanto. Odia a los que se retrasan. Debe de ser cosa de su rigidez mental. Si él se las arregla para llegar siempre a tiempo, ¿por qué no pueden hacer lo mismo los demás?

Casi no ha dormido. Se ha pasado la noche sacando y metiendo cosas de la mochila para asegurarse de que no se estaba olvidando nada. La lista era muy clara y él la ha seguido al pie de la letra. Incluso ha cogido un poncho impermeable por si llueve, a pesar de que las previsiones, que lleva varios días consultando, anuncian que en Italia brillará el sol. Si bien había programado cerrar los ojos a las diez de la noche, la excitación se lo impidió. O quizá fue el miedo. A medianoche seguía sin poder conciliar el sueño. Piensa dormir en el avión para recuperar las horas de descanso que ha perdido. Así pues, confía en que no le toque sentarse al lado de un charlatán ni de un niño revoltoso.

Le gustaría dejar la mochila en el suelo, pero teme que se la roben; además, si la suelta y se queda dormido... El mensaje del altavoz es muy claro: «Cualquier equipaje abandonado será destruido». Una perspectiva demasiado angustiosa para Fabrice.

Esta mañana su corazón late un poco más rápido de lo habitual. Para Fabrice este viaje representa una apertura al mundo, al contacto con los demás. En cualquier caso, no se trata de algo banal.

A pesar de que aún es pronto, en el aeropuerto se aprecia ya cierta actividad. El aroma a café flota en el ambiente. A Fabrice no le gusta el café. ¿Qué le gusta, en definitiva?

Se ha puesto cerca del mostrador y desde allí observa a los viajeros con la esperanza de ver otras mochilas, pero, por el momento, nada. Aún no han iniciado el viaje y ya piensa que sus compañeros son gente irrespetuosa, que desconoce la puntualidad. El personal de tierra se dispone a abrir. Por fin podrá facturar el equipaje. Mira la hora. Todos deberían haber llegado ya.

Un momento, ¿se habrá apresurado a sacar conclusiones? A varios metros de él una pareja de unos sesenta años abraza a una mujer que lleva una mochila casi idéntica a la suya. Al sentirse observada, la mujer lo mira. Como si lo hubiera pillado en falta, Fabrice aparta la vista, pero la joven se aproxima y se planta delante de él. Fabrice alza los ojos, que se cruzan con los de ella, aún empañados. Para un tímido como él, supone una agresión en toda regla. Se da cuenta de que la joven es guapa, espontánea, con una melena de color castaño claro que cae sobre sus hombros, hundidos por el peso de la mochila. A pesar de que sonríe, Fabrice percibe un profundo cansancio en su semblante.

—Esto... ¿Zen Altitud? —osa decir cohibido, sin saber qué añadir.

La joven suelta una carcajada. Fabrice se rasca la cabeza. ¿Ha dicho algo divertido? Es una risa nerviosa, seguro. La verdad es que podría habérsele ocurrido otra cosa, como «Buenos días», por ejemplo. Ella, en cambio, puede hacerlo.

—¡Hola! Me llamo Audrey —suelta alegremente tendiéndole la mano—. Yo también voy a la excursión, sí. Con una pinta así, no es fácil pasar desapercibida.

—Me llamo Fabrice. Disculpe lo de «Zen Altitud». Ha sido grotesco.

—¡Para nada! —replica ella riéndose de nuevo—. Estoy encantada de hacer... Podemos tutearnos, ¿no? Es más agradable.

—No sé si lo conseguiré, pero voy a intentarlo —dice Fabrice avergonzado.

La situación le hace remontarse a quince años atrás, cuando una espléndida joven se atrevió a abordarlo. Sucedió en casa de un amigo. Él tenía dieciséis años y no solían invitarlo a las fiestas. Ella era mayor, sin duda, y además un verdadero bombón. Él no supo qué responder, tan hipnotizado quedó por su mirada chispeante, su boca carnosa, su melena suave. Jamás le había dirigido la palabra una diosa así, a él, que tenía la cara llena de granos y llevaba ortodoncia. Cuatro años llevó el maldito aparato. En todo ese tiempo ninguna chica lo besó. Aunque tampoco después, por cierto. Pobre Fabrice. Cortada al ver que no hablaba, ella debió de pensar que era memo. Incapaz de decir una palabra, Fabrice la vio pasar a otra cosa, mariposear de uno a otro. No la ha vuelto a ver, pero a veces se acuerda de ella. Ojalá no se hubiera atascado ese día.

—¿Has visto más compañeros? —pregunta Audrey.

—Creo que somos los primeros.

—¿Qué hacemos? ¿Esperamos un poco?

—No sé... —responde él mirando el reloj con nerviosismo.

—Acaban de empezar a facturar. Solo será cuestión de unos minutos. ¿Te apetece un café?

—No, gracias. No me gusta.

—Ah, ok. Yo, en cambio, necesito el café para carburar. No me gusta demasiado, pero tengo la impresión de que no sirvo para nada hasta que no me bebo uno. Me tomo uno por la mañana, cuando me despierto; después otro en el despacho, el primero; luego está el de mediodía, a veces uno a las tres. Luego basta, paso al descafeinado.

Fabrice ha encontrado a su charlatana. La joven es una auténtica cotorra. Si se sientan juntos en el avión, ya puede ir despidiéndose de la siesta, piensa con cansancio.

—Y dime, ¿cuál es tu objetivo? —pregunta Audrey.

«La bocazas es curiosa», se dice Fabrice. Es algo personal, no tiene ganas de revelarlo al primero que pase. Ya fue bastante complicado contarlo en el formulario. Vaya, si hubiera sabido que le iban a preguntar de buenas a primeras cuál era su objetivo, habría elegido otro. ¿En qué lío se ha metido? Empieza a arrepentirse de su decisión. Por suerte, Audrey es bastante simpática. Bocazas pero simpática, además, no está nada mal.

—No te molestes, lo entiendo. No quieres hablar del tema, ¿es eso? Eres tímido, ¿verdad?

—Es que… —balbucea Fabrice.

—No, da igual. No te justifiques. Lo siento. Discúlpame. Cada uno tiene sus propias razones para hacer este viaje. Yo no tengo tabúes, pero cada persona es diferente. Si me preguntas por qué estoy aquí, te lo diré sin problemas. Aunque quizá hayas entendido ya cuál es mi problema.

—¿El estrés?

Audrey se echa a reír.

—¿Tanto se nota?

—Parece un poco nerviosa.

—¿Parece? ¿Estás hablando conmigo? —dice ella cambiando de tema como una veleta—. ¿No hemos quedado en tutearnos? —le reprocha.

—Sí, pero yo dije que lo intentaría.

La mujer le cansa; no, cansancio no es la palabra. El efecto es cien mil veces superior. Debería dejar el café y las demás drogas. Está muy alterada y habla a tal velocidad que apenas la puede seguir.

—Por favor, tutéame. Para mí es importante. Si no, tengo la impresión de tener sesenta tacos y solo tengo treinta y seis.

—¿De verdad? ¡Yo tengo treinta y dos!

—¡Ah, caramba! ¡Aparentas más! —dice espontánea—. Uy, perdón. Voy demasiado rápido…, soy muy torpe. Siempre me precipito. Discúlpame. Hablo sin pensar, me lo reprochan a menudo.

—No me molesta. Quiero decir… No me molestas —asegura él—. Sé que aparento más, en cualquier caso.

Audrey lo desnuda con la mirada, cosa que incomoda mucho a nuestro gran tímido. Piensa que a Fabrice no le favorece esa ropa de montaña. Además, el corte de pelo es tremendo. ¿Desde cuándo no ha ido al peluquero? Casi parece que se corta el pelo solo. Luego están las gafas. Francamente, ¿de qué colección son, de la de 1930?

—Entonces, ¿cuál es tu objetivo? —pregunta Fabrice en tono divertido, consciente de que ella lo está escrutando de pies a cabeza.

—Evitar una crisis nerviosa.

—¡No es posible! —exclama Fabrice—. ¡Aún te queda mucho por pasar, pobre!

Audrey se echa a reír y contagia a Fabrice, que se da cuenta de que ha conseguido hacer reír a una mujer varias veces en unos minutos. Recuerda que, según reza la cultura popular, hacer reír a una mujer es el mejor recurso para llevársela a la cama. El humor se le da bien. Quién se lo iba a decir. Se ríen tan a gusto que arrancan una sonrisa a los desconocidos que los observan. Algunos sacan incluso el móvil para grabar la escena. Tienen que parar, porque si no acabarán saliendo en las redes sociales, cosa que a Fabrice no le gusta demasiado. No ven a la gran rubia que entretanto se acerca a ellos: Isabelle, la farmacéutica hipocondríaca. Mientras camina se desinfecta las manos con gel hidroalcohólico por si debe estrecharles la mano.

—¡Buenos días! Esto, perdón… ¿Sois del grupo de excursionistas «Zen Altitud»?

Al oírla, Fabrice y Audrey recuerdan cómo se conocieron hace un rato y vuelven a echarse a reír sin poder evitarlo. Lloran literalmente de risa, así que tardan un buen rato en calmarse. Cuando al final lo consiguen, se enjugan las lágrimas y recuperan el aliento para responder a Isabelle, que sigue plantada como un palo a su lado, esperando la respuesta.

—Buenos días, lo siento. Sí, somos también del grupo de excursionistas —responde Audrey exhalando un gran suspiro—. Ay… Me duelen hasta los abdominales. ¡Esto promete! Me llamo Audrey y este es Fabrice, el alma de la fiesta. Creo que no nos vamos a aburrir.

—Y yo espero no aguaros la fiesta. Soy Isabelle. Farmacéutica y sosa —dice estrechándoles la mano con firmeza.

Se hace un gran silencio. Se miran. ¿Será Isabelle el grano de pimienta en la sal?

—¡Es broma! —añade al cabo de un instante—. Bueno, es cierto que me llamo Isabelle y que soy farmacéutica. Ya me diréis si soy aburrida o no dentro de cuarenta y ocho horas —dice con una sonrisa crispada, que deja a la vista unos dientes de una blancura deslumbrante.

Tanto es así que Fabrice se pregunta si se habrá cepillado bien los dientes. Ah, sí, ahora se acuerda. Pero no recuerda haber metido el cepillo de dientes en el neceser. ¡Qué cagada! Si lo ha olvidado de verdad, tendrá que comprar uno. La higiene dental es importante.

—Caramba, me has asustado —exclama Audrey—. Qué guay que haya una farmacéutica en el grupo. En fin, que eres nuestra doctora. Apuesto a que llevas un montón de medicamentos en la mochila.

—Lo justo —miente Isabelle.

A su espalda no hay una mochila típica de excursionista, sino una farmacia ambulante. Isabelle es previsora. Quién sabe lo que puede suceder allí arriba. Recuerda el correo que le envió Francesco cuando ella le mandó el formulario debidamente cumplimentado.

De: Francesco Ricci [francesco@zenaltitud.it]
A: Isabelle Flatot [isa.fla76@gmail.com]
Asunto: Recomendación

Querida Isabelle:

Estoy encantado de que participe en la ascensión al monte Meta que tendrá lugar el próximo 8 de junio. He leído cuál es su objetivo. Quiero que sepa que llevo todo lo necesario y que, por tanto, no es necesario que traiga sus medicamentos.

Considérelo el primer paso en su curación.

Atentamente,
Francesco.

Isabelle no respondió a la afrenta. ¿Quién se creía que era? Por descontado que llevaría lo que considerara imprescindible. ¿Quién era él para pedirle algo así? Hace veinte años que lucha contra la hipocondría. No se puede cambiar en un día. ¡Menudo atrevimiento!

Isabelle aparta este pensamiento. Nadie lo sabrá. Será discreta. Solo espera que la botella de jarabe contra la tos productiva no se rompa durante el viaje. A menos que sea el de la tos seca.

La cola ante el mostrador empieza a alargarse, de forma que Fabrice propone a sus amigas ir a facturar el equipaje.

Al otro lado del cristal, fuera del aeropuerto, Stéphane se ha fumado cinco cigarrillos, uno tras otro. Tiembla como una hoja. Se dice que es imposible, que no lo va a conseguir. Pero cuando se dispone a llamar a un taxi para volver a su casa, ve a una bonita joven apearse de un Twingo aparcado en la zona de estacionamiento. Luego, tras echarse una mochila de excursionista a la espalda, se despide de la conductora del coche.

Ojalá vaya al mismo sitio que él, se dice Stéphane esperanzado. Acto seguido, se lanza un reto a sí mismo: «¡Si consigo abrazar a esa tipa, dejaré de fumar para siempre! ¡Prometido!».

Y, como el caballero que es, tira la colilla al suelo con un golpecito. Una anciana lo ve y le regaña:

—¡Los ceniceros están para algo!

—Tiene razón. ¡Disculpe!

Consciente de su gesto, Stéphane coge la colilla del suelo, pero, al hacerlo, el peso de la mochila casi lo hace caer de bruces, cosa que hace sonreír a los viajeros que asisten a la escena. A continuación se dirige hacia el cenicero más próximo sin dejar de mirar a la encantadora joven que se dirige hacia él con la melena suelta.

—¡Así está mejor! —refunfuña la anciana.

En el fondo, Stéphane no es tan estúpido.

***

Bérénice ha visto al energúmeno que no le quita ojo. El pobre es un vagabundo. Recoge las colillas del suelo. ¡Qué horror! Pero ¿por qué la mira con tanta insistencia? Es indecente. Se ruboriza. Él se acerca a ella:

—¡Señorita! ¡Eh, señorita!

Bérénice pasa de él, le parece patético. Un asco. ¿Es que no sabe que la palabra «señorita» ya no se usa? Es una cursilada.

—¿Es usted del grupo Zen Altitud? —aventura él.

Bérénice se para en seco y Stéphane, que la sigue pisándole los talones, tropieza con ella. Primer contacto físico. La joven siente una arcada. ¿Cómo se atreve a tocarla?

—Perdón, lo siento, pero es que se ha parado usted tan de repente... No me ha dado tiempo a esquivarla —se disculpa Stéphane.

—¿Ha dicho usted Zen Altitud?

—¡Sí! Voy a participar en una excursión con ese nombre. Al ver su mochila, he pensado que... quizá usted vaya también.

—Y yo, al ver la suya, he pensado que era usted un vagabundo.

—Ah, ok. ¡Un punto para usted!

—Puf, menuda suerte...

—No le entiendo.

—Yo también voy a participar en una excursión que se llama Zen Altitud. Supongo que no habrá cincuenta con ese nombre. Vaya, eso significa que voy a tener que soportarlo. Y apuesto a que su objetivo es abrir un estanco. ¡Porque por lo visto le apasiona recoger colillas del suelo! ¿Las recicla?

—Hum... La verdad es que no. Más bien me gustaría dejar de fumar.

—¡Pues tendrá que esforzarse!

—Es dura conmigo. ¿Se puede saber qué le he hecho?

Es cierto. Salvo haberla mirado como si fuera un pedazo de carne, no ha hecho nada malo. Debe de temer mucho a los hombres para mostrarse tan agresiva. Ella, que es más bien tímida, normalmente huidiza, se ha lanzado enseguida contra ese guaperas. Por fin, se detiene para mirarlo a los ojos. Caramba, la verdad es que no está nada mal. Recuerda a Patrick Dempsey cuando empezó en *Anatomía de Grey*. Lo malo es que apesta a tabaco, es asqueroso. Si lo que pretende es dejar de fumar, le va a costar lo suyo. Ojalá no se siente a su lado en el avión, piensa Bérénice. No deben facturar el equipaje a la vez. ¡Si no, será un desastre!

—A ver, diga, ¿qué le he hecho yo? —repite él.

—Puf… Nada.

—¡Así está mejor! Me llamo Stéphane. ¿Y usted? —dice él tendiéndole una mano, que ella ni siquiera se digna mirar.

—¿Estoy obligada a responder?

—Vamos a pasar tres días juntos, acabaré sabiéndolo.

—Bérénice. Es mi nombre —cede ella de mala gana.

—Es un nombre antiguo, ¿no? Y eso que debe de tener unos veinte… o veinticinco años como mucho. ¿Me equivoco?

¿Está tratando de averiguar con disimulo su edad? A pesar de sentirse adulada, Bérénice tarda en responder. No tiene ganas de hablar. Es temprano, no le apetecía salir de viaje con unos desconocidos, y mucho menos contarles su vida.

—¿Su abuela se llamaba así? —insiste él.

Bérénice se exaspera y exhala un suspiro.

—No, mi abuela no se llamaba así. No me gusta mucho mi nombre, la verdad. Pero ¿quiere que le diga algo, señor sabelotodo? Hay cosas que no se eligen, como nacer niño o niña, o el nombre de pila.

—Bueno, bueno… Yo me llamo Stéphane —prosigue él.

—Ya lo ha dicho.

—Me gusta mucho mi nombre —continúa Stéphane—. Creo que mis padres eligieron bien.

—¡Genial! No sabe cuánto me alegro por usted —suelta ella en tono irónico—. Pero, dígame, ¿piensa usted seguirme hasta el retrete?

Stéphane no se ha dado cuenta de que Bérénice ha entrado en el baño de mujeres. Media docena de ojos lo fulmina.

—¡Coño! Perdón, señoras... —se disculpa mientras retrocede tapándose los ojos y tropezando con el carrito de la limpieza—. ¡La espero fuera, Bérénice!

—¡No! ¡No hace falta! Encontraré el camino sola —dice ella desde el interior del excusado.

Bérénice se entretiene con la esperanza de no volver a verlo antes de llegar a Italia. ¡Es exasperante!

Al final, sale de su escondite, asoma la cabeza y no lo ve. Uf, se ha marchado. Bérénice lanza un gran suspiro. ¡Por fin sola! Pero luego, mientras se dirige hacia el mostrador de facturación...

—¡BU! —le grita Stéphane detrás de la oreja surgiendo de la nada.

La gente lo mira con desdén. No se dice «BU» en un aeropuerto. La gente está muy tensa después de los atentados. Pronunciar la palabra «BU» debería ser motivo de cárcel. Un grupo de militares, que ha asistido a la broma de Stéphane, se ríe entre dientes.

—¡Confiese que me ha echado de menos! —dice.

—¡Déjeme en paz, por favor! Hasta hace un rato no lo conocía y no quiero que eso cambie. En el nombre Zen Altitud está la palabra ZEN, de manera que confiaba en encontrar un poco de tranquilidad. Y usted, ¡usted me agota! Voy a facturar mi equipaje. Le agradecería que dejara pasar a unos diez pasajeros entre usted y yo antes de facturar el suyo. No quiero sentarme a su lado en el avión.

—Reconozco que no puede ser más clara.

—¡Aleluya!

Por desgracia, y en contra de lo que esperaba, no hay diez personas detrás de Bérénice. Es evidente que ella y Stéphane son los últimos en facturar. Tras realizar las correspondientes formalidades, Bérénice se aleja sin siquiera mirarlo. La azafata de tierra invita a acercarse a Stéphane, que se ha parado a una buena distancia del mostrador.

—Buenos días, señor. Queda un asiento justo al lado de la joven que acaba de marcharse. Tengo la impresión de que se conocen, ¿no?

—La verdad es que no.

—Lo digo porque los vi llegar juntos. ¿Le pongo su lado?

—Uy, me temo que si nos sienta juntos hará saltar una alarma de bomba para que el avión no pueda despegar.

—De acuerdo, entonces procuraré evitarlo.

La azafata busca por todo el avión. Por desgracia, solo quedan dos asientos disponibles y los dos están al lado de Bérénice. Al final, alza la cabeza con aire afligido y anuncia el veredicto a Stéphane.

—No puedo hacer nada, señor Berteau. Tendrá que sentarse al lado de la señora Levieux. Así que procure contenerla.

—¿Ha dicho usted Levieux, *le* y luego *vieux*? ¿«Los viejos»?

—Exacto —corrobora la azafata—. Solo que todo junto.

—Supongo que no puede decirme su fecha de nacimiento.

—Supone usted bien. ¡Buen viaje, señor Berteau! —contesta la empleada, entregándole la tarjeta de embarque.

Stéphane se aleja del mostrador sonriendo. Pobre Bérénice. No solo no ha podido elegir ser niño o niña, no solo no ha elegido su nombre, además, la combinación con su apellido es desastrosa. ¡Le conviene casarse! Desde luego, Bérénice Berteau suena mucho mejor, piensa divertido.

Capítulo 2

Fabrice, Isabelle y Audrey pasan la aduana juntos. Con gran pesar, Fabrice se ve obligado a abandonar la pequeña botella de agua que acaba de comprar. Las reglas son las reglas, tiene que conformarse, no hay más remedio. Se fija en la corpulencia del agente de seguridad y considera que no vale la pena discutir. Alertado por uno de sus compañeros, el guardia hace una mueca al ver los cinco envases de gel hidroalcohólico que Isabelle lleva en el bolso.

—¿Va a desinfectar el asiento del avión con todos estos productos? —suelta con una sonrisa irónica.

—Muy gracioso. No, la verdad es que me lo bebo. Me encanta —responde ella sarcástica.

El agente no parece entender del todo su sentido del humor. Dado que las mejores bromas son las más cortas, Isabelle se explica:

—Soy farmacéutica. Si quiere, puedo enseñarle mi carné profesional. ¡Tenga! ¿Lo ve? ¡Soy yo! —dice apoyando el pequeño carné en una de sus mejillas—. El contenido de los envases es inferior a cien mililitros. No puede quitármelos.

—¡Circule, vamos! —dice—. Mira que hay gente rara —murmura luego discretamente a su compañero, que vigila las pantallas.

El comentario no se le escapa a Audrey, que en ese momento está franqueando el arco de seguridad, cuya función no está del todo clara, pero que suena a su paso. «Siempre me ocurre a mí», piensa ella. La agente de seguridad la invita a hacerse a un lado.

—Es un control aleatorio, señora. Abra las piernas y levante los brazos, por favor.

—Soy inocente, se lo juro —gime Audrey.

—Estoy segura.

La agente la registra con demasiada agresividad para el gusto de Audrey y comprueba si tiene huellas de partículas químicas en sus temblorosas manos. Qué bien le vendría ahora un Alprazolam. Ha pensado tomarse uno antes de despegar. Necesita relajarse.

—Ya está. Puede marcharse. Buen viaje.

Audrey se reúne con sus nuevos compañeros, pero su corazón ya no está con ellos. La idea de no ver a sus hijos en varios días la entristece de repente. Fabrice percibe su cambio de humor, pero solo piensa en una cosa: comprar un cepillo de dientes, una botella de agua y un paquete de chicles. A esa hora ya no está tan seguro de que su aliento sea todo lo fresco que debería ser, a pesar de que, por precaución, no ha comido queso para desayunar. Nunca se sabe: si Audrey se queda dormida en su hombro durante el vuelo… Su asiento es el 15B, justo entre las dos mujeres, a las que les han correspondido el 15A y el 15C respectivamente. Isabelle, que es previsora, se ha puesto ya el cojín cervical de color naranja fluorescente para no perderlo.

***

Mientras Fabrice se para en la farmacia para comprar lo que necesita, Audrey vaga por el quiosco buscando un libro divertido. Hace años que no se sumerge en una novela, a pesar de que antes le encantaba leer. Una cubierta con una furgoneta le llama la atención. El título, lleno de esperanza, *Es hora de volver a encender las estrellas*, la ayuda a decidirse. No conoce a la autora, una tal Virginie Grimaldi, pero qué más da, lo compra de todas formas.

Isabelle, por su parte, va al baño con la esperanza de evacuar antes de subir al avión. En condiciones normales, lo hace a esa hora. El tránsito de Isabelle es tan puntual como un reloj. El menor cambio de vida le produce unos desarreglos intestinales colosales. Isabelle se ha hecho cuatro colonoscopias y tres fibroscopias en pocos años. Cualquiera diría que le gusta. Por descontado, Isabelle no tiene nada, ni siquiera un pequeño pólipo benigno. «¡Las tuberías están perfectas!», le dijo el médico que efectuó los últimos exámenes. Pero Isabelle sigue sin creérselo. Que no tuviera nada la última vez no significa que no pueda haber aparecido algo después. Debe efectuar un nuevo control, pedirá cita en cuanto vuelva.

La idea de evacuar en el minúsculo baño del avión le produce una gran ansiedad, así que preferiría que todo se resolviera antes. Ha puesto una gruesa capa de papel higiénico encima de la taza, después de haberla desinfectado con el gel limpiador. Y eso que el retrete no puede estar más limpio. El olor es tan aséptico que da la impresión de estar en una perfumería. A esa hora de la mañana casi no ha entrado gente aún y, además, la limpiadora acaba de salir.

Isabelle espera con los codos apoyados en las rodillas. Solo se da cuenta de que lleva allí veinte minutos cuando oye que la llaman por el altavoz.

«Se espera a los pasajeros Berteau, Levieux y Flatot para el embarque inmediato, vuelo EV10283 con destino Nápoles».

***

Isabelle sale a regañadientes del baño. Solo espera que luego no le duela la barriga durante el vuelo. En el peor de los casos, puede tomarse una Buscapina. Siempre lleva unas cuantas pastillas encima, por si acaso.

Un hombre pasa por delante de ella hecho una furia. Debe de ser el otro pasajero al que han llamado como a ella. Isabelle echa también a correr como una exhalación hasta el mostrador, donde el personal de navegación les lanza una mirada reprobatoria. Isabelle ignora que el hombre que le precede también forma parte del grupo de excursionistas de Zen Altitud. A los dos les cuesta tanto recuperar el aliento que no se miran a los pies. Si lo hicieran, tendrían una pista. De hecho, llevan casi el mismo modelo de botas de montaña, casi idéntico, ya que él calza un cuarenta y tres justo, mientras que Isabelle usa un cuarenta y uno largo. Por el contrario, a Stéphane no le pasa desapercibido el cojín cervical de ella, y le entra la risa, porque el color es tan intenso que casi daña la vista. ¿Cómo es posible dormir con una cosa semejante alrededor del cuello? Iluminaría un callejón en plena noche, piensa.

***

Bérénice se sobresalta al oír su nombre. Estaba tan ocupada tratando de deshacerse de Stéphane, quien le había pisado los talones hasta el interior de la perfumería, que después entró en todas las boutiques del aeropuerto y recorrió de arriba abajo todos los pasillos, hasta el último rincón. A decir verdad, Stéphane no la seguía. Después de haberse echado un poco de perfume para ocultar el olor a tabaco, fue a la sala de embarque D, a la puerta número treinta. Pero la puerta de embarque era la número veinte. Quería dejar respirar un poco a Bérénice, dado que va a tener que sentarse a su lado durante las dos horas de vuelo. Teme ya su reacción.

Deberíais ver la cara que pone Bérénice cuando entra en el avión, que ya está lleno, y comprueba que casi no queda un sitio libre. Palidece a medida que avanza por el pasillo central. Por si fuera poco, debe ir hasta el fondo, porque su asiento está en la última fila. Tiene que soportar las miradas de reproche de los demás pasajeros, que han debido esperar a los tres tardones. Al final, llega a su asiento y se hace un selfi, que envía enseguida a sus amigas, antes de poner el teléfono en modo avión. Entonces, levanta la cabeza y ve que Stéphane se dirige hacia ella. Suspira y vuelve la cabeza hacia la ventanilla.

Al ver su reacción, a Stéphane se le ocurre una idea. Su primer encuentro ha sido un desastre, no puede negarlo. Reconoce que jamás ha sido tan pesado con una mujer. La causa es, sin duda, que ha perdido la costumbre de ligar. Así pues, si se contiene, quizá mejore la opinión que ella tiene de él, al menos un poco, y podrá volver a empezar sobre una nueva base. Dentro de unos años, cuando cuenten a sus hijos cómo se conocieron, se reirán de buena gana. Entretanto, Stéphane mete su cazadora en el compartimento del equipaje, se sienta al lado de la joven y se pone el cinturón de seguridad. Sin mirarla, le dice en el tono más dulce de que es capaz:

—Buenos días.

—Gr... —gruñe Bérénice, que ni siquiera se digna volver la cabeza.

La joven suspira. «¡Este tío es un plasta!», piensa. Además, apesta. ¿Se ha tirado una botella de perfume en la cabeza o qué? Apenas se mueve, su pelo emana un aroma a limón que, cómo será, oculta por completo el olor a tabaco.

Stéphane constata que su intento de aproximación es un fracaso total, pero tiene otras ideas para más tarde, como invitarla a un café y un cigarrillo. «¡No, un cigarrillo no! Está prohibido fumar en el avión. ¡Espabila, tío! ¡Has venido para dejarlo! ¡Esta tía no tiene ese vicio, salta a la vista! Basta ver la piel de melocotón que tiene, es imposible que fume. ¡¿Y si le acariciara la mejilla?! Pero ¿eres idiota?

UNA TERAPIA DE ALTURA

Vamos, ánimo. ¡Puedes hacerlo, tío! Todo llega para el que sabe esperar», se dice mientras observa, sin escucharla, a la azafata, que en ese momento está dando las instrucciones de seguridad.

***

Varias filas más allá, Isabelle está sentada al lado de Fabrice, quien no quita ojo a la azafata mientras esta indica con mímica las instrucciones que hay que seguir en caso de emergencia. Fabrice parece muy concentrado. Memoriza cada gesto para apropiárselo. Sacude la cabeza. ¿Tendrá párkinson?, se pregunta la farmacéutica. A decir verdad, es la primera vez que Fabrice sube a un avión. Jamás ha viajado al extranjero. Es su primer gran viaje. Cuando era pequeño visitó con sus padres el sur de Francia. Dado que vivían en un pequeño pueblo próximo a Aviñón, solo tenían que recorrer unos kilómetros para ver auténticas maravillas. Y ahora que vive en París va de vacaciones a casa de sus padres, Micheline y André. Ya no son jóvenes y no se mueven de casa, la misma donde Fabrice pasó su infancia. Les encantaría que su hijo les presentara un día a una mujer. No vivirán para siempre. Con el pasar de los años, la madre ha llegado a la conclusión de que su hijo es homosexual. Michelin es una mujer abierta, de manera que lo que más desea en este mundo es verlo feliz, da igual con quien sea. Está deseando que salga del armario, aunque sabe que a su marido no le gustará. Pero Fabrice no es homosexual, ya lo sabéis. Lo único que le pasa es que es virgen y no sabe cómo seducir a una mujer.

***

Después de haberse reído bien a gusto con Fabrice en el aeropuerto, Audrey se siente abatida. Es su problema. Sus emociones

35

son tan volátiles que la deprimen. Incluso ha llegado a preguntarse si no será bipolar. Unas veces se siente demasiado contenta y otras demasiado infeliz. En cualquiera de los dos extremos resulta insoportable tanto para sí misma como para los demás.

Aprovechando que Fabrice sigue concentrado en la azafata, se traga un Alprazolam con un sorbo de agua. El ruido que hace el embalaje de cartón y aluminio cuando saca la pastilla no pasa desapercibido a nuestra experta en salud. «¡Otra depresiva!», deduce Isabelle, que espera no tener que ocuparse de los achaques de sus compañeros de excursión. Le habría gustado dejar la empatía en la farmacia. Todos los días desfilan por ella personas hipersensibles a la vida y, a saber por qué, las peores la eligen siempre a ella para resolver sus problemas. Monica, la jefa de Isabelle, una verdadera arpía, dicho sea de paso, se aprovecha constantemente de su amabilidad, profesionalidad y disponibilidad. Isabelle, sin embargo, está harta de ser amable. Le encantaría decir BASTA a su patrona, que abusa de ella, y a todos los clientes que lloran, se lamentan, refunfuñan y gritan incluso porque no saben manejar sus emociones. Ella también es un ser humano, también tiene problemas y daría lo que fuera por hacer callar las voces que oye en su cabeza, que le hacen pensar que no tardará en morir de una enfermedad incurable y le causan síntomas extraños.

¡Todos tenemos nuestros problemas, caramba! No se ha inscrito en la excursión para hacer amigos. ¡Durante tres días no será madre ni esposa, ni farmacéutica, ni pseudopsicóloga! ¡Lo único que quiere es que la dejen en paz! A fin de cuentas, se trata de una excursión ZEN.

Isabelle se pone los auriculares. Se tapa los ojos con una máscara e inclina la cabeza sobre el cojín cervical. A continuación, anuncia a sus vecinos:

—Voy a echar una cabezadita, hasta luego.

El avión acelera en la pista y luego se eleva en el aire. La carlinga tiembla. El ruido es ensordecedor. Audrey oye pitidos. Fabrice está a punto de arrancar los brazos del asiento. Audrey se da cuenta y apoya con delicadeza una mano en el brazo de él.

—Es la primera vez ¿verdad?

—Sí —contesta él sudando la gota gorda.

—No te preocupes, todo irá bien. La primera vez siempre es impresionante —dice con los ojos brillantes, las pupilas un poco dilatadas y una sonrisa plácida en los labios—. ¿Quieres un Alprazolam?

Capítulo 3

Tras dejar atrás los Alpes, el cielo era de un azul resplandeciente. Las nubes se habían quedado en Francia. El piloto tomó la palabra para señalar a los pasajeros dónde se encontraba el Mont Blanc y la Aguja del Mediodía. Era magnífico. Así, nuestros excursionistas pudieron hacerse una pequeña idea de la montaña que se disponen a subir. El Meta no es tan alto, por supuesto, pero el paisaje debe de ser igualmente espléndido.

Ahora se ve una pequeña capa de contaminación rosada flotando sobre la capital italiana. Nápoles no queda ya muy lejos porque han anunciado que aterrizarán en unos veinte minutos.

De cuando en cuando, las turbulencias sacuden el avión y provocan en Fabrice pequeñas crisis de pánico. Pero, en cada ocasión, se alegra de ver la mano de Audrey posándose delicadamente sobre su brazo o su muslo. Audrey es táctil, a menos que haya abusado de antidepresivos. En cualquier caso, a Fabricio le gustan esos contactos espontáneos. Le procuran sensaciones nuevas, sobre todo bajo la cintura. Casi desea que el aterrizaje vaya mal. Así ella se arrojará en sus brazos. Entonces, él podrá confesarle que jamás ha hecho el amor con una mujer y quizá ella, por pura compasión, se entregue a él para que no muera sin haber conocido los placeres de la carne. Bueno, de ser así antes haría falta que desapareciera el resto de los ciento noventa pasajeros, porque no pretende exhibirse en público. Esa idea descabellada lo ruboriza. Si algo es seguro, es que no es indiferente a los encantos de su vecina de la derecha. La de la izquierda, por su parte, sigue durmiendo con la boca abierta; en el cojín de color naranja fluorescente hay una mancha de saliva.

Vaya, un pequeño bache en el aire y la mano de Audrey regresa. Le gustaría poner la suya encima, pero sus manos aún están agarradas a los brazos del asiento y no se atreven a soltarlos. Sin embargo, su entrepierna, libre para cualquier movimiento, se eleva un poco. Nuestro Fabrice es hipersensible en todos los sentidos del término.

—Me parece que va mejor —dice Audrey escrutándolo.

Fabrice enrojece. ¿Por qué dice eso? ¿Se habrá dado cuenta del bulto de su pantalón o lo dice simplemente porque sonríe, aunque de forma muy crispada, cada vez que tiembla el avión?

—No me gusta demasiado cuando el avión hace esto. Oooh…

Esta vez el avión da un bandazo más fuerte. Los pasajeros se expresan con una sola voz. Incluso Isabelle, que dormía como un lirón, se despierta sobresaltada.

—¿Qué pasa? —pregunta—. ¿Qué ha sido eso?

—Nada, estamos a punto de llegar. Hay un poco de viento, eso es todo —se apresura a responder Audrey mientras Fabrice le tritura el muslo.

Sin duda piensa que sigue agarrado a los brazos del asiento. A menos que lo esté haciendo adrede.

—Eh, que me aplastas la pierna —exclama Audrey.

—Uy, perdón —dice Fabrice aflojando la presión de los dedos, pero sin retirar la mano.

Sorprendida por la repentina proximidad, Audrey agarra con delicadeza el puño de Fabrice y vuelve a ponerlo sobre el brazo del asiento, cuya exclusividad se ha atribuido después del despegue.

Isabelle se pulveriza un producto homeopático en la boca. Mueve los pies. El golpe de estrés no solo la ha despertado a ella, también a las ganas de ir al baño. Justo lo que temía antes de despegar. Por desgracia, el indicador luminoso se ha encendido. Nadie puede moverse hasta que el avión aterrice y se pare por completo. Isabelle está en auténticos problemas. Sus intestinos se vengarán. De repente, cae en la cuenta: mierda, ¿dónde hará sus necesidades en la montaña?

***

Al fondo del aparato, Stéphane y Bérénice no se han dirigido la palabra durante el vuelo. La joven rozó los dedos de él una vez, pero fue sin querer, cuando la azafata le tendió un vaso de chocolate caliente. Ella no dijo nada, ni siquiera gracias, y Stéphane no se lo reprochó. Son dos perfectos desconocidos.

Stéphane se inclina ligeramente hacia ella para ver los tejados de las casas napolitanas. Se divisa ya la costa, el mar y también varias islas. Al otro lado se pueden admirar las colinas, los inmensos campos de trigo, el Vesubio y enseguida la pista, que desfila a toda velocidad.

El avión suelta los gases, toca enseguida la pista y a continuación frena. Varios aplausos retumban en la cabina. Stéphane y Bérénice exhalan simultáneamente un largo suspiro. ¿Se sienten aliviados porque han llegado a buen puerto, como se suele decir? ¿O bien porque su suplicio, sobre todo el de la joven, ha terminado? Seguramente por las dos cosas.

Olvidando la decisión que tomó al partir, Stéphane dice en voz alta:

—Turbulencias aparte, ha sido un buen vuelo.

—Es cierto —responde el desconocido que está sentado a su izquierda.

Bérénice da la espalda a la ventanilla y mira Stéphane a los ojos, como si fuera la primera vez que se ven.

—Buenos días, señor. Me llamo Bérénice, ¿y usted? —dice.

El pasajero que está sentado al lado de Stéphane esboza una amplia sonrisa con la esperanza de que la joven le pregunte lo mismo, pero no. Bérénice no piensa hacer eso. Stéphane no sabe cómo reaccionar. Le gustaría burlarse de lo anticuado de su nombre, pero su vocecilla interior le recuerda el deseo de convertirla en la señora Berteau, de manera que se limita a contestar:

—Encantado de conocerla, me llamo Stéphane.

—Es un nombre bonito, sus padres tuvieron buen gusto —dice ella antes de soltar una carcajada, seguida de la de Stéphane, ante la mirada sorprendida del vecino, que no entiende nada.

***

En la parte delantera del aparato muchos pasajeros están ya de pie, deseando salir al aire libre. Es el caso de Isabelle, que confía en que no tarden mucho. Debe ir al baño lo antes posible. Su gel desinfectante está ya listo para el uso. Si se contiene más, acabará teniendo una oclusión intestinal. ¿No debería llamar después a Europe Assistance? ¿No es causa de repatriación? «¡Vamos, Isa, basta ya, es vergonzoso!», se dice obligándose a pensar en otra cosa. Entonces le pasa por la mente la imagen de sus adorados hijos. Ojalá no les suceda nada en los próximos tres días. Esa idea le genera una nueva inquietud.

A pesar de que el asiento que hay a su lado se ha quedado vacío, Fabrice no tiene ganas de levantarse. Se siente a gusto con Audrey. No se atreve a mirarla los ojos, pero quiere disculparse con ella.

—Siento mucho lo que le hice antes en la pierna. Por mi culpa le saldrá un hematoma.

—¿Vuelves a hablarme de usted? Exageras. ¡Acabamos de pasar dos horas juntos! —dice Audrey, fingiendo estar indignada.

—Es cierto, pero es que no estoy acostumbrado.

—Ya me he dado cuenta. ¿A qué te dedicas, Fabrice?

—Soy programador informático.

—Entiendo, un trabajo apasionante —comenta en tono irónico.

—Si tú lo dices… ¿Y tú?

—Soy madre.

—Me refería a la profesión.

—Ah, claro. Soy jefa de marketing de proyecto en una agencia.

—Parece guay.

—Bah, no lo es tanto desde que tengo hijos.

—¿Estás casada? —prosigue Fabrice.

Audrey se descompone. El tema está demasiado reciente para abordarlo con ligereza. Le gustaría responder que sí, pero mentiría un poco. Le gustaría decir que no, pero oficialmente lo está, así que, al final, murmura:

—Separada. Mi marido se fue con otra más joven que yo. Una mujer de apenas treinta años.

—¿Cómo es posible? Menudo imbécil.

—Caramba, Fabrice, ¿te has irritado de verdad o solo me lo parece?

—Si, esto…, hum… —tartamudea él—. Una mujer tan guapa como tú, además de amable… Es… es realmente indignante.

—Eres simpático —dice ella mirándolo con la misma ternura con la que miraría a un gatito.

Le acaricia el pelo unos instantes. El Alprazolam sigue produciendo sus efectos. Ese chico la emociona, aunque no llega a sentir nada físicamente, como ya habréis comprendido. No entiende por qué. Le gustaría poder quitarle las gafas para ver sus ojos de cerca. Le gustaría encuadrar su cara con las manos para imaginárselo con otro corte de pelo. Incluso trata de adivinar si es peludo bajo la camiseta.

No es el hombre más guapo del mundo, pero podría llegar a gustarle si no estuviera tan…¿hundida en la miseria?

***

El calor local les azota la cara cuando salen. Las gafas de sol no tardan en ocupar su sitio en la nariz de sus propietarios. Fabrice se da cuenta de que ha olvidado las suyas, que son graduadas. Por eso se decía que le faltaba algo. No es grave, se pondrá la gorra, el problema es que está en la mochila. Pese a que no es de muy buen gusto, evitará que coja una insolación. Audrey lo ha conquistado, así que se convertirá en un hombre casi coqueto.

Tras hacer una pequeña pausa técnica, todos los pasajeros rodean la cinta transportadora. Según el panel, tendrán que esperar al menos un cuarto de hora, de manera que Isabelle tiene tiempo más que suficiente para ocuparse de lo suyo.

Aprovecha el momento para enviar un mensaje a su marido: «Hemos llegado bien. En la nevera hay pollo para esta noche. Besos a los niños». No se atreve añadir una palabra afectuosa. Espera a ver si le contesta.

¡Ding! Su marido le responde: «OK».

«Estupendo», piensa ella. A continuación, para no culpabilizarlo ni hacer lo que a ella no le gusta que le haga él, le envía otro mensaje: «Te quiero».

¡Ding! Respuesta de su marido: «Estoy reunido».

Pero enseguida recibe el complemento: «Ídem, gatita, pero de verdad estoy entrando en una reunión. ¡Olvídate de nosotros! Piensa en ti».

Ahora sí que se siente tranquila. Ya puede relajarse y, como por arte de magia, su colon empieza a cooperar.

***

Por fin llegan las maletas. Las mochilas de los excursionistas se encuentran entre ellas. A un lado de la cinta, Stéphane y Bérénice se mantienen a considerable distancia el uno del otro. Stef no debe pensar que todo está permitido porque ella le haya tendido un puente. Aunque, en realidad, él está pensando en algo bien diferente. Son casi las diez, la hora de una pausa para un cigarrillo. Para consolarse, mastica un palo de regaliz. De vez en cuando amaga que fuma con él, pero luego comprende que está haciendo el ridículo.

Al otro lado, Audrey y Fabrice se han reunido con Isabelle. Esta tiene la clara impresión de que va de carabina, pero bueno, son sus compañeros de excursión y no puede desairarlos. Las mochilas llegan a la vez y a continuación los dos pequeños grupos se dirigen hacia el cartel de SALIDA-EXIT. Las puertas automáticas se abren. Una joven morena y extraordinariamente guapa atrae de inmediato todas las miradas. Sujeta un cartel en el que figura escrito en letras bien grandes: «ZEN ALTITUDINE».

Nuestros franceses se acercan a ella. Los hombres solo tienen ojos para la atractiva morena. Fabrice parece hipnotizado. Las mujeres bromean. No se les ha pasado por alto la falta de ortografía.

—¿«Altitudine»? Será guapa, pero no sabe escribir —se burla Isabelle sin disimular demasiado.

—En italiano, «altitud» se dice *altitudine* —explica la joven en un francés impecable—. ¡Bienvenidos todos! Como podéis ver en la placa, me llamo Chiara. Se escribe «Chiara», pero en Italia la ch se pronuncia *k*.

Los hombres escrutan la placa que lleva prendida en el pecho, que se intuye generoso bajo la camisa demasiado ceñida de la joven.

—*Benvenuti in Italia*. Tengo una lista de cinco personas. Creo que estáis todos aquí.

El trío integrado por Isabelle, Fabrice y Audrey descubre al dúo compuesto por Stéphane y Bérénice.

—Voy a pasar lista y luego os llevaré a ver a Francesco. ¿Stéphane Berteau?

—¡Sí! —exclama Stéphane, pasándose la mano por el pelo en un ademán seductor bajo la mirada exasperada de Bérénice, que justo acababa de empezar a apreciarlo un poco.

—¿Isabelle Flatot?

—¡Presente! —responde la farmacéutica como una colegiala, levantando el dedo índice.

—¿Fabrice Léger?

—Sí, soy yo —contesta Fabrice sin dejar de mirar el escote de Chiara, a tal punto que Audrey le da un codazo.

—¿Bérénice Levieux?

—Aquí me tienes —dice lanzando una mirada furibunda a Stéphane para evitar que haga un comentario fuera de lugar sobre su nombre.

—Dado que solo queda uno, supongo que es usted Audrey Soulier-Martino.

—Sí, soy yo —asiente ella con aire triste al oír la yuxtaposición de su apellido de soltera y el de casada.

—Muy bien, pues ya estamos todos. Si hay algún fumador, que aproveche ahora —dice Chiara mirando al pequeño grupo—. ¿No, ninguno? ¡Perfecto! Síganme.

Salen del edificio y se dirigen hacia un estacionamiento, donde les espera un minibús. Al ver a Chiara, el conductor, que debe de tener unos sesenta años, abandona el volante, se apea y se encamina hacia la parte trasera del vehículo para recibir a los excursionistas y ayudarles a meter las mochilas en el portaequipajes.

—Buenos días, me llamo Emilio, bienvenidos a nuestro bonito país —dice con un marcado acento italiano.

El grupo se presenta antes de subir al vehículo. El minibús tiene doce plazas, de manera que es lo suficientemente grande para que todos puedan sentarse solos. Fabrice se instala de inmediato en la primera fila, confiando en que Audrey se siente a su lado, pero, en contra de lo previsto y a pesar de que aún quedan sitios libres, Bérénice decide hacerle compañía.

—Puede que esté enferma, así que prefiero sentarme delante. Espero que no le moleste.

—Hum, no, se lo ruego —responde él echando una ojeada al resto de asientos libres.

Audrey está en la acera con el teléfono pegado a la oreja y los ojos llenos de lágrimas. Esa imagen desgarra el corazón de nuestro gran tímido. Menudo idiota, ha subido al minibús sin preocuparse por ella. Por la razón que sea, quiere protegerla, pero está atrapado entre el cristal y Bérénice y no se atreve a moverse.

—Me llamo Bérénice. ¿Es usted Fabrice?

—Sí, encantado de conocerla.

—Igualmente. Mejor si nos tuteamos, ¿no?

—No sé si podré, pero voy a intentarlo.

Bérénice esboza una sonrisa. Se ha sentado al lado de Fabrice por la simple razón de que no quiere que Stéphane se le pegue demasiado. Dos horas en el avión han sido más que suficientes, a pesar de que ha apreciado los esfuerzos que hizo él durante el vuelo. Se perfumó para disimular el olor a tabaco y, sobre todo, estuvo callado. El problema es que tiene una personalidad arrolladora. Es un zopenco. A Bérénice le cuesta soportarlo. Es muy probable que se sentara a su lado para pincharla, así que prefiere ir a lo seguro. Además, quiere reposar durante el trayecto hasta la montaña. Es cierto que podría haberse sentado al lado de otra mujer, pero Isabelle le parece demasiado estricta y Audrey demasiado triste. Fabrice es un buen término medio. Para empezar, es justo lo contrario de Stéphane, y eso le conviene bastante.

Cuando el grupo acaba de instalarse, el vehículo arranca.

Capítulo 4

Cuando apenas han recorrido unos metros, Chiara agarra el micrófono para explicarles el programa. A pesar de que todos lo han recibido por correo electrónico, a menudo no está de más hacer un pequeño recordatorio. Para enseñarles el trayecto que se disponen a hacer, gira el parasol y despliega en él un mapa de Italia.

—Nos encontramos aquí, en Nápoles, y ahora estamos subiendo hacia el norte, en dirección a Roma. Saldremos de la autopista en Cassino e iremos hacia la montaña, que se encuentra en el mismo centro de Italia. Si el cielo está despejado, podréis ver los dos mares desde la cima. Es magnífico, ya lo veréis. No os digo más.

Esta breve explicación motiva al grupo. Es normal que se sientan cansados después del vuelo. Además, la última parte del viaje hasta la montaña no es precisamente relajante. Están a ciento cincuenta kilómetros de Picinisco, donde se detendrán un momento para contemplar la impresionante vista del valle de Comino. Francesco Ricci, su guía, los está esperando allí. Después recorrerán unos doce kilómetros más hasta llegar a Prati di Mezzo, el punto de partida de la excursión. Por descontado, comerán algo antes de emprender el camino, a eso de las cuatro de la tarde.

—¿Alguna pregunta? —dice Chiara.

—¿Cuánto tiempo tardaremos en subir? —pregunta Fabrice, a pesar de saber ya la respuesta.

—Con este circuito se tarda unas tres horas en llegar a la cima, que se encuentra a dos mil doscientos cuarenta y dos metros de altitud. Pero haréis muchas pausas, tranquilos. ¡Es un recorrido saludable, no lo olvidéis! Habéis elegido Zen Altitud porque es una excursión especial, con un objetivo preciso.

Bérénice suspira. Ella no ha elegido nada. Isabelle maldice a su psicóloga. Audrey habría preferido un balneario en compañía de unos cuantos ancianos. En cuanto a Stéphane, solo tiene ganas de fumar o de follar, pero aún debe encontrar una compañera dispuesta a hacerlo. El único que parece interesado en lo que cuenta la joven es Fabrice, que siente una pasión repentina por la excursión, aunque quizá el sentimiento corresponda más bien a la empleada. Hay que reconocer que Chiara es preciosa. Tiene una melena larga y rizada, la piel bronceada, una mirada clara que contrasta con los labios pintados de rojo, una nariz tan fina que uno no puede por menos que preguntarse si no será operada. Es delgada, pero torneada en las zonas justas. Lleva unos vaqueros muy ceñidos, una camiseta entallada y unos zapatos con plataforma. Es evidente que con esa indumentaria Chiara no va a participar en la excursión. Lástima.

Stéphane necesita hacer una pregunta que, sin embargo, sabe que no va a gustar a Bérénice. Ya piensa en función de ella. Le gustaría saber si Chiara es soltera. Ciertas miradas insistentes le dejan entrever una oportunidad, pero no sería la primera vez que se confunde. Últimamente, su *sex-appeal* se ha visto sometido a una dura prueba y ya no tiene muy claro lo que debe hacer para gustar.

—Me parece que quieres hacer una pregunta, Stéphane. Por favor, estoy aquí para contestar a lo que sea.

Ese repentino tuteo lo anima. Tras vacilar un poco, se lanza al ruedo:

—¿Estás soltera, Chiara?

Isabelle y Audrey sueltan una carcajada. Fabrice se frota las orejas preguntándose si ha oído bien. Exasperada, Bérénice, murmura a su lado:

—¡Será gilipollas!

—¡Es la primera vez que me hacen esa pregunta! —murmura Chiara ruborizándose.

—Es una pregunta como cualquier otra —prosigue Stéphane—. ¿Entonces?

—¡Señor! —exclama el conductor, quien hasta ese momento se ha limitado a mirar la carretera—. No le permito que le hable así a mi *figlia*.

—¿Qué ha dicho? —pregunta Stéphane.

—¡Que es su hija! —exclama Bérénice—. ¡Menudo imbécil! —masculla.

—¿Os conocéis? —pregunta Fabrice.

—Lo justo para saber que es un pervertido.

—Ah, bueno. ¿Crees que se ha apuntado a Zen Altitud por ese motivo? ¿Para desintoxicarse de las mujeres?

—No, quiere dejar de fumar.

—Ah… Vaya, veo que sabes muchas cosas.

Sentado al fondo del autobús, Stéphane se ha puesto rojo como un tomate. Se siente verdaderamente idiota. Se ha delatado delante de todo el grupo y, para mayor inri, delante del padre de Chiara. Ahora todos lo detestarán. De nada sirve que intente convencerse de que le importa un comino, porque no es así. Saca un cigarrillo del paquete y se lo lleva a la boca. Sin encenderlo, hace amago de fumar.

Chiara ya no sabe qué decir. Coge su móvil y teclea un SMS: «Mucho ánimo con el nuevo. ¡No te vas a aburrir!».

***

Mecido por la autopista, Fabrice se ha quedado dormido con la cabeza apoyada en la ventanilla. Bérénice también se ha adormilado, apoyada en el hombro de Fabrice. Al fondo del autobús, Stéphane parece muy agitado. Chiara ya no lo mira siquiera, y para colmo la mujer a la que pensaba seducir está durmiendo sobre el hombro de un perfecto desconocido. Fabrice no tiene el menor estilo: vestido con un pantalón corto, una camiseta polo a cuadros y unas botas de montaña parece un *boy scout* francés. Solo le falta el pañuelito verde y rojo atado al cuello. Ya sea por desesperación o por ganas de charlar, Stéphane decide cambiar de sitio y ponerse al lado de Audrey, que está leyendo en ese momento. De vez en cuando la joven se parte de risa, otras sorbe por la nariz. El libro debe de ser apasionante. Está tan absorta en la lectura que ni siquiera lo oye cuando se sienta a su lado.

Stéphane nunca lee novelas. En realidad, solo lee los periódicos *L'Équipe* o *Le Parisien* en el móvil. Prefiere navegar por internet, es más práctico y rápido.

Stéphane es agente inmobiliario *free-lance*. Esta es sin duda la razón por la que fuma como un carretero. Es lo único que puede hacer entre dos visitas. Navegar en la red y fumar. Es evidente que se aburre en su trabajo, pero se siente incapaz de hacer otra cosa. A sus treinta y ocho años, está viviendo de antemano la crisis de los cuarenta. Siempre pensó que a su edad habría conseguido formar una familia, pagar la hipoteca de la casa y regalarse un BMW, pero el divorcio dio al traste con todos sus planes. Tuvo que volver a empezar de cero. Incluso se vio obligado a volver a vivir en casa de sus padres durante un tiempo. Por suerte, el último programa inmobiliario que tuvo que comercializar dio sus frutos: obtuvo un buen beneficio y con él pudo comprarse un piso de tres habitaciones en la periferia noreste de París, en Saint-Denis.

—¡Hola! ¿Te molesto? —dice.

—Estoy leyendo, como puedes ver.

—Esto es bonito, ¿eh? —prosigue él como si nada—. ¿Es la primera vez que vienes a Italia?

— No, ¿y tú?

—Vine una vez con el colegio, cuando estaba en segundo.

—Ah, pues qué bien —masculla Audrey sin demasiada convicción.

—Y dime, ¿por qué has venido?

Audrey reflexiona. Recuerda cuando conoció a Fabrice hace unas horas y este se molestó porque le preguntó por la razón que lo había empujado a apuntarse a la excursión. Ahora está viviendo la situación inversa, pero Audrey no se anda con tapujos. La sinceridad es su mayor virtud.

—Es un regalo de mis padres. Están preocupados por mí, porque les gustaría que descansara un poco. Mi marido me dejó a principios de año y desde entonces estoy algo deprimida. Trato de salir adelante, pero no es fácil.

—Comprendo.

—¿De verdad? ¿Puedes comprenderme? —pregunta ella esbozando una sonrisa.

—No soy un monstruo. ¿A qué vienen tantos prejuicios?

—Siento decírtelo, pero no tienes pinta de tener mucho tacto. Hace un momento, con Chiara…

—Sí, ya lo sé, soy cargante, lo reconozco.

—Si lo reconoces, ya es algo. Pero ¿y tú? ¿Por qué has venido?

—La verdad es que no lo sé muy bien. Quiero dejar de fumar, pero creo que he empezado con mal pie. Si pudiera, en este momento me fumaría hasta el brazo del asiento.

—¡Caramba! —comenta ella riéndose.

—A mí también me dejaron —prosigue Stéphane con aire serio.

—Ah, miércoles…

—¿Miércoles?

—Tengo hijos y no podemos decir palabrotas, así que en lugar de decir «mierda», digo «miércoles».

—¡Ah, claro! Ahora que lo dices… mis compañeros lo hacen también con sus hijos.

—Deduzco que tú no tienes.

—No, me habría encantado, pero… Teniendo en cuenta el pasado, prefiero no haberlos tenido. Habrían sufrido con la separación. Así es mejor. No tuvimos que pelear por la custodia. Nos repartimos los muebles, recuperamos nuestras pertenencias y cada uno se fue por su lado, ella con su profe de yoga y yo solo.

—Me alegro por ti. Ahora eres libre.

—Bueno, la verdad es que me he quedado bastante solo y estoy harto. Mis amigos están casados. Tengo la impresión de ser el patito feo, la carabina permanente, la quinta rueda del carro, ¿entiendes?

—Bueno, solo tienes que esperar un poco, algunos de tus compañeros acabarán separándose también y podréis volver a salir como cuando erais jóvenes: ir a la discoteca, volver a casa borrachos, dormir en el coche o acostaros con desconocidas.

—¡Guau! Me estás vendiendo un sueño.

—Solo es una constatación. Algunas de mis amigas encontraron enseguida otro hombre. Yo, en cambio, trato de encontrarme a mí misma.

—Está bien, te dejo contigo misma y con tu libro. Voy a ver a la rubia grandota.

—La rubia grandota se llama Isabelle. Si quieres saber mi opinión, no parece sentirse muy a gusto. Además, es farmacéutica. Así que ve con calma. Aún hemos de pasar varias horas juntos y nos conviene que reine la alegría y el buen humor.

—Comprendo. En ese caso, te daré un consejo. CARPE DIEM. Olvida tu vida de madre, disfruta de estos días y si necesitas que alguien te mime, ven a verme, ¿de acuerdo? Soy una persona abierta.

—Espero que estés bromeando —dice Audrey arqueando las cejas.

Por toda respuesta, Stéphane le lanza un beso con la mano antes de pasársela por su cabellera entrecana. A Audrey le recuerda a alguien, pero no sabría decir a quién. A continuación mira el paisaje, que desfila a toda velocidad por la ventanilla, y se concentra de nuevo en la lectura.

***

El minibús sale por fin de la autopista en Cassino. Chiara, que no ha vuelto abrir la boca tras la intervención de su padre, agarra el micrófono para decir unas palabras sobre la abadía de Montecassino, que se divisa a la izquierda. Situada en lo alto de un monte, la abadía quedó totalmente destruida durante la Segunda Guerra Mundial y posteriormente fue reconstruida de forma idéntica a como era en el pasado. En la actualidad es uno de los monumentos más visitados de la región.

—La historia es muy larga, pero es interesante saber que se han hecho muchas películas y reportajes sobre los dramas que se vivieron en esta provincia durante la Segunda Guerra Mundial.

—Me gustaría tener la lista —balbucea Fabrice.

—¡Por supuesto, Fabrice, te la doy encantada!

—Menudo pelota —comenta Stéphane a su nueva vecina. Isabelle le lanza una mirada tan fulminante que al joven se le hiela la sangre. Stéphane finge que se cierra la boca con un candado y lanza la llave imaginaria a la parte delantera del autobús.

—¡Así está mejor! Hemos venido a estar ZEN, señor.

—Prefiero que me llames Stéphane o Stef, como más te guste.

—Le llamaré como me parezca.

—Como quieras, Isabelle.

—Prefiero que me diga «señora» y que me hable de usted.

Stéphane suspira. Se levanta y vuelve a sentarse al fondo del autobús. Fabrice mira a Isabelle, que le sonríe y le guiña un ojo. Después se vuelve hacia la ventanilla para admirar la abadía, suspendida en la cima de la colina. Inspira profundamente para calmar el ritmo cardiaco, que se le ha acelerado con la presencia de Stéphane. Solo faltaría que le causara taquicardia. Puede que le venga bien hacerse un electrocardiograma, porque el último empieza a estar desfasado. A la vuelta se ocupará de eso.

Capítulo 5

Los pasajeros empiezan a impacientarse. Si el trayecto dura un poco más, acabarán pasando más tiempo en el minibús que en el avión.

A pesar de que el paisaje es magnífico, algunos están deseando desentumecer las piernas; otros, como el conductor y Stéphane, por descontado, no ven la hora de encenderse un cigarrillo.

Para matar el tiempo se entretienen enumerando los nombres de los pueblos que van dejando atrás en la carretera y, dependiendo de la dificultad para pronunciarlos, se ríen de buena gana mientras Chiara interviene con su buen acento.

—¡He visto un cartel Sora!

—¡No, hay que decir Sooora! Hay que marcar la *o*. Por lo demás, no es una *o* francesa, sino más bien una *o* inglesa, como la de John. ¿Veis la diferencia? El alfabeto solo tiene veintiuna letras. La *e* y la *o* pueden ser abiertas o cerradas, y las consonantes dobles siempre hay que pronunciarlas alargándolas. El italiano es un idioma que se canta, como suele decirse.

Practicando un poco, logran pronunciar correctamente «Sora», «Atina» y «Ponte Melfa». Los excursionistas recuerdan a un grupo de coristas en un campamento estival.

Cuando el autobús sale de la autovía, que equivale a una carretera nacional en Francia, piensan que han llegado a la meta.

—¿Queda mucho? —pregunta Audrey con una nota de impaciencia en la voz.

—¿Veis esa montaña? —responde Chiara, señalando un pico que se vislumbra a lo lejos—. Es la que vais a subir.

—¡Ostras! —protesta Audrey desesperada.

—Bueno, no estamos tan cansados —exclama Isabelle.

—Nos quedan veinticinco kilómetros —añade Chiara—. Llegaremos a Picinisco en unos cuarenta minutos. ¡Y aquí tenemos otro buen ejemplo! Tenéis que decir *Pichinisko*, no *Pissinisko*, como lo leen y lo escriben vuestros compatriotas. ¿Comprendéis la diferencia? Pichi, Pissi…

Mientras todos lo repiten como buenos alumnos, a Stéphane le da por interpretar al típico niño cochino que se sienta al fondo de la clase.

—¡Con tanto «pissi» me han entrado ganas de hacer pis! Mi vejiga no resistirá cuarenta minutos, os lo advierto.

«¡Que alguien lo mate!», piensa Chiara.

Varias cabezas se vuelven y fulminan a Stéphane con la mirada.

—Bueno, bueno, si me dais una botella de plástico, puedo resolverlo.

Isabelle y Audrey hacen una mueca de asco.

—La verdad, no estaría de más que paráramos un momento para hacer pipí —comenta Bérénice—. Yo hace rato que tengo ganas, pero no me atrevía a decirlo. Por una vez, estoy de acuerdo con Stéphane —añade discretamente.

—*Va bene, ho capito* —tercia el conductor—. Pararemos diez minutos en una *gelateria meravigliosa*. Los helados son como la pizza, se pueden comer en cualquier momento.

—¿Te refieres a Persichini? —pregunta Chiara a su padre.

—Sí, el aparcamiento es grande y a esta hora no habrá nadie. Podré maniobrar bien el minibús. Además, será una pausa corta.

Chiara mira el reloj y avisa a Francesco: «Llegaremos con quince minutos de retraso. Vamos a parar un momento en Persichini. Los señores tienen ganas de orinar. Espero que hayas previsto unas vacaciones para después de esta excursión. Me han agotado. ¡Buena suerte!».

Francesco responde al vuelo: «*Mannaggia!* ¡Maldita sea! ¿Tan terribles son?».

Chiara: «Los peores que he conocido en mi vida. A su lado, Giuseppe es un angelito».

Francesco: «Me troncho».

***

El grupo se apea del autobús en el aparcamiento y se desentumece ruidosamente. Emilio se apresura a encender un cigarrillo y se acerca al dueño del local, a quien dirige unas palabras en italiano. El heladero, un hombre de unos sesenta años, frunce el ceño mientras los ve llegar. Su acogida no corresponde a lo que cabría esperar en Italia. En otras palabras: su comportamiento es tan frío como los helados que vende. De hecho, se planta detrás de la caja registradora con cara de pocos amigos. En Italia primero se paga y después se saborean las cosas.

En la vitrina refrigerada, unos cuarenta gustos atraen la mirada de los futuros excursionistas, para quienes el desayuno es ya un lejano recuerdo. Al final, todos agradecen la pausa para ir al baño, incluidos los que refunfuñaron al oír la grosera intervención de Stéphane. Delante de los helados, el nuevo juego consiste en adivinar el gusto mirando la imagen que aparece dibujada en el cartelito correspondiente a cada sabor. Es fácil identificar las frutas clásicas: *lampone*/frambuesa, *fragola*/fresa, *pesca*/melocotón, *banana, pera, melone, limone*… Tampoco resulta muy difícil identificar los distintos tipos de chocolate. Además, hay unos diez gustos internacionalmente conocidos, como Kinder Bueno, Nutella, *ciocolatto nero, bianco,* tiramisú, Oreo… Otros, en cambio, son más complicados.

—Necesitamos tu ayuda, Chiara —dice Bérénice relamiéndose—. ¿Puedes decirnos qué gustos son estos, por favor?

—Esto es *stracciatella*, una especie de crema de leche con pedacitos de chocolate. Esto, en cambio, es *amarena*, la misma crema de leche con cerezas, una maravilla. Os la aconsejo. Después tenéis *bacio*, chocolate negro con aroma a avellana. *Crema*, como su nombre indica, es la crema o vainilla. Y luego queda la menta. ¿Os parece bien? Creo que hay donde elegir ¿no? —dice Chiara, ya bastante harta.

Llevan diez minutos largos entreteniéndose con los diferentes sabores. Si siguen así, van a retrasarse mucho.

Stéphane elige varios tipos de chocolate. Fabrice sigue el consejo de Chiara y se decide por la *amarena*. Audrey duda mientras Isabelle trata de pedir su helado en italiano.

—*Bacio y stracciatella, por favor, signoro.*

El hombre arquea una ceja y sonríe al ver los vanos esfuerzos de la clienta, pero no dice una palabra.

—¿Crees que lleva peluquín? —pregunta Bérénice a Audrey.

—Ahora que lo dices… puede que sí —responde esta.

—Con peluca o sin ella, podría ser más amable. Luego dicen que los franceses somos antipáticos.

—Aquí tiene, mi querida señora —dice de repente el comerciante en un francés impecable, con acento belga, mientras tiende el helado a Isabelle.

—¡Mierda! —exclama Bérénice—. ¿Crees que nos habrá oído?

—No hemos sido muy discretas…

—Vigílalo. Nunca se sabe, igual escupe en los helados —murmura su compañera.

Audrey paga el helado y elige el sabor: fresa y plátano. Bérénice paga también el suyo y agarra su cucurucho, que solo es de Nutella, para superar la crisis. Sale sin atreverse a mirar la cabeza del heladero, tampoco los ojos.

—Adiós, señor —dice en tono crispado—. Podrían habernos dicho que el dueño habla francés —protesta luego cuando se reúne con Emilio y Chiara delante del autobús.

—Emigró hace mucho a Bélgica y luego regresó a Italia, hará unos veinte años. Antes esto era un almacén de bicicletas. No es muy amable, pero sus helados son los mejores de la zona. En verano esto está abarrotado. Por lo demás, debéis saber que el primer idioma que los italianos estudian en el colegio es el francés, además del inglés. Los alumnos suelen ser muy buenos en lengua, no como en Francia —replica Chiara.

—Tienes razón —corrobora Fabrice—. Los franceses no son famosos por su dominio de otros idiomas. Es una lástima.

—Depende de cuál —protesta Stéphane mientras lame golosamente su helado.

—He quedado como una idiota —se queja Bérénice sin hacer caso del comentario fuera de lugar de Stéphane.

—Para nada, da igual. No volverás a ver nunca a ese tipo —intenta tranquilizarla Stéphane.

—A propósito, Chiara —pregunta Isabelle—. ¿Puedo hacerte una pregunta personal?

—Prefiero que nos tuteemos, si te parece bien. Si me aseguras que tu pregunta no tiene nada que ver con mi situación sentimental… —contesta Chiara aludiendo a la que le hizo Stéphane en el autobús—. Es broma. Pregúntame lo que quieras, Isabelle. ¡Dime!

—¿Cómo es que hablas tan bien nuestro idioma?

—Muy sencillo. Viví en Francia hasta los trece años. Después, mis padres regresaron a Italia para cuidar de mis abuelos. Así que hice parte de mis estudios allí. Además, aún tengo familia en Bélgica y Francia. De manera que, cuando mis primos vienen a vernos en verano, prácticamente hablamos todo el tiempo en francés.

—¡Genial! Hablas mejor que Stéphane —bromea Bérénice para provocarlo.

—Eh, ¿qué es esto, un complot contra mí?

Todos se echan a reír salvo Emilio, que tiene otras cosas en qué pensar, porque debe hacerse cargo de otro grupo parecido esa misma tarde. Emilio y su mujer son campesinos, *dei contadini*, como los llaman en Italia. Tienen una granja con vacas, ovejas, gallinas y cerdos. Hacen queso de oveja, *ricotta*, e incluso a veces el pan a la manera tradicional, en un viejo horno de leña. Matan los animales que crían para comer la carne y cultivan la tierra para proveerse de fruta y verdura. También producen vino propio de sus viñedos y aceite de oliva de sus olivares. En fin, ¡que nunca descansan!

En esas zonas de Italia es muy difícil encontrar trabajo en la industria, así que la gente se las ingenia para vivir. No son ricos, pero al menos son felices. Las personas de la generación de Emilio apenas si se van de vacaciones y, si lo hacen, no están fuera mucho tiempo, una semana o dos como mucho. Además, suelen aprovechar esos días para visitar a la familia que vive en el extranjero. Su vida es así y a ellos les gusta tal y como es porque no han conocido nada mejor.

Por si fuera poco, además de todas esas actividades, de vez en cuando Emilio echa una mano a Francesco, cuando este no puede ir al aeropuerto a recoger a sus clientes.

***

Después de una pausa que, al final, dura más de media hora, el grupo se vuelve a poner en marcha para recorrer los últimos veinticinco kilómetros. Unos borreguitos se persiguen en el cielo de color azul turquesa. En los campos, los rebaños desbrozan las malas hierbas. El paisaje es encantador, rodeado de colinas, y a lo lejos se ven las montañas. Fabrice tiene la impresión de haber vuelto a su Provenza natal. El silencio se instala en el habitáculo del minibús.

Solo se oye la música de la radio. A Stéphane le gustaría que Emilio subiese el volumen, pero piensa que ya se ha hecho notar demasiado. En cualquier caso, se siente orgulloso de sí mismo: no fumó durante la pausa «pipí-helado», se contentó con aspirar el humo que exhalaba Emilio.

Además de la música, también se oyen los efectos acústicos que producen los estómagos hambrientos, a pesar del helado, que en realidad solo les ha abierto el apetito.

Todos tienen un único deseo: llegar lo antes posible a su destino.

Capítulo 6

Picinisco. Por fin. Los pasajeros han sufrido en las últimas curvas. Bérénice ha estado a punto de pedir una bolsa para el mareo a Chiara. Es la primera que se apea del minibús, encantada de que el aire fresco le azote la pálida cara. Un hombre camina hacia ellos seguido de cerca por un perro. En realidad no es un hombre, es una alucinación. Es un dios griego, un cañón, una bomba atómica. Gwen y Gaëlle le dijeron que en Italia le esperaba una sorpresa suplementaria, pero en ese momento no comprendió bien la verdadera dimensión del regalo. Bérénice, que no ha tocado un torso masculino desde… bueno, desde hace mucho tiempo. Se arrojaría en sus brazos sin pensárselo dos veces. Y esa sonrisa… Se derrite. Es un flechazo. Jamás ha sentido algo semejante.

—¡Buenos días! ¡Bienvenida! Soy Francesco —dice él dándole dos besos.

—¡Bérénice, excitada! Uy, perdón… encantada.

Francesco se hace el sueco. En cuanto a Bérénice, su cara, antes pálida, se tiñe de rojo bermellón. «¡Tierra, trágame! Sal de mi cuerpo, Stéphane», piensa.

Francesco besa también a Audrey e Isabelle y estrecha calurosamente la mano de los hombres. Las presentaciones están hechas.

—¿Habéis tenido un buen viaje? —pregunta.

—Bueno… —responde Audrey.

—¡Sí, genial! —exclama Stéphane.

—Es bastante largo —confiesa Isabelle.

Impresionada por la seguridad de Francesco, Fabrice se encoge.

—¿Y Chiara, ha sido simpática con vosotros? ¡Hola, cariño! Espera, te ayudo a bajar —dice tendiéndole una mano.

Los sueños de Bérénice se desvanecen. Salta a la vista que Francesco y Chiara están juntos. A pesar de que enseguida comprobó que el guía no lleva alianza en el anular izquierdo, es obvio que semejante apolo no puede estar soltero. Además, debe reconocer que hacen una pareja perfecta. ¡Menudo chasco!

—¿Estás bien, hermanita? —dice Francesco dándole un beso a Chiara en la frente.

—¿Es tu hermana? —pregunta Bérénice aliviada.

—¿No se lo has dicho? —dice Francesco sorprendido.

—¿Para qué? —responde Chiara—. En cambio, saben que papá es papá —añade guiñando un ojo a Stéphane, que no sabe dónde meterse.

—Bueno, ¡pero eso no es todo! La verdad es que no vamos muy bien de tiempo. Acompañadme, así podréis admirar la vista.

Audrey acaricia al perro, que agradece sus mimos. Isabelle lo mira de lejos. Seguro que un perro de campo tendrá pulgas, garrapatas y otros parásitos corriéndole por la piel. No se acercaría a él ni muerta.

—Yo en tu lugar no lo tocaría. A lo mejor tiene la rabia.

—Da igual, ¡mira! Lleva collar —replica Audrey—. Se ve que este pequeño está limpio. Te gustan los mimos, ¿eh? ¿Te gustan?

—¿Venís, chicas? —Francesco las llama desde el otro lado de la calle—. Ah… he olvidado presentaros a mi perro, Bobby. Nació aquí, en este pueblo. Nos acompañará en la excursión. Nunca nos separamos.

—¿En la cama tampoco? —balbucea Bérénice—. Es mono, ¿verdad? —pregunta con disimulo a Isabelle y Audrey, que se han reunido con ella para ir al mirador.

—¡Ya lo creo! Es muy cariñoso —exclama Audrey.

—Bérénice se refiere al dueño, no al chucho —replica Isabelle—. Es muy joven para mí, pero reconozco que es un auténtico placer para la vista.

—Personalmente, no me interesa. No he venido aquí para encontrar el amor, sino para reencontrarme conmigo misma —afirma Audrey.

—Sea como sea, yo no le diría que no —comenta Béré ruborizándose—. Si hace falta, pasaré del miedo que me dan los hombres. Puede que sea la medicina ideal. ¡Vete a saber!

—¡Vaya!… ¡Mirad eso! Qué bonito —exclama Isabelle admirando la vista.

Desde el punto donde se encuentran se ve todo el valle de Comino. Fabrice ha sacado su máquina fotográfica y está ametrallando el paisaje con ella. Stéphane no se separa de Emilio, que se enciende un cigarrillo apenas se lo permite la ocasión. Ningún ruido rompe el silencio, salvo el trinar de los pájaros, que se disputan las migas que hay esparcidas por el suelo.

—Qué tranquilidad, ¿verdad? Pues arriba es aún mejor. El Meta está detrás de nosotros. ¿Vamos? ¡Debéis de tener hambre! Yo, al menos, sí —dice Francesco.

Mientras los excursionistas suben de nuevo al minibús, Francesco habla un momento con su hermana.

—Supongo que el gracioso es el del pelo largo. Stéphane, ¿verdad?

—¡Exacto! El otro es transparente, no haría daño a una mosca. No pueden ser más diferentes.

—Me gusta el grupo. Creo que me voy a divertir.

—Si tú lo dices… Sea como sea, Bérénice no te quita ojo. Y es mona. Le gustas, ¡es evidente!

—¡Les gusto a todas!

—Sí, pero siempre estás solo. Si no te conociera, pensaría que te has vuelto homosexual.

Francesco suelta una carcajada.

—Apuesto a que ha sido Giuseppe el que te ha metido esa idea en la cabeza. ¿O ha sido mamá?

—Ni el uno ni la otra. Lo único que queremos es que seas feliz. Da la impresión de que te falta algo.

—Puede ser —admite Francesco. Su mirada se vela por un instante mientras contempla el horizonte.

—*Forza, ragazzi, è tardi!* —refunfuña Emilio—. *Le pecore non aspettano! Andiamo!*[1]

—Papá y sus ovejas… —masculla Francesco, cogiendo en brazos a Bobby antes de subir al minibús.

***

El miedo se va apoderando del grupo mientras recorren los últimos kilómetros que los separan del punto de partida de la excursión que debe cambiar sus vidas, aunque aún no saben de qué manera. Solo Fabrice está más o menos sereno. En su caso, la montaña es la alianza entre la naturaleza y el silencio. Le recuerda su soledad, aunque, desde que conoció a Audrey en el aeropuerto, se siente distinto. Le sienta bien estar con la gente. Además, aprecia mucho la compañía de Bérénice, que está sentada a su lado. Habría podido cambiar de sitio cuando se detuvieron para hacer pis y después en Picinisco. A pesar de ser muy diferentes, las mujeres del grupo parecen llevarse

---

1 «¡Vamos, chicos, se ha hecho tarde!», «¡Las ovejas no esperan! ¡Vamos!» (N. de la T.).

de maravilla. Stéphane es extraño, se la juega un poco, aunque ya se sabe, perro ladrador, poco mordedor.

***

El minibús se para en una explanada, delante de una inmensa extensión de hierba, que parece cortada con cúter, una brizna tras otra. Quién sabe si se podrá caminar por ella. A la derecha, un sendero se adentra en un bosque de pinos y se ven varias mesas de pícnic a la sombra de los árboles. Alrededor de ellos, la montaña se erige majestuosa. ¡Por fin han llegado! No pueden ir más lejos. Un letrero municipal les da la bienvenida: «*Benvenuti nell'area turistica di Prati di Mezzo*».

—Hemos llegado, señoras y señores. Prati di Mezzo significa «praderas de en medio» —les explica Francesco—. Se llaman así porque se encuentran en pleno centro de la cadena de los Abruzos. En invierno, es una estación de esquí. Es pequeña, pero los italianos del sur no son grandes esquiadores, así que esto les basta. Los telesillas funcionan todo el año para los que quieren admirar el paisaje desde lo alto. Luego, algunas personas bajan a pie.

—¿Subiremos en telesilla? —pregunta Stéphane.

—No está previsto. Tenemos las piernas en plena forma. ¿Veis el pico que hay allí arriba?

—Sí —responde el grupo con aplicación.

—Pues bien, ahí es adonde vamos. El programa es el siguiente: ahora descargaremos las mochilas, mi padre y Chiara nos dejarán aquí y nos volveremos a reunir con ellos mañana a mediodía. Esta noche dormiremos al aire libre. Calma, Audrey, vaya mirada de miedo tienes. Montaremos unas bonitas tiendas para protegernos del viento. No sentirás que la temperatura baja por la noche hasta casi cinco grados. Los dueños del restaurante ponen a nuestra disposición unos vestuarios, donde dejaremos las cosas que no necesitamos. Pasaremos veinticuatro horas al estilo Robinson Crusoe, de manera que solo debéis coger lo estrictamente necesario y ropa de abrigo para esta noche.

—¿No nos lavaremos? —pregunta Isabelle con inquietud.

—Esta noche no. No creo que nuestro olor asuste a las cabras. Os aseguro que ellas huelen peor que nosotros.

—¿Podremos cepillarnos los dientes, al menos? —insiste Isabelle.

—Si tanto lo deseas, no creo que sea un problema —responde Francesco divertido.

Bérénice sonríe subyugada. Además de guapo, es gracioso. Ese hombre lo tiene todo. ¡Sus amigas tuvieron una idea maravillosa cuando la enviaron aquí! ¿Y si les mandara un mensaje por WhatsApp?

Antes de salir de viaje, crearon un grupo para estar en contacto. Por el momento sigue teniendo cobertura. Igual no sea así en la cima, de modo que, con disimulo, saca una foto a Francesco y se la envía a Gwen y Gaëlle acompañada de un breve mensaje: «Es nuestro guía. Es *bellísimo*. ¡Jamás he tenido tantas ganas de subir a una montaña! Lo sabíais, ¿verdad? ¡Gracias, chicas!».

Las respuestas no se hacen esperar: gifs de victoria, además de otros mucho más pícaros, invaden la pantalla. A Bérénice se le escapa la risa mientras guarda el móvil en la chaqueta para que no la descubran. Además, Fabrice se ha quedado bizco tratando de ver lo que está haciendo.

—Pero ¡primero comeremos! —prosigue Francesco—. Podrás cepillarte los dientes antes de que nos vayamos. Después, os daré algunas instrucciones, primero individualmente y luego en grupo. A continuación nos pondremos en marcha. ¿De acuerdo?

Los excursionistas asienten con la cabeza.

***

Obedeciendo a las instrucciones de su guía, bajan del minibús, recuperan sus mochilas y se despiden del conductor y su hija con cierto pesar. Stéphane porque ya no podrá aprovechar el humo de los cigarrillos de Emilio para fumar, pero también porque el bonito trasero de Chiara habría sido un excelente estímulo durante la ascensión. En cualquier caso, está preparado: caminará el último para poder contemplar las nalgas de las mujeres del grupo. Audrey se conserva bastante bien, a pesar de tener dos hijos (oyó cómo les mandaba un abrazo durante una llamada telefónica). Bérénice le gusta desde que la vio apearse del Twingo en el aeropuerto. En cuanto a Isabelle... El hecho de que sea farmacéutica lo tranquiliza. Además, lo ha previsto todo para salir bien de esta. Inspira profundamente el aire puro y se repite una y otra vez el eslogan de su infancia: «¡La montaña te enamora!», a pesar de que no puede recordar las imágenes publicitarias.

Fabrice tiene también el corazón encogido. Las horas que pasó justo detrás de Chiara en el autobús fueron muy agradables. Cada vez que ella se inclinaba, aunque solo fuera un poco, su perfume le cosquilleaba la nariz.

—Nos vemos mañana —dice Chiara como si respondiera a su mirada de perro apaleado—. ¡Aprovechad bien la ocasión! Y no tengáis miedo, mi hermano ha hecho esta excursión un montón de veces. Conoce cada roca y cada sendero como la palma de su mano. Que paséis un buen día. Hasta mañana.

—¡Adiós! ¡Hasta mañana! —canta Emilio, que no ve la hora de reunirse con su rebaño de ovejas.

Isabelle, Bérénice y Audrey contemplan un momento el minibús mientras se aleja, con la mano suspendida en el aire en ademán de saludo.

—Podrían haberse quedado a comer con nosotros —exclama Bérénice.

—Es evidente que tienen otras cosas que hacer —replica Audrey.

—En cualquier caso... —protesta Isabelle—. ¿Y si nos pasa algo ahí arriba? ¿Qué haremos? ¡Aquí no hay un alma!

—Eres un poco paranoica, ¿no? —suelta Bérénice.

—Puede que tengas razón —suspira Isabelle—. Siempre lo anticipo todo. Imagino los peores escenarios antes de que llegue el momento. Estoy convencida de que lo hago porque soy farmacéutica. A fuerza de ver recetas todos los días siempre pienso en lo peor.

—Caramba, Isa... —la interrumpe Audrey—. Con todo el respeto que me mereces, ¿eh? Acabamos de conocernos y, ante todo, espero que no te enfades, pero... Ya tengo bastantes angustias por mi cuenta, así que no me apetece mucho que me pases las tuyas. De manera que, ¡olvida la farmacia y los enfermos, por favor! Convéncete de que todo saldrá bien. No creo que volvamos a vivir una experiencia como esta. ¿Has oído lo que ha dicho Chiara? Francesco es el mejor.

—Además, ¡está buenísimo! —añade Bérénice—. Ahora en serio, Audrey tiene razón. ¡Respira! ¡Mira lo bonito que es esto! La verdad es que yo ya me siento mejor. Todo este verde, es muy relajante —dice inspirando hondo.

—Tenéis razón. Ya os dije que era un poco plasta. Os pido perdón. Voy a tratar de dominarme.

—¡No! ¡No te domines! ¡Al contrario, relájate!

—Muchas gracias, chicas. Soy la más vieja del grupo. En teoría, debería ser yo la que os tranquilizara y, en cambio...

—¿No conoces el dicho? —la interrumpe Bérénice—. Siempre necesitamos a alguien más joven que nosotros.

—No es así —la corrige Audrey en tono burlón—. La verdadera frase es: «Siempre necesitamos a alguien más pequeño que nosotros».

—Las dos me valen, porque sois más pequeñas y jóvenes que yo —afirma Isabelle, desde lo alto de su metro y setenta y dos.

Las tres mujeres se echan a reír y acto seguido se reúnen con los hombres, que ya están entrando en el albergue. Pero ¿será posible? ¿Dónde hemos dejado la galantería?

Capítulo 7

El olor a madera quemada invade la nariz de todos los miembros del grupo en cuanto entran en el edificio de piedra y tejas de barro. A pesar de que están en junio y de que la temperatura en el exterior es muy agradable, el fuego crepita en la enorme chimenea, que es casi tan ancha como la estancia.

En la barra, tres hombres hablan en voz alta mientras beben café. No queda claro si están conversando o si, por el contrario, discuten. Acompañan las palabras con amplios gestos, que los franceses no entienden. No parece italiano. Cuando el dueño del local ve a Francesco se acerca a él.

—*Ciao, Francesco! Come stai?* ¿Han llegado tus franceses? — pregunta con un fuerte acento.

Los dos hombres se dan un beso.

—Puedes verlos con tus mismos ojos, aquí están. Te presento a Stéphane, Fabrice, Audrey, Bérénice e Isabelle. —Luego, volviéndose hacia el grupo, añade—: Este es Paolo.

—¡Buenos días a todos! Perdonad mi francés, pero es un viejo recuerdo del colegio. Por suerte, puedo practicarlo a menudo gracias a Francesco. ¡Sentaos! La mesa está puesta. Monia os atenderá. ¿Qué os apetece beber?

—Ya sabes que nunca bebemos nada antes de subir. ¡Lo mejor es el agua!

—*Frizzante o liscia?*[2]

En cuanto se sientan, una señora se acerca a ellos. Es una italiana en todo su esplendor o, por decirlo de otra manera, ¡es *big mamma*! Se trata de una mujer pequeña y recia, vestida con una blusa de flores de otra época y con un delantal en el que aparece el logotipo de la carnicería local. Calza unas sandalias con calcetines rojos. Lleva el pelo, ni rubio ni cano, recogido en un moño muy estricto, que le da un aire de directora de colegio. Además, tiene unas profundas arrugas alrededor de los ojos. Es difícil atribuirle una edad, andará entre los cincuenta y los setenta años, pero podrían ser más o incluso menos.

—Buenos días... ¡Llegas tarde, Francesco! Dijiste que estarías aquí a la una y son casi las dos.

—*Ciao*, Monia —dice él mientras la abraza.

«¡Menuda suerte tiene!», piensa Bérénice, a quien le gustaría estar en el lugar de la señora.

—Os presento a Monia, la mejor cocinera de la zona.

—¡Para ya! ¡Dices eso porque soy la única! Espero que tengan hambre, porque no está permitido dejar nada en el plato, a menos que quieran que Monia se enfade. Vuelvo enseguida. *Torno subito!*

Monia no aguarda la respuesta del grupo. No es una pregunta, sino una orden. Entra en la cocina y regresa enseguida con un carrito lleno de comida: jamón, melón, tomate y *mozzarella* flotando en una balsa de aceite de oliva, queso, tortilla y judías blancas. Lo pone todo en el centro de la mesa. Stéphane está encantado. Las mujeres se descomponen.

—Es imposible comerse todo eso —exclama Isabelle—. Luego tendremos una indigestión.

—¡Estos solo son los entremeses! —replica Francesco—. En Italia los llamamos *antipasti*. Después hay un plato de pasta y otro de carne con guarnición.

---

2 «¿Con gas o sin gas?» (N. de la T.).

—¿Eso es todo? —pregunta Audrey en tono irónico—. Voy a recuperar todos los kilos que perdí. Siento que engordo con solo mirar los platos.

—¡De eso nada, estás perfecta! —le susurra tímidamente Fabrice.

Audrey sonríe. No le ha costado mucho comprender que Fabrice es un sentimental reprimido, un poco ingenuo, pero amable.

—Necesitáis fuerzas para subir. ¡Comed! ¡Ya veréis como al final no queda nada! —dice Francesco mordiendo un pedazo de pan campesino.

Bérénice piensa que le encantaría ser un pedazo de pan. Tendrá que calmarse si no quiere sudar la gota gorda y, dado que la ducha no está prevista en el programa, puede ser una experiencia horrible. No hay nada más insoportable que oler a tigre. Por si acaso, piensa ponerse una buena dosis de desodorante antes de emprender la marcha.

Isabelle solo come legumbres y fruta. Audrey picotea aquí y allí. Stéphane se atraca. Fabrice saborea. Francesco come de todo sin más, con rapidez y eficacia. Su estómago está acostumbrado a esos festines.

—Dime, Francesco, ¿a qué hora está prevista la siesta? —pregunta Fabrice.

Francesco suelta una sonora carcajada. Su risa es tan franca que contagia a los demás.

—Siento decepcionarte, pero vas a tener que prescindir de ella. En cualquier caso, tendremos unos minutos de tranquilidad antes de salir. Si puedes dormir una siesta instantánea, podrás descansar mientras hablo con tus compañeros.

—Preferiría una siesta indecente, pero tendré que conformarme. Aunque será menos divertido.

—Ya empieza… —refunfuña Bérénice.

—¿Quieres ser el primero? —le propone Francesco haciendo oídos sordos al comentario fuera de lugar sobre la siesta.

—¿En qué consiste la actividad? —pregunta Fabrice.

—En que me contéis cuál es nuestro objetivo.

Todo se miran. Van a tener que hablar con Francesco de sus problemas. Para algunos será más complicado que para otros, pero eso no les impide llenarse entretanto el estómago.

***

Tal como dijo Francesco, los platos están vacíos. En cuanto Paolo acaba de quitar la mesa, Monia llega con una bandeja enorme y dice con aire teatral:

—*Tagliatelle al pomodoro con la salsa della casa.*

—Un momento, Francesco, ¿hablabas en serio cuando dijiste que después de la pasta hay un plato de carne? —pregunta Audrey al ver las dimensiones de la bandeja.

—Exacto, aquí es así. Y debo decirte que no estamos exagerando. Cuando era más joven, el menú de los banquetes de bodas tenía una docena de platos. La comida empezaba las dos de la tarde y acababa a las ocho, sin interrupción. Después, llevábamos a los recién casados a casa y los dejábamos allí con pastelitos, sándwiches y comida para un regimiento. Nadie protestaba. Si hay algo sobre lo que no se escatima en Italia, es en la cantidad. En cuanto a la calidad, juzgad vosotros mismos —añade Francesco echando queso rallado su plato de pasta.

—¿Seguro que no podemos beber un vasito de vino? ¡Este banquete lo exige! —dice Stéphane.

—Mañana podrás beber todo el vino que quieras, hoy no.

—*Mangia e stai zitto, tu!*

—¿Qué ha dicho la señora?

—¡Come y calla!

—Ah… bueno.

Los demás se echan a reír mientras devoran el contenido de sus platos. La pasta está, en efecto, deliciosa, por no hablar del queso, que es mucho más fuerte que el parmesano al que están acostumbrados. Todo el mundo parece disfrutar. Las mujeres están a punto de reventar. Se preguntan cómo van a poder comerse la cantidad desmesurada de carne que llega después a la mesa: una bandeja de salchichas, escalopes de ternera empanados, albóndigas y estofado de buey con salsa de tomate. Nada más. Lo peor es que todo está bueno. El aroma de la comida excita las papilas gustativas. Los platos de patatas asadas al horno y de verdura quedan intactos, pero no se tira nada. Francesco pide a Monia que lo ponga todo en un táper para la cena.

—*Chi chi, wa bon', wa*[3] —gruñe Monia.

—Es extraño —observa Audrey—. A veces el italiano me parece bonito, otras, en cambio, me recuerda al portugués o al árabe.

Para sorpresa de todos, Francesco se echa a reír.

—Es dialecto. Cada localidad tiene sus particularidades lingüísticas. Existen varios dialectos, con entonaciones y pronunciaciones distintas. Pero tienes razón. ¡A veces suena muy feo!

—¿Cómo qué, por ejemplo? —pregunta intrigada Isabelle.

—Lo primero que se me ocurre es «*sì*», que significa sí. Pues bien, ese *sì*, que es tan bonito, se transforma en *chi*. ¡Es horrible! De ahí salen los che-che que te recuerdan al portugués —dice dirigiéndose a Audrey—. De hecho, los más viejos hablan así. A los jóvenes que se han escolarizado les da vergüenza hablarlo, pero no tienen más remedio que hacerlo cuando se dirigen a sus abuelos. Entre ellos, los jóvenes solo hablan en italiano. Conocer el dialecto supone aceptar que se es hijo de campesinos, y eso es duro. Hoy en día los jóvenes sueñan con hacer carrera en las grandes ciudades, muchos abandonan la región.

---

3   «Vale, vale, está bien…» (N. de la T.).

—¿Y tú? ¿Hablas dialecto? —pregunta Audrey.

—¡Por supuesto! Es mi cultura. A decir verdad, lo aprendí antes que el italiano. En casa mis padres solo hablan en dialecto, aunque mi padre hace un esfuerzo con mis clientes. Con Chiara hablo casi siempre en francés, a pesar de que eso pone nervioso a su marido Giuseppe.

—Ah, ¿Chiara está casada? —dice Audrey mirando con pesar a Fabrice.

—Sí, con mi mejor amigo. Nos pasamos la vida tomándonos el pelo. Pero bueno, lo cierto es que si hoy estáis aquí, es gracias a él. Giuseppe fue quien me aconsejó que pusiera en marcha esta «terapia excursionista» —dice resaltando las dos últimas palabras—. Bueno, eso no es todo, pero… ¿Y si empezáramos con las entrevistas individuales? ¿Vamos, Stéphane?

—¡De acuerdo!

—Los demás podéis aprovechar el tiempo libre para tomar el café fuera. Si queréis postre, Monia estará encantada de serviros un pedazo del tiramisú que hace. ¡Os advierto que está para chuparse los dedos!

—¿Podemos meterlo en otro táper para esta noche? —pregunta Audrey.

—¡Por supuesto! Monia se ocupará de todo. Si hablas lentamente, te entenderá. Si no, Paolo te puede echar una mano.

***

Francesco y Stéphane se quedan solos en la sala mientras los demás salen, contentos de poder desentumecer las piernas. Pero estas no los llevan muy lejos: tras recorrer varios metros, se apoyan en el muro bajo que rodea el albergue mientras Bobby da buena cuenta de un montón de huesos.

El sol sigue alto en el cielo, la temperatura es muy agradable. Las cigarras se han puesto ya manos a la obra. Están llenos, suspiran. Menudo empacho.

—Nunca lo conseguiré —refunfuña Bérénice.

—¡Claro que sí! Vamos, nos sentará bien caminar —replica la farmacéutica.

Monia les lleva el café, por llamarlo de alguna manera. Audrey se muere de risa.

—Me dijeron que el café era corto, pero jamás imaginé que podía serlo tanto —dice.

—Deberían llamarlo «chupito» —sugiere Bérénice.

—Sea como sea, no lo quiero. Puedes beberte el mío —propone Isabelle—. Una cosa así te revuelve las tripas.

—Yo en tu lugar desconfiaría —dice Fabrice—. Que sea corto no significa que sea menos fuerte, al contrario. Corres el riesgo de cargarte como una pila eléctrica, y ya…

Pero Audrey no les hace caso. Necesita una buenas dosis de cafeína para no quedarse dormida allí mismo, encima del muro.

—¿De qué estarán hablando? —pregunta Fabrice, inquieto.

—Lo sabrás cuando te toque —responde Isabelle con pragmatismo.

**

En el interior, los dos hombres tratan de entender el misterio que encierra el otro. Francesco echa un vistazo a su reloj antes de abrir la conversación:

—¿Stef? ¿Te importa si te llamo Stef?

—No, es un diminutivo de mi nombre.

—Bien, Stef. Iré directo al grano. No creo que estés preparado para dejar de fumar.

—Ah, vaya, pues he venido para eso. Menuda lata.

—Antes tienes que solucionar otro problema.

—Ah, ¿sí? ¿Cuál?

—¿Me equivoco o tratas de llamar la atención como sea?

—No me doy cuenta.

Francesco lee sus apuntes. Stéphane se impacienta. De repente, le entran unas ganas enormes de fumar. Además, si el que se supone que debería curarlo no cree que sea posible, ¿cómo demonios lo va a conseguir?

—Según el formulario, estás divorciado. ¿Desde cuándo?

—Dentro de nada hará dos años.

—¿Y luego? ¿Has tenido alguna aventura?

—Nada importante.

—De acuerdo. Nos quedamos con eso. Dame el paquete de cigarrillos.

—¿Qué?

—He visto que lo llevas en el bolsillo. ¿Me lo das, por favor?

—Caramba, esto parece el colegio —gruñe Stéphane, empujando el paquete encima de la mesa.

—Personalmente —dice Francesco con una calma absoluta—, me encanta fumar un cigarrillo después de una buena comida. He olvidado el paquete en el autobús. Solo quería pedirte uno.

—Yo no fumaré ninguno más —farfulla Stéphane.

—¡En cambio, yo me lo guardo! ¿Estás seguro de que no quieres uno, quizá el último, con el café? —pregunta poniéndose el cigarrillo en la oreja.

—¡No! ¡Aguantaré! He venido para eso. Puedes quedarte con el paquete si te apetece. Ya no lo necesito. Quiero dejarlo, de verdad.

—Está bien. En ese caso, validaremos ese objetivo. ¿Puedes decirle a Bérénice que venga, por favor?

Stéphane se levanta alterado. Si Francesco tiene una estrategia, la verdad es que no la entiende. Al borde de un ataque de nervios, sale y se reúne con el pequeño grupo.

—Francesco te está esperando, Bérénice —dice a regañadientes.

—¿Te encuentras bien? —le pregunta ella—. Estás muy pálido.

—Sí, sí... Solo que... ¿Alguien tiene un cigarrillo?

Se miran. Nadie fuma, salvo él.

—¿Quieres una pastilla de Nicorette? Creo que he metido alguna en el botiquín que me he traído por si...

—Yo también tengo en la mochila, pero no quiero entrar e interrumpir su conversación. Voy a pedir un cigarrillo a Paolo.

—Shhh, shhh... No creo que quieras contaminar este aire tan puro, ¿no? ¿Quieres que te dé un masaje? —le propone Audrey.

Stéphane la mira sorprendido. Si le hubiera dicho: «Ven, vamos a hacer el amor», le habría causado el mismo efecto. Sus labios se relajan y sus ojos brillan. Audrey lo interpreta como un «sí» y se coloca detrás de él. Acto seguido, empieza a masajearle los hombros por encima de la camiseta.

—Guau... Qué bien lo haces —dice él resoplando de gusto.

A Fabrice también le gustaría que Audrey le diera un masaje, pero no se atreve a decírselo. Eso no se hace. ¡Menudo atrevimiento! Pero, al mismo tiempo, menuda oportunidad. Sabe que las manos de Audrey son muy suaves. La verdad es que no sabe nada, pero se las imagina así. Qué suerte tiene Stéphane.

***

En el interior, una Bérénice desconocida conversa con Francesco. Da la impresión de que su timidez se quedó en el Twingo de su amiga, en el aeropuerto. Desde esa mañana, no se reconoce. A pesar del miedo que le dan los hombres, ha conseguido parar los pies a Stéphane varias veces, se ha sentado al lado de Fabrice en el autobús y, el *summum*, siente que se le acelera el corazón mientras escucha a Francesco. Jamás le había gustado tanto un hombre.

—¿Estás bien? —le pregunta él.

—Sí. —Bérénice suspira sensualmente mirándolo a los ojos tan intensamente que él debe desviar los suyos y posarlos en sus apuntes.

—¿Te ha gustado la comida?

—Estaba deliciosa —contesta, contemplándolo como si él fuera el postre y se dispusiera a devorarlo.

—¡Estupendo! ¡Ejem, ejem! —Francesco carraspea—. De manera que tus amigas te regalaron esta excursión por tu cumpleaños.

—Sí, es un regalo extraño, ¿no crees?

—Depende, supongo que lo hicieron por un motivo preciso.

—La verdad es que no sé… —miente Bérénice.

Las muy pícaras… Ahora está claro. Se imagina a Gwen y a Gaëlle delante de la pantalla, buscando el regalo ideal. Cuando vieron la cara del guía debieron de decir: «¡Bingo! ¡Es el hombre que necesita!».

—Qué gracia —añade Francesco—. Yo también tengo treinta años —dice leyendo el formulario.

—Ah, ¿sí? Pues ya tenemos algo en común. ¿Cuándo los cumpliste?

Francesco habría preferido que no se lo preguntara, porque sabe que la respuesta puede causar una reacción desproporcionada. Podría mentir, pero no es su estilo.

—El nueve de marzo.

—¡Es increíble! Yo nací el diez. Quién sabe, quizá estuvimos en la misma maternidad —dice Bérénice esperanzada, porque lo considera un signo evidente de compatibilidad.

Francesco se echa a reír. Bérénice ha caído en sus redes. Va a tener que rechazarla con delicadeza. Es un profesional. Jamás se dejará seducir por una de sus clientas. Bérénice es simpática, además de guapa, pero eso es todo.

—Siento decepcionarte. Tú naciste en París y yo en la periferia, al sur de la ciudad.

—¿Cómo lo sabes?

—Está escrito en el formulario —responde apuntando con un dedo al dato.

—Ah, claro.

—Está bien, Bérénice. Vayamos al grano. La verdad es que en el formulario no veo muy claro cuál es tu objetivo.

—Normal, porque no lo rellené yo; lo hicieron mis amigas.

—Por lo visto es un problema de soltería, de miedo a los hombres, de las decepciones que has vivido, del deseo de romper barreras... ¡Te propongo otra cosa! Si tuvieras que fijar un objetivo ahora mismo, ¿cuál sería?

Bérénice tiene uno inmediato en su cabeza: abalanzarse sobre Francesco y estamparle un beso en la boca. No puede dejar de mirarlo. Hace demasiado tiempo que no ha tocado a un hombre.

—No, eso no es posible, lo siento —responde Francesco.

—¿Qué? Aún no he dicho nada.

—Te equivocas, acabas de decir claramente que quieres besarme.

Bérénice se ruboriza, inclina la cabeza y se encoge. Ha hablado en voz alta sin darse cuenta. Jamás le había pasado algo así. Qué vergüenza.

—Eh, Bérénice... No es grave —dice Francesco poniéndole una mano en un hombro para tranquilizarla—. Ser capaz de decir lo que se piensa es magnífico. Te felicito.

—¿Sí?

—Pero espero que entiendas que no puedo satisfacer tu deseo. Es imposible. No soy un hombre libre, pero, por encima de todo, no estoy aquí para eso.

—Por supuesto —farfulla Bérénice hundida en su agujero.

—¡Tengo una idea! Voy a darte un objetivo muy fácil y quiero que reflexiones sobre él durante la ascensión. ¿Te parece bien?

—¿Por qué no?

—Solo quiero que vivas con plenitud el momento presente. ¿De acuerdo?

—¿Eso es todo?

—Sí, olvídate del resto. Tu rutina se ha quedado en París. Olvídate de tus amigos, de tu familia, del trabajo. En fin, quiero que te vacíes y conectes con la naturaleza, que vuelvas a centrarte en ti misma, solo en ti.

—Lo intentaré.

—Genial. Puedes irte. ¿Le dices a Isabelle que entre, por favor?

—Está bien —dice ella mientras se levanta.

—Gracias.

—Una cosa, Francesco…, no le dirás a nadie lo que ha pasado, ¿verdad?

—Por supuesto que no. Confía en mí, como si no hubiera ocurrido nada.

«Pues es una lástima», piensa Bérénice mientras sale.

***

Bérénice se vuelve a reunir con el grupo. Se siente agotada. Inspira hondo. El aroma a hierba penetra por su nariz. Audrey está dando un masaje a Stéphane en los hombros. Bobby está tumbado a sus pies.

—Ahora te toca a ti, Isabelle —dice con un hilo de voz al llegar a su lado.

—De acuerdo. ¡Hasta luego! —responde la farmacéutica entusiasmada.

—Pareces triste —observa Fabrice—. ¿No ha ido bien?

—Primero Stéphane y luego tú —comenta Audrey—. Menuda cara teníais al salir. ¿Os ha torturado mucho?

—No, pero, por decirlo de alguna manera, mete el dedo en la llaga —explica Bérénice.

—Hemos venido para eso, para dejar nuestros problemas en la cima de la montaña —dice Audrey—. ¿Puedo parar ya, Stéphane?

Él no contesta. El pequeño masaje de Audrey le ha sentado tan bien que se ha quedado dormido sentado.

—Creo que está durmiendo —constata Fabrice—. Es increíble, tienes unos dedos mágicos.

—Mágicos no sé, pero ¡entumecidos sí! ¿De verdad se ha dormido?

—Pues sí —corrobora Bérénice.

Audrey se inclina hacia él y le susurra al oído:

—Stéphane... He terminado.

—Mmm... No pares, por favor. Das los masajes como una profesional. Sigue, te lo ruego. Un poco más abajo, si puedes.

Al ver la leve sonrisa que se dibuja en los labios de Stéphane, comprende que se ha aprovechado de la situación.

—¿Ha sido un truco? Es increíble, ¡fingía que estaba durmiendo! —exclama, dándole un golpe en el hombro—. Me las pagarás. Ahora verás...

Stéphane se levanta sonriendo abiertamente y echa a correr para alejarse de Audrey, que empieza a perseguirlo con una botella llena de agua que ha encontrado cerca de una maceta de flores. Encantado de ese juego improvisado, Bobby corre detrás de ellos ladrando.

Bérénice y Fabrice asisten al espectáculo desde el muro, riéndose. Es como si estuvieran en el patio de un colegio durante un periodo de canícula.

***

—Al menos tú tienes un objetivo claro —dice Francesco a Isabelle.

—Claramente determinado, sí, pero ¿podré alcanzarlo? No estoy segura. Hipocondríaca un día, ¡hipocondríaca siempre! Hace años que intento cuidarme, pero la ansiedad nunca acaba de abandonarme. Está siempre ahí, a veces un poco menos, otras un poco más.

—¿Y en este momento? Valórala del uno al diez. Uno corresponde al nivel más leve y diez al más grave.

—Diría que siete. Me asusta lo desconocido, pero aun así me siento bien, a pesar de que he comido demasiado y me temo que vomitaré mientras subimos.

—No vomitarás. Puede que hayas comido demasiado, pero estás sana. Dices que te sientes bien, ¿puedes añadir algo más, por favor?

—La gente del grupo es simpática. El paisaje es muy agradable. Tengo ganas de superarme, pero para hacerlo tendré que vencer mis miedos.

—¡Eso es genial! Eres positiva y eso es justo lo que hace falta. Me gustaría que bajaras a cuatro en la escala del estrés. ¿Qué te parece?

—Lo intentaré, pero no te garantizo nada.

—Muy bien. ¿Es necesario que mire lo que llevas dentro de la mochila?

—¿Mi mochila? ¿Para qué?

—Para comprobar si has hecho caso del mensaje que os envié y si no llevas una pequeña farmacia dentro.

Isabelle se echa a reír con nerviosismo. La mochila está llena de medicamentos. Podría salvar a un país en vías de desarrollo con su contenido, pero solo los cogió por precaución. Francesco no debe saberlo.

—¡Nooo! No vale la pena.

—Estupendo, en ese caso, arreglado. ¿Puedes decirle a Audrey que venga?

—Claro —contesta Isabelle, con ganas de salir de la estancia.

Fuera, Audrey sigue persiguiendo a Stéphane y no oye las llamadas de Isabelle.

—Yo iré —dice Fabrice—. Tengo que hacerlo de todas formas.

***

Francesco frunce el entrecejo al verlo entrar.

—Audrey está jugando con Stéphane. ¿Te importa si ocupo su lugar?

—Por supuesto que no, Fabrice. No hay un orden preciso. ¡Siéntate! Audrey está jugando con Stéphane. ¿Has dicho eso?

—Sí, han empezado una guerra de agua.

—¡Genial! En este grupo hay buen ambiente. Estoy contento. ¡Bueno! Nosotros ya nos conocemos un poco. Me alegro mucho de que mi primo te hablara de mi actividad y pienso que al inscribirte has demostrado lo valiente que eres. Demuestra que quieres cambiar.

—Estoy solo y harto de estarlo. Tengo ganas de hacer amigos, de ver mundo y... Me encantaría conocer a alguien. A una chica —precisa.

—Son unos proyectos bonitos, Fabrice. Seguro que los miembros de este grupo te ayudarán a cambiar tu vida. No te lo tomes a mal, pero... deberías ir al peluquero. Si quieres, conozco uno que está muy bien, puedo pedirte cita para mañana por la tarde. Es amigo mío, el mejor de la zona. ¿Qué te parece?

—De acuerdo. Sé que voy vestido como un paleto. La verdad que me visto como mi padre, que me dobla la edad. Pero bueno... Hasta ahora no debía gustar a nadie.

—Para empezar, deberías gustarte a ti mismo.

—Es cierto...

—¡Tienes treinta y dos años, amigo! Eres muy joven. Te he oído hablar con los demás. Eres sensible. Eres un tipo simpático y deportista. Con un pequeño empujón en el físico, estoy seguro de que las mujeres se volverán a tu paso.

—¿De verdad?

—No me cabe duda. Voy a llamar al peluquero.

Marca el número y habla en italiano. Al cabo de dos minutos, cuelga con aire satisfecho.

—¡Hecho! Fabio te espera a primera hora de la tarde, aunque sea la hora de la siesta.

—¿Qué harán los otros entretanto?

—Visitarán el pueblo. No te preocupes por ellos. Fabio no tardará mucho. Te transformará en quince minutos.

—De acuerdo —asiente Fabrice tendiéndole la mano, como si estuvieran sellando un pacto.

—Puedes irte y esta vez me gustaría ver a Audrey.

Francesco se levanta para acompañar fuera a Fabrice. Al salir oyen los gritos de la persecución. Empapado, Stéphane persigue corriendo a Audrey, que grita como una loca, pero, dado que solo se ven unas vacas pastando a lo lejos, no parece molestar a nadie. Audrey resbala. Stéphane tropieza y cae a su lado en la hierba. Los dos se ríen como locos, jadeando, con la inmensidad del cielo azul sobre sus cabezas.

—¿Te encuentras bien? —le pregunta él.

—Sí.

—Lo siento. No quería que te cayeras.

—No te preocupes, no me he hecho daño.

—Uf..., no me lo habría perdonado.

—Gracias, Stéphane.

—¿Qué? ¿Por qué me das las gracias? —pregunta él volviéndose para mirarla.

La encuentra guapa así, con el pelo suelto, ligeramente deslumbrada por el sol, jadeando.

—Hacía mucho tiempo que no me reía tanto. Durante cinco minutos he tenido la impresión de que volvía a ser una niña y eso me ha hecho bien. Gracias.

—Gracias a ti por el masaje.

—¡Eh, tortolitos! —grita Francesco—. ¡No es la hora de la siesta! ¡Audreeey, es tu turno! ¡Te espero!

Stéphane se pone de pie y tiende una mano a Audrey para ayudarla a levantarse. La joven tiene la camiseta mojada y se le transparenta el sujetador.

—Vaya, voy a tener que cambiarme de camiseta.

—Yo te encuentro estupenda —suelta Stéphane.

A pesar de que sus cuerpos están húmedos, los dos sienten que de repente los invade un extraño calor. Sonríen mientras se encaminan hacia el grupo.

**

—¿Te has divertido jugando al gato y al ratón con Stéphane?

—¡Mucho! —contesta Audrey ruborizándose mientras se enjuga el pecho con su servilleta.

—¿Crees que Stéphane está tratando de ligar contigo?

—Lo hace con cualquier cosa que se mueve.

—Pero es agradable sentirse atractivo, ¿verdad?

—Hacía tiempo que no sentía esa emoción. No es desagradable. Lo reconozco.

Francesco mira sus notas.

—¿Tu situación ha cambiado desde que tus padres te inscribieron a la excursión? Por lo visto, entonces te estabas ahogando.

—Sigo así. Siento que me ahogo de tal manera que ni siquiera intento mantenerme a flote.

—¿Puedes contarme brevemente qué te pasa?

—Es muy sencillo. Mi marido me dejó y mis hijos son pequeños, necesitan mucha atención. Mi trabajo es muy estresante y yo… Bueno, hago lo que puedo. Lo que me agotan son los altibajos emocionales.

—Entiendo.

—¿Tienes una solución para mí?

—No, lo siento.

Audrey no oculta su decepción.

—No tengo una, sino varias —anuncia con orgullo Francesco—. Veinte, para ser más exacto.

—¿Veinte soluciones? —repite Audrey asombrada.

—Digamos que son más bien recomendaciones. Para empezar, debes analizar cuál es el origen de tu estrés, escuchar tu cuerpo, aprender a conocer tus límites.

—¡Francesco! —lo interrumpe ella—. ¿Cómo voy a memorizar todo eso? Necesito un papel.

—Suelo tener folios en blanco —dice rebuscando en su carpeta, en vano—. ¡Paolo! ¿Puedes traer una hoja de papel, *per favore*?

—¿Una hoja?

—Para escribir —precisa Francesco.

Paolo le lleva una hoja pequeña, que acaba de arrancar de un cuaderno.

—Solo tengo esto.

—Perfecto, *grazie!* A ver —dice empezando a dictar los veinte consejos antiestrés:

1/ Analizar el origen del estrés

2/ Escuchar el propio cuerpo

3/ Aprender a conocer los propios límites

4/ Respirar

5/ Concederse vacaciones, pausas

6/ Desconectar

7/ Ventilar las neuronas

8/ No anticipar los problemas

9/ Ser positivo

10/ Comer de forma sana y moverse

11/ Dormir y soñar

12/ Expresar la propia creatividad

13/ Aislarse, pero no demasiado

14/ Exteriorizar el estrés

15/ Escuchar al niño que todos llevamos dentro

16/ Querer sin moderación

17/ Olvidarse de la perfección

18/ Darse permiso para decir NO

19/ Domar el propio estrés

20/ Vivir, sin más

—Ya estoy equipada —dice Audrey con la mano dolorida de tanto escribir.

—En esta excursión podrás probar muchos de golpe. No digo que sea sencillo, ni mucho menos, pero estoy seguro de que puedes conseguirlo. Eres fuerte y valiente, Audrey.

—Gracias —contesta ella emocionada.

—Solo necesitas reconocimiento.

—Es cierto —balbucea Audrey con los ojos llenos de lágrimas.

—Tu marido te dejó, de acuerdo. Es triste, no lo niego, pero viéndolo de otro modo… ¿Y si fuera una oportunidad?

—¿Una oportunidad?

—Sí, me has oído bien. ¿Por qué no puede ser una oportunidad de ser de nuevo feliz con otra persona? ¿De vivir una nueva vida? ¿De volver a empezar con alguien que te quiera de verdad? Que te quiera por lo que eres.

—No sé…

—En el fondo, lo sabes. Aprovecha esta pausa para pensar en todo eso. ¿De acuerdo?

—De acuerdo, Francesco. Gracias por tus consejos.

Audrey cierra los ojos para crear el vacío. Cuando vuelve a abrirlos, todos sus compañeros están sentados a la mesa. No los ha oído entrar.

—¿Te ha hipnotizado? —pregunta Fabrice.

—No, qué va. ¿Por qué? ¿A ti sí?

—No, pero como estabas durmiendo…

—No dormía, pensaba.

—Ah… vale.

Francesco ha reunido al grupo para darles las últimas instrucciones antes de salir. Les recuerda que deben sacar de la mochila cualquier cosa que no sea estrictamente imprescindible.

—Llevo todo lo necesario por si alguien se hace daño. Es inútil que carguéis con eso, ¿de acuerdo? —dice mirando a Isabelle, que está tratando de cazar una mosca invisible.

—¿Qué comeremos? —pregunta Stéphane.

—Caramba —refunfuña Bérénice—. ¡Acabamos de levantarnos de la mesa como quien dice y ya estás pensando en la próxima comida!

—¿Y qué? Hay que respetar tres cosas fundamentales: B, C, F.

Bérénice sacude la cabeza exasperada. Audrey prefiere reírse. Isabelle y Fabrice tratan de comprender lo que quiere decir.

—Puedes estar tranquilo, Stéphane. Un dron nos traerá la comida que necesitamos —tercia Francesco.

—¿Qué? ¿Hablas en serio?

—¡No, hombre, es una broma! No son drones, sino burros o caballos. A veces utilizamos *quads*, pero preferimos evitarlos. Contaminan, y aquí hacemos todo lo posible para cuidar la naturaleza. Así que no hay que tirar nada al suelo, por descontado. Tampoco hay que dejar comida para los animales. Tienen todo lo que necesitan ahí arriba. Es su territorio. Dado que nos lo prestan, hay que respetarlo. ¿Alguna pregunta?

Fabrice levanta un dedo, cohibido.

—¡Somos todo oídos!

—Os parecerá una idiotez… Stéphane ha hablado de tres cosas fundamentales, B, C, F. Parece algo importante, pero no entiendo a qué se refiere.

—Yo tampoco —dice Isabelle.

—Stef, ¿puedes explicar a nuestros dos amigos tus conocimientos intersiderales, por favor? —dice Francesco con una nota de ironía.

—Hum… Veamos, B significa beber, C comer y F…

—¡FOLLAR! —lo interrumpe Bérénice—. Bueno, ¿vamos?

—Gracias por tu intervención, Bérénice —la felicita Francesco—. Dado que todos hemos aprendido algo nuevo hoy, podemos ponernos en marcha. Comprobad si tenéis la cantimplora llena y no os olvidéis de ir al baño, porque después tendréis que hacerlo en la naturaleza. Cuanto más tarde sea, mejor para todos, ¿verdad?

Las tres mujeres sienten un sudor frío al imaginárselo. Stéphane se frota las manos. Espera poder deleitarse con la mirada. Hace mucho tiempo que no ve a una mujer desnuda. Fabrice, aún confundido por el descubrimiento de los tres principios fundamentales, se pregunta dónde ha estado los últimos años. ¡En una cueva, sin duda!

—Paolo tiene bastones para caminar, por si alguno los necesita —añade Francesco—, aunque el ritmo se adaptará a todos. Antes de iniciar la marcha, haremos un poco de calentamiento. ¡Dentro de diez minutos os quiero a todos fuera, listos para partir!

CAPÍTULO 8

Zafarrancho de combate, todo el mundo se pone manos a la obra. Obediente como un buen alumno, Fabrice hace una selección entre sus pertenencias y deja en el vestuario lo que, en su opinión, no va a necesitar. Evitando las miradas indiscretas, Isabelle coge los medicamentos indispensables. Audrey se cambia de camiseta y luego se concentra en el móvil. Teme que en la cima no haya cobertura y quiere tranquilizar a sus padres y a sus hijos diciéndoles que todo va viento en popa, por el momento. Stéphane lleva un rato encerrado en el retrete. Fabrice se impacienta delante de la puerta.

—¿Te has dormido en el trono, Stéphane? —pregunta irritado.

—¡Utiliza el urinario!

—Necesito el retrete.

—¡Ve al de las mujeres!

—¡Ni hablar!

Al otro lado de la puerta se oyen unos ruidos extraños. «¿Qué narices está haciendo?», se pregunta Fabrice.

—Si no sales de inmediato, tiro abajo la puerta. ¿Me oyes? Trato de ser amable, pero ¡te estás pasando!

El ruido de la cisterna le informa de que su amigo ha terminado. Stéphane sale rojo como un tomate, casi sofocado. Fabrice examina la taza antes de cerrar la puerta. Todo parece normal. No se percibe ningún olor sospechoso. Misterio.

***

Fuera, las mujeres ya están listas. Sonrientes, mueven las caderas imitando a Francesco. El calentamiento es indispensable para evitar lesiones. Stéphane se une ellos, seguido de Fabrice.

—¡Llegáis tarde, chicos! Que no se vuelva a repetir —dice el guía—. ¡Haced como nosotros!

—¡De acuerdo, jefe! —contesta Stéphane guiñando un ojo a Bérénice, que lo mira con desdén.

Fabrice baja la cabeza. Está cabreado con Stéphane por haberle hecho esperar. Por su culpa ha perdido tiempo. Fabrice detesta estar fuera de su puesto. Le gusta ser irreprochable. Con su exceso de seguridad en sí mismo, Stéphane empieza a irritarlo, le provoca unas emociones que desconocía, como la cólera. A menos que esté celoso. Vio que algo pasaba entre Audrey y él mientras se perseguían hace un rato. ¿No será que tiene celos de él? ¿Tal vez confía en que suceda algo con la joven mamá?, piensa Fabrice mientras ejecuta los ejercicios de flexibilidad.

—Muy bien. Ahora que hemos terminado el calentamiento, os pido que apaguéis el teléfono.

—¿Qué? ¡¿Y si nos buscan?! —exclama Audrey.

—¿Has olvidado ya el punto número seis?

¡Claro que lo ha olvidado! ¡Como va a recordar esa lista interminable con el cerebro tan saturado como lo tiene!

—¡Des-co-nec-tar! —prosigue Francesco con firmeza—. Si sucede algo ahí arriba, no podrás hacer nada, Audrey. Y eso vale para todos. Podéis guardar el teléfono para sacar fotos, pero os pido que lo pongáis en modo avión. No quiero que haya ninguna interferencia. ¡Ningún timbre! Vamos a desconectarnos, a descomprimir, trataremos de volver a centrarnos en nosotros mismos y admirar el paisaje. ¿Queda claro?

—Sí —responde el grupo a su pesar.

—Y ahora, cerrad los ojos. Inspirad hondo por la nariz y espirad por la boca. Pfff… ¡Varias veces! ¡Cierra los ojos, Stef! Así está bien.

—¿Este tejemaneje va a durar mucho todavía? —gruñe Stéphane, que no consigue relajarse.

—¡Shhh! —suelta Isabelle, concentrada.

—¡Vamos! Poneos la mochila y adelante —dice Francesco, pulsando un cronómetro.

***

El pequeño grupo echa a andar por el sendero siguiendo las marcas de color naranja. El camino está limpio, lo que demuestra que no son los primeros que lo pisan. Francesco va a la cabeza. A su lado, Isabelle se siente más motivada que nunca. Es consciente de que cuando regresen seguirá siendo hipocondríaca, pero le da igual, quiere aprovechar ese momento de contacto con la naturaleza. Se siente en forma. Por el momento, no le duele nada e intenta no pensar en los achaques que podrían aparecer. ¿Ampollas? Antes de salir se puso una tirita en cada talón, se tomó un Doliprane por si acaso y hasta se puso una compresa por si… Para que todo fuera perfecto, cogió también dos bastones. Quiere que Francesco se sienta orgulloso de ella y no pueda reprocharle nada.

Audrey inicia la ascensión animada. ¿Cuánto tiempo le durará el buen humor? Lo ignora. Ha metido la hoja con los consejos antiestrés en el bolsillo. Tras caminar los primeros metros, la mira para recordar los que están a su alcance: contacto con la naturaleza, conocer los propios límites, prodigarse, respirar… ¡Fácil! Si no fuera porque acaba de pasar al lado de unos excrementos de animales. Arruga la nariz como corresponde a una urbanita.

Detrás de ella, Fabrice avanza dando pequeñas zancadas. Le gusta caminar, pero no tiene ocasión de hacerlo a menudo. Prefiere nadar. En el agua se siente poderoso. No piensa en nada. Olvida que es un hombre, se convierte en un pez. La montaña es muy diferente de la piscina que suele frecuentar. No deja de mirarse los pies por temor a meterlos donde no debe.

Bérénice lo sigue de cerca. Prefiere la compañía de Fabrice, que le parece un hombre entrañable y conmovedor, a la de Stéphane, a quien trata de evitar. Salta a la vista que Fabrice sufre. Acaban de salir y ya se ha quedado sin aliento, a pesar de que apenas se nota el desnivel.

—¡Levanta la cabeza, Fabrice! Contempla el paisaje —lo anima Francesco—. ¿Cómo estáis los demás? ¿Va bien, Stéphane?

—Sí… ¡Me estoy desentumeciendo! —dice a duras penas, resoplando como un buey.

—¿Quieres que nos paremos unos minutos? —le propone Francesco.

—¡De eso nada! Acabamos de empezar —refunfuña Isabelle mientras se aplica una crema solar de protección cien.

—Tranquila, no nos vamos a parar. Lo único que quiero es que reconozca sus debilidades como cualquiera.

—Ah… De acuerdo.

—Va bien, puedo hacerlo, no os preocupéis por mí… —responde Stéphane.

El pequeño grupo se compacta. Llegan a una explanada donde todo parece haberse quemado. Los árboles están desnudos, solo son unos troncos secos. No queda ni una brizna de hierba. La maleza calcinada se mueve con el viento. Si no fuera por el sol, tendrían la impresión de estar en el escenario de una película de terror, donde la naturaleza agoniza.

—Pero ¿qué ha pasado aquí? —pregunta Isabelle.

—Me alegra que lo preguntes, porque eso significa que observas lo que sucede a tu alrededor. Esperaré un momento a que lleguen los demás y os lo explicaré. Aprovechad para beber —dice dirigiéndose a Fabrice y Audrey, que acaban de reunirse con ellos seguidos de cerca por Bobby, que ha sido educado para ser perro pastor. Bérénice y Stéphane llegan después.

—Qué lugar tan extraño. ¿Ha habido un incendio? —pregunta Stéphane.

—¡Muy observador! Me sorprende que seas tan perspicaz —comenta Francesco—. ¡Eso es más o menos lo que ocurrió! En realidad, estamos en una zona que suele ser azotada por los rayos.

—Como mi corazón… —murmura Stéphane, pero nadie le presta la menor atención.

—Os aseguro que es mejor no estar por aquí cuando hay tormenta.

Inquieta, Audrey mira el cielo buscando una señal de posible intemperie.

—Audrey… ¡Zen! Miré las previsiones antes de salir, faltaría más. Tendremos buen tiempo durante varios días. No os preocupéis. Ninguna persona ha sido fulminada aquí por un rayo, solo algunos animales. En cambio, la vegetación no logra abrirse paso. Vamos, seguimos. Aún nos quedan dos horas de marcha. Tenemos que llegar antes del anochecer para poder montar las tiendas.

—¿Qué? ¿Aún no están montadas? —gime Bérénice.

—Es parte del programa de Zen Altitud —contesta Francesco con una sonrisa irresistible.

A Bérénice le encantaría compartir la tienda con él. Se imagina una escena en la que ella avanza por el sendero cogida de la mano del atractivo italiano, y después del brazo de su padre, que la conduce al altar. Él la mira con sus ojos claros y ella se derrite de placer mientras sus labios se encuentran. Ojalá…

Este pequeño golpe moral la debilita. Por lo demás, no es la única. Stéphane se arrastra desde el principio, y eso que parecía muy seguro de sí mismo. Hay que reconocer que todos se han levantado muy temprano y que se han atiborrado a la hora de comer. La digestión, unida al cansancio, no ayuda. Isabelle y Audrey resisten bastante bien. Fabrice nota que Bérénice ha perdido energías. La espera y, sin pedirle permiso, movido por una fuerza interior inaudita en él, se atreve a agarrarle una mano para animarla. A pesar de que el gesto la sorprende, Bérénice no protesta, al contrario. Agradecida, le sonríe y se deja arrastrar. La mano de Fabrice es dulce, no húmeda, como se la imaginaba. Caminan sin volverse. A sus espaldas, Stéphane se siente morir.

***

Los ladridos de Bobby los alertan. Francesco se vuelve y ve al hombre en el suelo.

—*Cazzo!* ¡Coño! —maldice.

Se quita la mochila y la tira antes de echar a correr cuesta abajo. Isabelle lo sigue, segura de poder echarle una mano.

Fabrice y Bérénice se preguntan qué sucede.

—Stef… ¿Me oyes, amigo? ¡Vuelve con nosotros! —dice Francesco mientras lo abofetea.

—¡Déjame a mí! —propone la farmacéutica.

Francesco no quiere, pero tampoco le apetece oponerse a la firmeza de Isabelle. A diferencia de él, que está un poco asustado, porque hasta la fecha nunca le ha ocurrido nada parecido, la farmacéutica sabe lo que hay que hacer. Sin perder su sangre fría, Isabelle abre su mochila y saca un tensiómetro.

—Caramba, Isa —constata Francesco—. No es indispensable, pero reconozco que ha sido una buena idea cogerlo.

Stéphane vuelve en sí y trata de levantarse. El aparato le aprieta el brazo. Entretanto, Isabelle le mide la temperatura en la frente con un termómetro infrarrojo. No tiene fiebre, al menos eso.

—No es nada… Estoy bien. He tropezado con una piedra —masculla Stéphane.

—¿Estás de cachondeo o qué? —suelta Francesco—. Estás empapado. ¿Has tomado algún medicamento?

—No exactamente…

—¿Sueles tener la tensión alta? —pregunta Isabelle

—No lo sé.

—Tienes la tensión a ciento sesenta, es demasiado. Además, el pulso está acelerado.

Isabelle saca su estetoscopio. Francesco alucina. La mochila de la farmacéutica parece el bolso de Mary Poppins. De seguir así, no tardará en aparecer un desfibrilador.

Isabelle apoya el estetoscopio en el pecho de Stéphane y oye algo extraño. Sin pedirle permiso le levanta la camiseta. El resto del grupo grita estupefacto.

— ¡¿Eres idiota?! —grita Francesco.

Stéphane lleva una media docena de parches pegados en el abdomen.

—Quizá me haya pasado un poco… —confiesa Stéphane, avergonzado.

—¿Un poco? ¡Estás loco! —lo insulta Bérénice indignada.

—Llevo también varios en la espalda —balbucea él.

Isabelle exhala un suspiro y empieza a quitárselos a toda prisa. Fabrice suelta una carcajada al ver las muecas y las sacudidas de su acólito, al que están depilando allí mismo. Es el castigo por haber monopolizado el baño. Ahora entiende por qué tardaba tanto en salir.

—¡Para ya, caramba! —dice Audrey, dirigiéndose a Isabelle—. ¿No ves que le estás haciendo daño? Apártate, yo lo haré. ¿Así mejor, Stef? —le pregunta mientras sopla con delicadeza la piel enrojecida.

Francesco se siente contrariado. Habría preferido que fumara a escondidas. ¿Tendrán que regresar? Sería una lástima para los demás, que no han hecho nada. Pero ¿y si vuelve a encontrarse mal? Al superguía le tiemblan las piernas. Agarra a Isabelle del brazo para hacer un aparte con ella.

—¿Qué piensas? ¿Crees que puede seguir? —susurra.

Orgullosa de que la consulte, Isabelle se ruboriza mientras se desinfecta las manos con el gel hidroalcohólico. Entorna los ojos, como si estuviera reflexionando, antes de contestar:

—Creo que puede continuar, y que conste que no lo digo porque tenga ganas de llegar a la meta. Si se queda con un solo parche, no debería tener más problemas. Su cuerpo ha recibido una cantidad excesiva de nicotina de golpe, por eso se ha sentido mal. ¡Menudo imbécil, la verdad! Si fuera mi hijo, le daría un buen azote.

Francesco se ríe de buena gana, nervioso.

—Creo que no tendrás necesidad de hacerlo. Por lo que veo, ha encontrado ya una nueva mamá que se ocupe de él —dice señalando a Audrey, que sigue atendiéndolo.

—Si he de ser sincera, no entiendo qué ha visto en él.

—Es un buen chico. Ha perdido la costumbre, eso es todo.

—¡Y las buenas maneras!

—La verdad es que creo que necesita que le dediquen un poco de atención. Me parece que esos dos se pueden ayudar mucho el uno al otro, no veo nada malo en ello. ¡Al contrario!

—¿Desde cuándo Zen Altitud es una agencia matrimonial? —pregunta Isabelle divertida, observando a Bérénice y Fabrice, que se han alejado del grupo para hacer una sesión de fotos.

—¡Eso no depende de mí! ¡Sois un grupo asombroso! —afirma Francesco.

Los excursionistas hacen unos minutos de pausa antes de reemprender la ruta. Stéphane ha recuperado las fuerzas y ha dejado de temblar. Además, ha bebido mucha agua. Su pulso y su tensión vuelven a ser normales. Audrey le ha quitado todos los parches, salvo uno, que ha dejado simbólicamente en el flotador. Tiene cuadrados rojos de piel irritada por todas partes. Menos mal que Isabelle, que realmente lo ha previsto todo, le ofrece una crema calmante, que Audrey le aplica con mucho gusto en pequeñas capas. Tras asegurarse de que Stéphane vuelve a ser operativo, el grupo hecha de nuevo andar alegre y de buen humor.

***

El paisaje se tiñe de verde. Los arbustos de flores hacen que el lugar sea casi bucólico. Francesco e Isabelle ocupan de nuevo su puesto a la cabeza del grupo. Stéphane y Audrey van en medio, caminando uno al lado de otro. A sus espaldas, Fabrice y Bérénice cierran la marcha. Bueno, a decir verdad, el coche escoba es Bobby, que conoce perfectamente su misión: avisar al jefe cuando los excursionistas tienen dificultades.

Caminan varios cientos de metros y bordean un pequeño arroyo. En la cima ha empezado el deshielo. El agua es tan clara que se paran a beber un poco. Bueno, no todos, Isabelle no quiere ni pensar en la cantidad de animales que deben de haber metido la lengua en el riachuelo. Sus compañeros se burlan de la farmacéutica y aprovechan la ocasión para refrescarse. En cualquier caso, ya no hace tanto calor. Bérénice saca su suéter de lana y se lo ata alrededor del cuello. De repente, Francesco pide al grupo que guarde silencio.

—¡Shhh! Mirad hacia allí, un poco más arriba, en la rocas, ¿lo veis?

—¿Qué se supone que tenemos que ver? —pregunta Bérénice.

Fabrice no distingue absolutamente nada. Es miope. Lo único que divisa a lo lejos son las diferentes tonalidades de gris.

—Yo los veo —dice ufana Isabelle—. Es un rebaño. ¡Pero si se están moviendo! ¡No es posible que no los veáis!

—Ah, sí, claro —dice Stéphane, mirando hacia el lado opuesto.

—No, ahí no… Hacia ese lado. —Audrey lo ayuda poniéndose delante de él para que siga la dirección de su dedo, que apunta hacia la montaña.

—Sí, claro, hay muchos. ¿Son rebecos? —pregunta Stéphane.

—No, son íbices —responde Francesco.

—Es lo mismo, ¿no? —pregunta Audrey.

—En realidad no. Los rebecos tienen unos cuernos muy pequeños, mientras que los de los íbices son muy grandes.

—¡Es la primera vez que oigo esos nombres! —suelta Stéphane.

—Sí, bueno, es que en París no se ven a diario —replica Isabelle.

—Saca fotos, por favor, y amplíalas bastante. Me gustaría verlos de cerca —dice Fabrice a Bérénice, sintiendo no poder divisarlos.

La joven las hace. Después, todos enseñan a Fabrice las imágenes que han sacado.

—Francesco, ¿es verdad que hay osos en esta zona? —pregunta Isabelle.

—Bueno… No quiero desencadenar una crisis de pánico.

—¿Significa eso que sí? —gime Audrey, palideciendo.

—No sé mentir —confiesa Francesco—, pero os prometo que no nos molestarán.

—¿Cómo puedes estar tan seguro?

—Porque Bobby los asusta. ¿Verdad? —dice dirigiéndose al perro.

Bobby asiente con un ladrido. Las mujeres no están nada tranquilas. Será una excusión ZEN, pero cuanto más suben, más preocupadas están.

—Madre mía —exclama Bérénice—. Aunque estoy muerta de cansancio, me temo que después de saber eso no voy a pegar ojo. ¿Tenías que preguntárselo justo ahora, Isabelle? Podrías haber esperado a mañana, después de haber vuelto sanos y salvos.

—Lo siento —murmura la farmacéutica, que no parece muy apurada.

—¡Calma, chicas! Punto número uno: analizar el origen del estrés. ¿Tenéis miedo de que aparezca un oso? Si Francesco dice que no hay nada que temer, debemos creerlo.

—Nunca he dicho que... —empieza a decir Francesco.

Stéphane le da un codazo para que se calle.

—¡Y ahora, respiremos! —prosigue Audrey, que demuestra ser muy valiente.

—Gracias, Audrey, serías una ayudante estupenda —afirma el guía.

—¡De eso nada! ¡Necesito mi confort! La verdad es que no me chifla la idea de dormir en una tienda.

Todos se echan a reír. Habrían podido olvidar la historia del oso si, de repente, no hubiera retumbado a lo lejos un grito bestial no identificado. Hacen como si no hubieran oído nada y echan a andar apretando el paso. Como si pudieran abreviar su calvario llegando antes.

CAPÍTULO 9

Han alcanzado la cima justo a tiempo para ver la puesta de sol. Al oeste, el cielo se tiñe de mil colores: distintas tonalidades de rojo y rosa, azul, amarillo… El espectáculo los subyuga. Incluso Francesco, que lo ha visto un sinfín de veces, está emocionado. Se han alineado frente al horizonte, sin decir palabra. Algunos ni siquiera han comprendido que han llegado a lo alto del monte Meta.

—¡Os felicito! —dice Francesco—. Ya estamos. Esta es vuestra recompensa —añade recorriendo el paisaje con la mano.

—Guau… —exclama Audrey extasiada—. ¡Es precioso!

Stéphane le rodea los hombros con un brazo.

—¡Está claro! El truco del enfermo…—dice en tono poético.

—¡Es magnífico! —dice Isabelle, como hipnotizada.

Fabrice se ha quedado boquiabierto, sin palabras. No necesita las gafas para distinguir la degradación de colores. En un principio no nota el peso que se apoya con delicadeza en uno de sus hombros. Es la cabeza de Bérénice. Movida por un impulso romántico al contemplar la maravilla de ese cielo, ha realizado el gesto sin darse cuenta. Fabrice se queda paralizado, no sabe qué hacer, así que no se mueve. Hasta deja de respirar.

Los cinco contemplan durante varios minutos el sol, que desciende antes de desaparecer tras las colinas. Francesco les saca varias fotos sin que se den cuenta. Está seguro de que les encantará tener ese recuerdo.

Pero el tiempo vuela. Han llegado a la cima más tarde de lo previsto y ahora deben darse prisa para instalarse antes de que anochezca del todo. Tienen los minutos contados.

Francesco se pone manos a la obra con la colaboración de los hombres del grupo. Las mujeres aprovechan para alejarse un poco y vaciar la vejiga.

Francesco comprueba aliviado que el contenedor con las provisiones está detrás de las rocas. Se trata de la cena: una botella de vino, una vajilla limpia, un bidón de agua, las tiendas y todo lo necesario para encender un fuego. Coge un poco de leña y unas ramas e invita a Fabrice a encender la hoguera.

—¿Se puede? —pregunta este con inquietud.

—Normalmente no, pero estoy equipado. En el contenedor hay un extintor. Si lo haces en un buen sitio, no habrá ningún problema. Además, esta noche casi no hay viento. Es el tiempo ideal. Vamos a tener una noche agradable.

Francesco le señala un pequeño montículo de piedras. Enciende un fuego cada vez que organiza una excursión y jamás ha pasado nada. Mientras Fabrice se ocupa de la hoguera, Stéphane y Francesco montan las tiendas. Como siempre, agradece al señor Quechua que haya inventado unas tan fáciles de desplegar.

El campamento está listo en unos minutos. Cuando las chicas regresan, se sorprenden.

—¡Solo queda sentarse a la mesa! —comenta Isabelle.

—Si hubiera una… —replica Bérénice.

—Podemos poner el plato sobre las rodillas. ¡Gracias, chicos! —dice Audrey, acercándose al fuego.

***

Ha anochecido. Alrededor del fuego, los excursionistas hablan sobre la lluvia y el buen tiempo mientras comen. La ascensión les ha abierto el apetito. El menú se compone de *focaccia*, ensalada de pasta, muslos de pollo y la verdura que no se comieron a mediodía. Como postre, el famoso tiramisú de Monia y una *crostata*, es decir, una tarta con mermelada, hecha con amor por la madre de Francesco. También hay fruta fresca y un gran termo de café, pero Francesco prefiere reservar todo eso para el desayuno. ¡Para Bobby es un festín! Acepta todos los huesos que le dan los humanos. Así evitan producir basura.

Stéphane empieza a sufrir la abstinencia del tabaco. Está un poco nervioso, pero trata de entretenerse observando a Audrey, que le gusta cada vez más. Ella le habla de sus hijos, lo que más quiere en este mundo. Stéphane intuye el amor que siente por ellos y percibe la tristeza con la que le cuenta cómo la abandonó su marido, que le recuerda inevitablemente cuando Judith, su exmujer, se marchó de casa. Desde entonces ha intentado fingir que le daba igual, pero en realidad está destrozado. Se hace el duro, pero por dentro está hecho pedazos.

Se concentran tanto en el contenido de sus platos, a pesar de que es una cena fría, que no ven el espectáculo que se despliega por encima de sus cabezas. Isabelle es la primera en fijarse.

—Caramba... —dice alzando los ojos al cielo.

—¿Qué pasa? ¿Has visto un platillo volante? —pregunta Stéphane en tono burlón.

Francesco esboza una sonrisa. Es su momento preferido. Sucede más o menos lo mismo con todos los grupos que lleva allí. Le gusta callarse y esperar a que uno de ellos se dé cuenta de las maravillas del universo.

Intrigado, el resto del grupo alza la mirada al cielo y luego no pueden despegarla. Incluso Fabrice lo ve, a pesar de la penumbra, porque están bajo la Vía Láctea. Una inmensa estela blanca compuesta de miles de astros ilumina la noche. Audrey levanta la mano instintivamente para acercarse más a ella, como si fuera posible tocar las estrellas.

—¡Es mágico! —exclama maravillada.

—¡Impresionante! —añade Bérénice—. No sé si voy a poder dormir al aire libre.

—Y eso que aún no habéis visto nada —dice Francesco.

Asombrados, escrutan el cielo unos minutos. A pesar de que apenas saben nada de astronomía, gracias a Francesco logran identificar con facilidad la Osa Mayor, la Osa Menor, el Lucero del Alba (Venus), la constelación de Casiopea, que tiene forma de W, y la constelación del Cisne, también conocida como la Cruz del Norte.

—¡Acabo de ver una estrella fugaz! —exclama Stéphane.

—Yo también la he visto —corrobora Fabrice.

—¡Menuda suerte! —exclama Bérénice, que acababa de inclinar la cabeza porque le duele la nuca.

—¡Pedid un deseo! —los anima Audrey.

—¿Hay que pedir un deseo cuando se ve una estrella fugaz? Pero ¡eso es cosa de mujeres! —dice Stéphane fingiéndose enojado.

—¿Y qué? ¡No cuesta nada! —exclama Isabelle mientras prepara mentalmente su lista de deseos.

Las estrellas fugaces parecen haberse dado cita. Una, luego dos, después tres, se encadenan en una danza en el cielo estrellado. Es realmente mágico. Todos piensan en su deseo. Para empezar, a Stéphane le gustaría ganar algo en la lotería, y después, ya más en serio, confía en ser capaz de dejar de fumar para siempre y en volver a tener una vida más sana. También querría cambiar de trabajo y volver a hacer deporte. Además, le gustaría acostarse con Audrey. Qué quieres, ¡Stéphane es así! No se puede pretender que cambie de un día para otro. Es ya un milagro que haya aceptado participar en ese pequeño juego mental. Fabrice, Audrey y Bérénice comparten un mismo deseo: encontrar el amor. Fabrice espera que sus padres se conserven en buena salud durante mucho tiempo. Le gustaría ver a su hermana y a sus sobrinos más a menudo. Además, podría tratar de cambiar de profesión y, por qué no, retomar sus estudios para iniciar también una nueva vida. ¿Y si se mudara? Es el momento de expresarlo todo, así que, apenas ve una estrella fugaz, se exprime el cerebro para ser original. Nunca se sabe: igual uno de sus deseos se realiza de verdad. Sería fantástico.

Isabelle quiere hacer feliz a los miembros de su familia. Sabe que los protege en exceso, pero lo hace porque los quiere y es incapaz de decírselo sin más. Le gustaría ser menos derrotista, más positiva, menos angustiada, menos rígida, más dulce con su marido. Le gustaría dejar de ser hipocondríaca; que sus padres, sus hijos y su marido vivan en buena salud hasta que exhalen el último suspiro. También se propone abrir su propia farmacia.

Audrey no puede contener las lágrimas. En silencio, para que nadie lo note, repasa todas sus debilidades. Mientras contempla el cielo espectacular, de pronto se siente totalmente ridícula. ¿Acaso no tiene ya más o menos lo que desea? Un techo y un trabajo que le gusta, pero también lo más importante: el amor de sus padres y sus hijos. Se promete trabajar menos para disfrutar más a menudo de buenos momentos con ellos. Recuerda las primeras páginas del libro que empezó a leer en el minibús. Es la historia de Anna, una mujer desesperada y endeudada hasta el cuello, que lo deja todo para embarcarse con sus hijas en un periplo por Escandinavia a bordo de una caravana. No ve la hora de volver a concentrarse en el libro. ¿Quién sabe? A lo mejor la autora le devuelve el gusto por la lectura. Así pues, ahí tiene un deseo: dedicar más tiempo a sí misma. Recuperar la calma, vaciar la mente. Podría hacer meditación. Las lágrimas surcan sus mejillas mientras contempla el cielo.

Además de conocer al hombre de su vida, Bérénice espera tener hijos. Si la madre naturaleza se lo permite, tres. A sus treinta años, teme quedarse sola para siempre. ¿Y si nadie se enamora de ella? Su último compañero hizo añicos su autoestima, le hizo perder por completo la confianza en sí misma. Pero hoy se ha llevado una buena sorpresa. Francesco le gusta y Fabrice le intriga. Su compañero de viaje es amable, dulce y no parece un maníaco como Stéphane ni como los hombres con los que se ha relacionado desde que recuperó su soltería. Así pues, cuando aparece la enésima estrella fugaz, expresa el deseo de proponerle una cita cuando regresen a París.

Por cada estrella fugaz que ve pasar, Francesco expresa secretamente el mismo deseo. Jamás se lo ha dicho a nadie, ni siquiera a Giuseppe. Puede que un día tenga el valor de tomar la iniciativa, que se concrete depende exclusivamente de él, y lo sabe.

***

Al final tuvieron que apartar la mirada del cielo para ponerse a ordenar y recoger los restos de la cena, a pesar de que Bobby sabe hacerlo a la perfección. De hecho, mientras sus compañeros humanos contemplaban las estrellas, se dedicó a roer los huesos del pollo. La verdad es que podrían llamarlo el limpiador.

El grupo tenía tanta hambre que al final se lo comieron todo. Ahora enjuagan los recipientes que contenían la verdura, lavan los platos y vuelven a meterlo todo en el contenedor, listo para la próxima excursión. La única la botella de vino no duró mucho, de manera que no les quedó más remedio que ser razonables.

El cansancio se deja sentir, pero nadie tiene ganas de acostarse en un saco de dormir frío. Una de las dos tiendas está reservada a los hombres, la otra a las mujeres. El fuego casi se ha apagado.

Francesco coge su armónica y entona unas melodías cargadas de nostalgia. Sabe que así ahuyenta a los animales, en caso de que estos tengan intención de visitarlos. Se siente abatido, pero es consciente de que no puede permitirse ese lujo. Sus clientes confían en él, de manera que hace todo lo posible para animarse y al final entona una *tarantela*. Es una música local muy alegre, que se suele tocar con el acordeón. Stéphane, que ya ha tenido ocasión de asistir a una boda italiana, se levanta de un salto. Agarra a Audrey de la mano y, a pesar de que esta se muestra reticente, la conduce hacia la pista de baile improvisada.

—¡No sé bailar esta música! —grita ella.

—No hace falta saberla bailar. ¡Repite lo que hago!

Los dos se ponen a dar vueltas saltando como cabras. Sus compañeros se ríen al verlos y aplauden siguiendo el ritmo de la música. A Bérénice le gustaría invitar a bailar a Fabrice, pero le preocupa ser demasiado brusca. Como si le hubiera leído el pensamiento, entre una nota y otra, Francesco propone a los cinco amigos hacer un corro y les promete que no se lo contará nadie. Lo que sucede en el Meta se queda en el Meta. De esta manera, los miembros del pequeño grupo agotan sus últimas fuerzas bailando como locos bajo el cielo estrellado antes de aplicar el punto número once: dormir y soñar.

***

Francesco no se siente cansado. Espera un momento fuera de la tienda para asegurarse de que todo está tranquilo. Es difícil que sea de otra manera. Están en el techo del mundo. Las estrellas resplandecientes hacen que se sienta en buena compañía. Bobby se ha quedado dormido a sus pies, enroscado encima de uno de sus viejos suéteres. Oyó que las mujeres se reían bajito cuando se acostaron, pero después se hizo un profundo silencio. En la tienda de los hombres suenan ya los ronquidos. Seguro que son de Stéphane. Aprovechando que este duerme, se aleja del campamento para fumarse un cigarrillo, el segundo del día. Teniendo en cuenta cuál es el objetivo de Stéphane, no quiso hacerlo antes, delante de él, pero ahora lo disfruta.

Capítulo 10

Francesco se despierta sobresaltado. Bobby le está lamiendo la cara. Amanece. Mira el reloj: falta poco para las cinco. Ha dormido mucho más de lo que suele. Normalmente, se queda despierto para cerciorarse de que el grupo está seguro, pero en esta ocasión se durmió como un tronco, con el saco extendido hasta los hombros. Se siente culpable, pero el sentimiento no dura mucho, el tiempo justo para comprobar que todo va bien, que todo está en su sitio. Sus compañeros siguen roncando, incluidas las mujeres. Sin duda, las posturas incómodas tienen algo que ver con eso. Les fotografía la cara sin que se den cuenta. Nadie se mueve, todos duermen apaciblemente. Es una lástima que se pierdan ese momento. La aurora es espléndida. Los colores se ponen en su sitio. El azul de la noche deja paso al azul del día. Las estrellas se apagan. Hoy hará mucho calor. Su barriga protesta. Francesco tiene hambre.

Stéphane se detiene a su lado, frente al horizonte.

—¡Hola! ¿Ya te has levantado? —dice a Francesco frotándose los ojos y la cara.

—Sí, es la mejor hora. Mira qué espectáculo.

Por debajo de ellos, la bruma es opaca. Están encima de las nubes, es impresionante. Stéphane tiembla. La temperatura aún es fresca, pero ha de reconocer que el panorama es espectacular. Respira hondo antes de decir:

—Anoche nos divertimos mucho.

—Me alegro de que pasaras un buen rato. En cualquier caso, ¡me siento orgulloso de ti!

—Vaya, justo lo dices cuando me muero de ganas de fumarme un cigarrillo.

—Que lo pienses no significa que debas hacerlo. Personalmente, detesto el primer cigarrillo de la mañana. Cuando fumaba mucho, era una de las primeras cosas que hacía —dice Francesco—. Ahora lo encuentro repugnante.

—¿Fumabas mucho?

—Mucho más que ahora, desde luego. Ya casi no fumo. De hecho, lo hacía por mimetismo, sobre todo cuando estaba con mis compañeros o amigos. Ni siquiera era un placer. Más tarde, cuando empecé a documentarme sobre los temas relacionados con el bienestar, me di cuenta de que no era nada bueno, al contrario.

—Entonces, ¿por qué no lo dejas del todo?

—Quién sabe. Sin duda por costumbre. Como mucho, fumo dos o tres cigarrillos al día y a veces ni eso, se me olvida o solo me enciendo alguno durante el fin de semana.

—Yo fumo incluso durmiendo.

—Pasará. En tu caso es más complicado, porque quieres dejarlo de golpe. ¿Por qué no lo haces poco a poco, reduciendo el número de cigarrillos que fumas a diario? Es lo que hice yo. Por ejemplo, empieza metiendo solo diez cigarrillos en el paquete, luego, al día siguiente, nueve, y así hasta llegar a cero. Quitando uno cada día. En unas semanas lo habrás resuelto, porque pareces motivado. Pero no hagas tonterías. Si te pones un parche, debes dejar de fumar, pero, sobre todo, ¡ponte uno, no diez! —dice aludiendo al malestar de Stéphane del día anterior.

—No tuve tiempo de leer el prospecto —le explica Stéphane—. Creía que iría mejor si me ponía varios. Soy un lastre para las personas que me rodean.

—Vamos, vamos, cambiemos de tema. Creo que Audrey te gusta mucho.

—Puede ser… En cualquier caso, tenías razón.

—¿A qué te refieres?

—A cuando me dijiste que trato desesperadamente de llamar la atención.

—Ah…

—Echo de menos a mi mujer. Bueno, no exactamente a ella, sino la presencia de una mujer. Me gustaría que me quisiera alguien, además de mi madre. Qué raro, no sé si es el aire fresco el que me hace hablar de esta forma. Normalmente no soy así. No hablo de mis cosas con nadie, lo detesto. Soy más bien un cabeza hueca.

—Raro, «cabeza hueca»… Eres duro contigo mismo. ¡Deja de menospreciarte! Eres una buena persona, Stef.

—¿Tú crees?

—Estoy seguro. Provocas, vacilas, eso es todo. Serías un perfecto italiano, un macho, un ligón —bromea.

—De eso nada, vuestro equipo de fútbol es un desastre. Los franceses somos campeones del mundo.

Francesco se parte de risa. A pesar de vivir en Italia, se siente orgulloso de haber nacido en Francia. Giuseppe y él siempre lo comentan durante los grandes campeonatos.

—No sé por qué, tengo la impresión de que estás cambiando de tema —prosigue Francesco—. Hablábamos de Audrey. Haríais una bonita pareja. He notado que te mira de forma especial. Eres guapo. Seguro que te han dicho que te pareces a ese actor norteamericano. No recuerdo su nombre. Hace de médico en… *Doctor Dolittle* o algo así…

—No sé, la verdad.

—¡Claro que sí! En esa serie famosa. Mierda, no recuerdo el nombre. A Chiara le encanta. Se lo preguntaré. Bueno, la cuestión es que Audrey se siente atraída por ti, pondría la mano en el fuego.

—¡Eso sería una idiotez!

—En cualquier caso, si al final resulta que tengo razón, tendréis que invitarme a la boda.

—¡Tú deliras! Ya la pringué una vez, no pienso repetir la experiencia.

—Bueno, ya hablaremos.

—Insisto. Debe de haber droga flotando en el aire que respiramos, ¡seguro!

—¿Y si la felicidad consistiera simplemente en eso? —dice Francesco señalando el paisaje—. ¿No estamos bien aquí? ¡Esto vale por todos los cigarrillos del mundo! ¡Respira este aire puro!

—Creo que necesitas dormir un poco, Francesco. Si quieres, te relevo. En cualquier caso, no tengo más sueño, y si veo un oso gritaré, no lo dudes.

***

Francesco no se hace de rogar. Entra en la tienda donde Fabrice duerme a pierna suelta, sonriendo, con los brazos extendidos por encima de la cabeza, como un bebé. Y es evidente que está soñando con algo delicioso. Nada en las aguas transparentes de un lago, completamente desnudo. A pesar de que le parece estar solo en el mundo, una mujer se acerca a él. No puede verle la cara, pero le da igual, porque percibe su belleza. Saca la cabeza del agua para hablarle, pero ella escapa. La ve asomar a lo lejos, luego saltar, mostrando una cola de sirena. Nada con todas sus fuerzas para darle alcance. Jadeando, se agarra a una roca y grita:

«¡Vuelve, sirenita! Estoy enamorado de ti, me casaré contigo y te volverás humana».

La roca empieza a moverse, incluso a hablar:

—¡Lo siento, pero soy yo! —dice Francesco, que justo acababa de dormirse.

Tras unos segundos de confusión, Fabrice recuerda dónde está y suelta su presa balbuceando una disculpa.

—Disculpa, por lo visto estaba soñando.

—¡Desde luego, amigo mío! ¿Cómo era la sirenita esa con la que querías casarte?

—¿He hablado en voz alta? —pregunta Fabrice enrojeciendo.

—¡Ya lo creo! Espera, a ver si me acuerdo. Has dicho algo así como: «Vuelve, te quiero. Me casaré contigo y te volverás humana». Algo por el estilo. ¡Muy romántico!

—La verdad es que da igual…

Stéphane mete la cabeza en la tienda.

—¿Estáis bien ahí dentro? ¿Habéis invitado a una tía sin decirme nada o qué? —pregunta bromeando.

Francesco se echa a reír. Fabrice, que se ha relajado un poco, lo imita casi al instante.

—Aquí dentro huele a tigre, ¿eh? —añade Stéphane—. ¿Soy yo el que apesta así? —dice oliéndose las axilas.

—Shhh… ¡Estamos tratando de dormir! —gruñe una voz femenina en la tienda de al lado.

—¡En serio, ni siquiera son las seis! ¡Quiero dormir! —insiste Bérénice.

—Por una vez que puedo levantarme tarde… —se lamenta Audrey—. ¡No tiene gracia, chicos!

Isabelle no oye nada, porque al acostarse tuvo la buena idea de ponerse tapones en los oídos. Además, también se puso un antifaz y está durmiendo con el cojín cervical como almohada.

—Ya que estáis despiertas, deberíais venir a ver el amanecer —sugiere Stéphane—. ¡Es maravilloso!

Las chicas salen de la tienda a regañadientes, con cuidado, para no despertar a su compañera. Se cubren con el saco de dormir para protegerse del aire matinal.

Stéphane, que es incorregible, lamenta no verlas aparecer en camisón.

—¿No nos damos un beso de buenos días?

—Hum…

Demasiado tarde, porque ya se ha abalanzado literalmente sobre ellas. Audrey agradece el recibimiento, pero Bérénice se pone tensa. No se siente muy limpia, que digamos. Tiene el pelo enmarañado, legañas en los ojos y un aliento mañanero que podría competir con el de un chacal, así que no le apetece mucho que la toquen a esa hora tan temprana con tanta espontaneidad, y mucho menos un hombre. Excepto que dicho hombre se llame Francesco, porque, francamente, es poco probable que Fabrice se abalance sobre ella. Es demasiado tímido. Esperaba ver a los dos, pero no, están agazapados en la tienda. Avanzan unos metros para ponerse en el mejor punto.

Es magnífico, en efecto. Audrey ya no lamenta haberse despertado tan pronto. Valía la pena. Piensa que a Isabelle le encantará verlo, de manera que vuelve a entrar en la tienda, pero tropieza con los chicos.

—¡Miércoles! ¡Me he equivocado! —grita dando media vuelta.

—¡Hoy no es miércoles! —observa Francesco.

—Es un truco maternal para no decir palabrotas delante de los hijos. En lugar de decir «joder», Audrey dice «jolines» y en lugar de decir «mierda», dice «miércoles». ¿Entiendes? —le explica Fabrice.

—Ah, comprendo.

—¿Quieres dormir más?

—¡No, para nada! Mejor si nos levantamos. Hay café hecho, podemos calentarlo con el pequeño hornillo de gas que está en el baúl.

—No me gusta el café, pero da igual. Supongo que quedará un pedazo de tarta o algo de fruta.

***

En la tienda de al lado, Audrey sacude a Isabelle con delicadeza. Esta se sobresalta.

—¿Tengo cáncer, doctor? —grita despavorida.

—Soy yo, Audrey —le dice su amiga, sorprendida—. ¿Recuerdas? La excursión Zen Altitud... Siento haberte despertado. Está amaneciendo y es maravilloso, así que he pensado que te gustaría verlo.

—Sí, sí, claro. Ahora me levanto.

—Lo siento mucho, no pretendía asustarte.

—No, soy yo la que siento haber reaccionado de esa manera.

—¿Te encuentras bien? Bueno... No quiero ser indiscreta, pero... ¿Estás en tratamiento? ¿Estás enferma?

—¡No, por Dios! He de tocar madera como sea. Caramba, no hay un solo pedazo en esta jodida tienda.

—¿No es suficiente con que te toques la cabeza?

—¡No, necesito un pedazo de madera! ¡Rápido! —dice saliendo de la tienda en calcetines para buscar restos de una rama entre las cenizas de la hoguera.

Audrey la sigue.

—¿Has perdido algo? —le pregunta Francesco a Isabelle.

—Está buscando un pedazo de madera —responde Audrey—. Hemos de darnos prisa, por lo visto es importante.

—¡Vamos, vamos! —dice Francesco—. Punto número uno, analizar el origen del estrés. ¿Para qué quieres exactamente un pedazo de madera?

—No... no puedo decírtelo.

—¡Respira, Isa! ¡Tranquilízate! Te prometo que todo irá bien.

—¿Esto podría servirte? —pregunta Fabrice tendiéndole una rama seca.

—Puf... Sí, me sirve, gracias.

Miran sorprendidos a Isabelle, que estrecha la rama entre sus brazos. Después, rompe una punta y se la mete en un bolsillo. Audrey se encoge de hombros con un sentimiento de impotencia. Francesco sacude la cabeza con aire de reproche. Fabrice, en cambio, no le da demasiada importancia, porque piensa que todos pueden tener sus pequeños antojos. Dado que se ha levantado, a él, por ejemplo, le gustaría vaciar la vejiga.

CAPÍTULO 11

El sol ya está alto en el cielo. La bruma va desapareciendo, dejando a la vista los pueblos que se extienden a sus pies. La frescura de la mañana se agradece, porque les espera un día estival. En el cielo, las aves rapaces hacen su ronda matutina buscando el desayuno.

Con el pedacito de madera en un bolsillo, Isabelle recupera su dignidad. A cierta distancia de ella, Stéphane y Bérénice contemplan juntos la naturaleza. Él gesticula mucho, enseñando algo a su amiga. Pero ¿esos dos se soportan? Vaya novedad.

Francesco abre la marcha, seguido de Audrey e Isabelle, cuyo corazón late ahora con mayor regularidad. Compasiva, Audrey le tiende el folio donde figuran los veinte consejos antiestrés, por si pueden ayudarla.

Isabelle los lee en silencio. Cuando termina tiene un nudo en la garganta, se enjuga una lágrima y respira hondo.

—Gracias —dice devolviéndole la hoja a su propietaria—. Por desgracia, creo que la felicidad no es para mí.

Irritada por sus palabras, Audrey se acalora. Si pudiera, la empujaría por un barranco en ese mismo instante. Al menos así tendría una buena razón para quejarse.

—No te permito decir eso. Todos tenemos nuestros problemas. No sé cuál es el tuyo, aunque empiezo a hacerme una idea. ¡No estamos aquí por casualidad! Yo, personalmente, tengo muchos problemas y no sé cómo resolverlos, cada día es un reto, ¡no puedes ni imaginártelo! Pero, aun así, procuro resistir diciéndome que un día veré la luz al final del túnel. ¡Porque quiero que esté ahí! Quiero ser feliz. ¡Ese es mi objetivo! ¿Cuál es el tuyo, Isabelle? —grita Audrey sin darse cuenta.

Alertados por las voces, los demás se vuelven.

—¿Qué le pasa a Isabelle, Audrey? —pregunta Stéphane.

—¡No os metáis! Vosotros a lo vuestro —responde Francesco, que acaba de llegar a su lado.

Isabelle no sabe qué responder. Audrey está deprimida, pero tiene razón: su matrimonio va bien; sus hijos crecen sin causarle grandes problemas; a pesar de que están envejeciendo, sus padres gozan de buena salud, piensa mientras tritura el pedazo de madera que tienen el bolsillo. Entonces, ¿cómo es posible que su cerebro no deje de dar vueltas? Su propia mente la tortura, le hace luz de gas. Ese despertar tan brusco ha sido la gota que ha colmado el vaso. Si a la hipocondría se añade la superstición, sus problemas no se están resolviendo, desde luego. No se soporta más. Su respiración se acelera. No tardará en tener una crisis de ansiedad. Audrey se da cuenta y le agarra las manos.

—¡Mírame a los ojos, Isa!

Isabelle se concentra en la boca de Audrey. Contiene las lágrimas que asoman a sus ojos. Está bloqueada, no respira.

—¡Suéltalo! ¡Llora si lo necesitas! No quieras controlarlo todo.

Como si el tapón de una olla a presión hubiera saltado, Isabelle estalla. Rompe a llorar como si acabara de saber que el avión donde viajaba toda su familia se ha estrellado.

—Vaya, no tengo pañuelo —dice sollozando.

—No te preocupes, a llorona no me gana nadie, siempre llevo un paquete —dice Audrey tendiéndole uno.

Francesco se acerca a ellas, seguido de cerca por Bérénice y Stéphane. Fabrice aparece de no se sabe dónde y, al ver a Isabel, se pregunta qué puede haberla puesto en semejante estado. Cuando le dio la rama parecía contenta.

El grupo está al completo. Por encima de sus cabezas una bandada de pájaros vuela rápida hacia el norte. Bobby les ladra.

—Vaya, qué raro. He visto muy pocas veces algo así —comenta Francesco.

De repente, se oye un estruendo sordo, seguido de una explosión que retumba en la montaña. Después, la tierra empieza a temblar bajo sus pies.

—*Cazzo!* ¡Un terremoto! —grita Francesco.

—¡Hostia! Y ahora ¿qué hacemos? —pregunta Stéphane.

—Nada, hay que esperar a que pase. En cualquier caso, estamos en la cima de la montaña. A menos que se produzca un desprendimiento o se forme un cráter bajo nuestros pies, no hay mucho que temer.

Isabelle redobla su llanto. Audrey palidece y piensa que quizá no volverá a ver a sus hijos. Debe conservar la calma. Esto pasará, se dice.

Bérénice se lanza en brazos de Fabrice, que tiembla como una hoja. El joven se pregunta si eso se debe al suelo, que parece flotar, o al hecho de tenerla en sus brazos.

—¡Zen Altitud, vaya mierda! ¡Quiero volver a casa! —grita Stéphane aterrorizado.

—Tranquilízate, Stef. Terminará en cualquier momento. —Audrey trata de calmarlo agarrándole una mano.

Francesco recita mentalmente una oración a santa Librada. Su madre la invocó en una ocasión cuando era niño y se le quedó grabado.

Iba con su hermana y sus padres en el coche, avanzaban a gran velocidad por una autopista de tres carriles, cuando el neumático posterior izquierdo reventó. El coche dio varios trompos derrapando y golpeó las barreras metálicas del terraplén central. Entonces su madre gritó: «Ayúdanos, santa Librada», bueno, la verdad es que lo dijo en francés: «*Aide-nous, sainte Délivrée!*». Como por arte de magia, su padre consiguió dominar el vehículo, que entretanto se había puesto en sentido contrario en el carril de en medio. Dadas las circunstancias, podrían haber chocado contra un camión y habrían muerto todos. Por suerte, salieron sanos y salvos. El coche fue a parar al desguace antes de lo previsto. Santa Librada los había salvado.

Al cabo de unos interminables segundos, la sacudida termina y la tribu suspira aliviada. Unas gotitas de sudor resbalan por el espinazo de Francesco. Enciende de nuevo el teléfono y levanta los brazos con la esperanza de que haya cobertura. En vano.

La excursión no puede llevarse a cabo, tienen que bajar antes de lo previsto. La sacudida puede ser la primera de una serie. Es probable que se repita, quién sabe. La naturaleza no avisa.

A pesar de que lleva viviendo en Italia bastantes años y de que ha presenciado varios terremotos, Francesco nunca se acostumbrará a ellos. ¡Solo por eso volvería a vivir en Francia o en Bélgica! En casa de sus tíos, Dario y Antonella, porque allí no hay terremotos.

—¿Qué hacemos ahora? —pregunta Audrey con una serenidad impresionante.

—En cualquier caso, debíamos bajar esta mañana. Supongo que a nadie le importa que lo hagamos antes de lo previsto.

—¡Por supuesto que no! —exclama Stéphane, que se va ya camino del campamento—. ¡Recogemos las cosas y nos vamos!

Bérénice no suelta el brazo de Fabrice, que, según ha descubierto, es más musculoso de lo que parece. Entretanto, consuela a Isabelle, que sigue teniendo hipo, a pesar del susto que se acaban de llevar.

***

Jamás un grupo ha sido tan eficaz. El campamento desaparece en un santiamén. Recogen sus cosas, enrollan sus sacos de dormir y sus colchonetas de espuma en medio de un silencio sepulcral. Los hombres pliegan las tiendas metódicamente y luego las meten en el contenedor. A continuación, echan a andar sin beber siquiera un café. Ni siquiera Stéphane, el más comilón del grupo, protesta, porque no ve la hora de llegar a los pies de la montaña. Francesco coge las sobras para poder comer algo durante el camino.

El ambiente ha cambiado por completo. La noche maravillosa que han pasado bajo las estrellas, soñando, pidiendo deseos, confiando en el porvenir, solo es un lejano recuerdo. Sus semblantes están contraídos en un rictus de inquietud. Cinco de ellos jamás han vivido algo así. Cuando emprendieron el viaje pensaron que quizá verían un oso, lobos o marmotas, pero no imaginaron que vivirían algo así. ¡Es aterrador sentir el temblor de la tierra bajo los pies! Ahora comprenden mejor el pánico que deben de sentir las víctimas de catástrofes naturales. Su única preocupación es que se repita.

CAPÍTULO 12

Después de haber recorrido dos kilómetros, suena el teléfono de Francesco. Vuelve a haber cobertura. La cara de su hermana aparece en la pantalla. Francesco contesta:

—*Pronto!*

—¡Te he llamado un montón de veces! Paolo también.

—Arriba no hay cobertura. Acabo de recuperarla.

—Podrías haber utilizado el *walkie talkie.* ¡Sirve para eso!

—¡Seguid solos! ¡Os daré alcance enseguida! —dice Francesco al resto del grupo para poder hablar tranquilamente con Chiara—. Olvidé que tenía una radio en la cima. Nunca la utilizo. En cualquier caso, la batería debe de estar agotada.

—¿Lo habéis sentido? —pregunta Chiara.

—Desde luego. ¿Y vosotros? ¿Estáis bien?

—Todo en orden. Giuseppe ni siquiera se ha dado cuenta. Los papás me han llamado, están bien. Estaban preocupados por vosotros. Aquí se han movido un poco las cosas, eso es todo.

—¿Qué dicen las noticias?

—Se trata de un seísmo de magnitud 4,7. El epicentro está en Molise. Por lo visto, solo se han producido algunos daños materiales, pero la gente se ha llevado un buen susto. ¿Cómo están tus clientes?

—Impresionados. Yo también, la verdad. Arriba el temblor ha sido bastante fuerte. Qué rabia, porque estábamos de maravilla. La velada fue genial. Deberías haber visto el cielo. ¡Era magnífico! El terremoto se ha producido mientras contemplábamos el amanecer. Ni siquiera me ha dado tiempo a enseñarles los dos mares. El valle del norte no estaba bastante despejado. Menuda decepción, si supieras…

—No es culpa tuya, hermanito. Lo importantes es que no hay ningún herido. ¿Estáis bajando ya?

—Sí. No visitaremos la cueva, bajaremos directamente. Al diablo.

—Tienes razón. Es mejor.

—Oye, ¿puedes hacerme un favor?

—Soy toda oídos.

—Pedí cita a Fabio, el peluquero de Villa Latina, a primera hora de la tarde. ¿Puedes tratar de adelantarla? Al ritmo que llevan, llegaremos antes de las diez.

—No te preocupes, yo lo arreglo.

—Espera, otra cosa. ¿Puedes pedir cita al barbero para Stéphane?

—¿Para Stéphane? ¿Cómo vas con él? ¿Se ha puesto pesado?

—No, al contrario, es bastante agradable. Por cierto, ya que hablamos de él, quería preguntarte algo: esa serie que ves en la tele… Ya sabes, la de los médicos. No recuerdo cómo se llama.

—Hay muchas series sobre médicos.

—¡Haz un esfuerzo, anda! Creo que Stéphane se parece a ese actor estadounidense… Ese tío guapo, con el pelo castaño, un poco largo… ¡Espera, ahora me acuerdo! Creo que su apellido es francés.

—¿Patrick Dempsey? ¿El que salía en *Anatomía de Grey*?

—¡Síí! ¡Eso es! Es él. Tenía su nombre en la punta de la lengua.

—¡Qué va! Creo que el terremoto te ha aturdido bastante — dice soltando una carcajada.

—¡Ríete, ríete! Cuando vuelvas a verlo, comprobarás que tengo razón. Pero bueno, dejemos el tema. Da igual. Entonces, ¿te ocupas del programa?

—De acuerdo, resumo: adelanto la cita de Fabrice y pido hora para Stéphane. ¿Eso es todo, jefe?

—No, me gustaría que pidieras a Loretta si puede darles también un masaje y hacerles la manicura a ellas. Dile que me lo debe, lo entenderá.

—¿Y yo? ¿No puedo darme también un masaje, después de todo lo que hago por ti?

—Habla con Giuseppe, siempre está dispuesto a darte un masaje y, además, gratis.

—Genial —dice ella irónicamente—. Ya sabes que Loreta está loca por ti. Es capaz de pedirte que le pagues en especie.

—¡Cómo puedes decir eso! ¡Se casa dentro de tres semanas!

—Si piensas que eso se lo impediría… Sea como sea, estás tirando la casa por la ventana con ese grupo. ¿Tan agradables son?

—¡No me queda más remedio! Vinieron para hacer una excursión «zen» y mira qué lío. He de conseguir que me perdonen.

—Pero ¡tú no tienes la culpa de que haya habido un terremoto!

—Ya lo sé, pero de todos modos… Bueno, he de irme, que ya los estoy perdiendo de vista. ¡Gracias, hermanita!

—*Ti voglio bene*, hermano —murmura tímidamente Chiara—. Nunca te lo digo, pero esta mañana he tenido miedo de que te hubiera pasado algo.

—Yo también, te quiero mucho. Nos vemos abajo. Hasta luego. *Ciao, bella!* —dice antes de colgar.

***

Ya más tranquilo tras la conversación con su hermana, Francesco tiene que apretar el paso para dar alcance al grupo. Sabía que tenían

126

prisa, pero no hasta ese punto. Tiene sed y su barriga, que ya protestaba hambrienta hace un rato, lo llama al orden.

—¡Eh! ¡Esperadme!

Bobby ladra. Fabrice se vuelve. Todos se paran. Francesco se reúne con ellos jadeando.

—¿Qué os parece si hacemos una pausa?

Los demás lo miran como si hubiera dicho la mayor idiotez del mundo. No saben que estaban más seguros en la cima de la montaña que allí abajo, pero Francesco se guarda muy mucho de decírselo.

—Entiendo que tengáis prisa, pero no corremos ningún riesgo si nos paramos aquí unos minutos y nos tomamos un café. Comemos algo y seguimos.

—¡Vale! Yo también me muero de hambre —dice Stéphane, quitándose la mochila.

—Ahora te reconozco, Stef.

A decir verdad, todos tienen hambre, solo que el miedo se ha apoderado por completo de ellos. La urgencia era encontrar un refugio. Pero ¿es posible protegerse de un terremoto? Bérénice busca aprobación en la mirada de los demás.

—De acuerdo, Francesco —asiente Fabrice—. Confiamos en ti.

—Ah, así estoy más tranquilo. Me habéis asustado. Creía que os había perdido para siempre.

Francesco se sienta en el suelo y sus clientes lo imitan. Saca de la mochila el termo, la caja con las galletas de Monia y algo de fruta: plátanos, naranjas y manzanas. Lo dispone todo encima de un paño cuadrado. El termo de café aún está tibio. Excepto a Fabrice, a quien lo le gusta, sirve un vaso bien lleno a los demás.

Audrey se siente reconfortada tras dar los primeros sorbos. Si algo necesitaba, era una buena dosis de cafeína. Isabelle preferiría que fuera té verde, pero no dice nada, dado que ya ha dado bastante la lata al despertar esa mañana. Stéphane está que trina porque no va a poder fumarse un cigarrillo con el café. Es la primera vez desde… A decir verdad, no sabe desde cuándo.

Fuma desde los trece años. Al principio lo hacía para imitar a los *bad boys* de su clase, los que salían ya con chicas y las besaban con lengua. Lo malo es que no tardó en quedar enganchado al tabaco. Robaba cigarrillos a sus padres a escondidas. Más tarde, se gastaba el dinero de la paga para comprarse los paquetes. Sus padres tardaron en darse cuenta y cuando se enteraron no supieron qué decirle para disuadirlo, porque eran fumadores empedernidos. Además, Stéphane era un buen alumno, así que, dado que solo se trataba del tabaco, lo dejaron en paz. Pasaron los años y nunca pensó en dejarlo. La ruptura con Judith le abrió los ojos. Demasiado tarde, por desgracia. ¿Se habría quedado ella a su lado si hubiera dejado de fumar? ¿Habrían sido más felices? Probablemente no.

—Ay, ay, ay —dice suspirando—. Un café sin cigarrillo es como una fiesta sin alcohol.

—Yo también era fumadora —tercia Isabelle.

—¡No! ¡Una farmacéutica que fuma! Es contradictorio —exclama Bérénice.

—¡Nadie es perfecto, mi querida amiga! En cualquier caso, fumaba algunos cigarrillos entre semana, sobre todo por la noche. Eso fue mucho antes de que me volviera hipocondríaca —les cuenta con la mayor naturalidad del mundo.

Francesco sonríe para sus adentros. Isabelle va por el buen camino. Nadie le reprocha la confidencia. En el grupo hay un gran respeto mutuo.

—¿Por qué lo dejaste? —pregunta Stéphane intrigado.

—Conocí a mi marido. Yo tenía treinta años y él treinta y seis. La primera vez que salimos juntos me dijo que odiaba el tabaco y que jamás podría estar con una fumadora.

—¡Qué duro! —suelta Bérénice—. Fumadora o no, yo me habría largado pitando.

—Creo que, al menos, tuvo el mérito de ser muy claro —dice Audrey.

—La cuestión es que lo fue para mí. No sé por qué, pero al volver esa noche a casa tiré a la basura todos los paquetes que tenía, además de los ceniceros. Lo dejé de un día para otro y jamás volví a hacerlo. Ni siquiera sabía que me iba a enamorar de él, lo único que sabía era que quería dejar de fumar.

—Guau...¡Para que veas! Hay que tener mucha voluntad —comenta Audrey.

Ofendido, Stéphane pone mala cara.

—No lo digo por ti, Stéphane. No te conozco lo suficiente para juzgarte. A mí, por ejemplo, me gustaría ser más tranquila, saber relativizar, tener más confianza en mí misma... al menos eso es lo que aconsejo a mis amigas cuando me toca consolarlas. ¿Por qué es más fácil dar lecciones que aplicarlas?

—Es muy sencillo —tercia Francesco—, ¡además de sano! Significa que escuchas más a los demás que a ti misma.

—¡Eres una pesimista alegre! ¡Lo comprendí en cuanto te vi! —dice Stéphane a Audrey, que le saca la lengua.

—Francesco tiene razón —murmura Isabelle—. Por lo demás, no te he dado las gracias por la conversación que tuvimos antes del terremoto. Hiciste bien en ser dura conmigo. Gracias, Audrey. Te lo digo de corazón.

—De nada... ¿Puedes repetirme lo que te dije? La verdad es que no me acuerdo.

Todos se echan a reír, salvo Bérénice, que está tratando de poner en orden sus ideas.

—¿De manera que para ser feliz hay que ser egoísta? —pregunta.

SONIA DAGOTOR

—¡No, no, al contrario! Quererse, tenerse en consideración y desear la felicidad no es egoísmo. El verdadero egoísmo consiste en pensar antes en uno mismo que en los demás.

—De acuerdo, pero a veces uno puede volverse egoísta porque ha dado demasiado, porque no ha recibido lo que esperaba en respuesta o porque lo han herido, humillado, menospreciado… —enumera Bérénice con cólera en los ojos, recordando la relación tóxica que vivió con su antiguo novio, que tanta amargura y miedo a los demás le dejó en herencia.

—Pero ¿cómo se puede ser feliz si detenemos a la felicidad en la puerta? ¿Si nos conformamos con pequeños placeres mezquinos, materialistas, que tienen el gusto acre de la soledad?

—Estoy de acuerdo con Francesco —asiente Audrey—. Tengo un buen ejemplo en casa. A Jules, mi hijo mayor, le encanta acaparar los juguetes de su hermano pequeño.

—Espero que el pequeño no se llame César —la interrumpe Stéphane.

—Pues no, ¿por qué? —pregunta Audrey, demasiado concentrada para captar la broma sin ninguna gracia de Stéphane.

—Jules y César… Julio César… Me rindo, es evidente que no os hace reír —dice mirando a sus compañeros, que en realidad sienten vergüenza ajena.

Fabrice y Bérénice ponen los ojos en blanco suspirando.

—¡Una salida genial, Stef! —dice Francesco en tono irónico—. ¡Sigue, Audrey! Estabas comentando algo muy interesante.

—A ver si me acuerdo… ¡Ah, sí! Decía que a Jules le encanta coger los juguetes de su hermano pequeño, pero que luego no disfruta jugando solo. Así pues, lo primero que hace es llamar a Verne.

—¿Qué? —exclama Stéphane—. No me digas que te atreviste a llamar Verne a tu otro hijo.

Audrey calla unos segundos antes de responder:

—¡Por supuesto que no, idiota! Solo quería asegurarme de que me estabas escuchando. Mi segundo hijo se llama Paul. ¡Qué cara has puesto! —Audrey se muere de risa—. Era para troncharse.

—¡Qué bromista es nuestra amiga! Eres muy graciosa. Me has gastado una broma, ¡a mí! He mordido el anzuelo, lo reconozco. Retiro mis palabras, eres alegre, nada pesimista.

Todos se ríen, algo que, hace apenas unos minutos, les parecía inconcebible.

—¿Te importa que encendamos el móvil, Francesco? —pregunta Isabelle cuando recupera el aliento—. Quién sabe, quizá nuestras familias hayan oído hablar del terremoto en las noticias, no quiero que se inquieten.

—¡Por supuesto! Qué tonto soy, no se me había ocurrido. Debería habéroslo dicho enseguida. Yo fui el primero que se alegró de hablar con Chiara.

Los interesados se levantan y se alejan unos metros para hacer un aparte. Fabrice y Stéphane se quedan sentados, se contentan con balancear sus teléfonos 4G. Ninguno de los dos ha recibido una llamada, tampoco un mensaje. A decir verdad, exceptuando a sus respectivos jefes, a los que tuvieron que pedir permiso para irse unos días de vacaciones, no les pareció que sirviera de nada hablar de la excursión con nadie, ni siquiera con sus padres.

**

Isabelle llama a su marido. Suele despertarse a esa hora. Con un poco de suerte, habrá encendido el teléfono.

—¿Dígame? —dice Romain con voz grave.

—Hola, soy yo. ¿Cómo estás?

—¿Sabes qué hora es, Isa? ¿Por qué llamas tan pronto?

—Tenía ganas de oír tu voz —dice Isabelle conmovida.

—Te recuerdo que solo llevas veinticuatro horas fuera de casa.

—Es cierto, pero te echo mucho de menos.

—¿Tanto? ¿Seguro que va todo bien? Pareces rara.

—Esta mañana ha habido un terremoto.

—Un momento, ¿hablas en serio? —pregunta él alarmado.

—Sí, menudo canguelo, como dirían los niños.

—Oye, ¿no será que te ha caído una roca en la cabeza?

Isabelle suelta una carcajada.

—¡Claro que no, tonto! Ha sido esta mañana, a primera hora, y ha durado uno o dos minutos. Ha sido aterrador. Creía que nunca iba a parar. De no haber sido por eso, no te habría llamado, porque no podíamos hacerlo, pero temíamos que lo mencionaran en las noticias y que os inquietarais. Por eso nuestro guía nos ha dejado llamar.

—¡Puf! ¡Por lo que veo, ha sido más el miedo que el daño! ¿Y tú, cómo te encuentras?

—Bien, salvo que he tenido que hacer pis detrás de un árbol.

Romain se echa a reír al otro lado de la línea.

—Me habría encantado verte —dice.

—No fue muy agradable, la verdad. A mis zapatos no les gustó mucho —añade Isabelle, encantada de oír cómo se divierte su marido.

—Basta que los limpies con tu gel desinfectante. ¿Cuántos frascos te llevaste?

—No sé, he decidido dejar de contarlos.

—¡Vaya! ¡Estás haciendo progresos, querida! Me siento orgulloso de ti.

—…

—¡Vaya mierda de teléfono! ¡Se ha cortado la línea! ¿Sigues ahí, Isa? ¿Isa?

—Sí, sí… Estoy aquí. Me sorprende que digas que estás orgulloso de mí.

—¡Claro que lo estoy!

—Muchas gracias, cariño —dice ella, llorando conmovida—. Bueno tengo que dejarte. Da un abrazo a los niños de mi parte, no quiero entreteneros. Baptiste debe coger el equipo de deporte y Clara tiene clase piano...

—¡Isa! Nosotros nos encargamos de eso. Tú ocúpate de ti misma, ¿de acuerdo?

—De acuerdo. Te quiero —susurra.

—Yo también.

Isabelle cuelga, hacía mucho tiempo que no se sentía tan feliz y serena. Ya no nota la habitual opresión en el pecho. Sus temores la llevaban a dudar de todo, incluso del amor de su marido. ¿Cómo ha podido llegar a tal extremo?

Al final, el terremoto ha tenido algo bueno. Es consciente de lo afortunada que es. Audrey estaba en lo cierto. No debe dejarse llevar por el pesimismo. Isabelle la «plasta» no regresará a París, se quedará ahí, en esa montaña. Satisfecha, se encamina hacia el grupo más sonriente que nunca.

**

Bérénice mira el móvil durante un buen rato sin saber muy bien con quién tiene ganas de hablar. Responde enseguida a un mensaje de su madre, después sube varias fotografías al grupo de WhatsApp que comparte con sus amigas Gwen y Gaëlle. A esa hora aún estarán durmiendo, seguro. Las verán más tarde. Solo añade un breve mensaje: «¡Hola, chicas! Todo va bien, salvo el pequeño terremoto que hemos tenido esta mañana al despertarnos, que nos ha obligado a bajar antes de lo previsto de la cima. A pesar del miedo, esto es precioso. Creo que jamás olvidaré vuestro regalo. ¡Os quiero, guapas!».

Mientras repasa las imágenes, se da cuenta de que ha sacado muchas fotos del grupo y de que en algunas Fabrice aparece en primer plano. Ese chico la intriga. No es para nada su tipo, pero hay algo en él que la atrae. Quizá porque es diferente de los demás hombres, porque no se abalanza sobre todo lo que se mueve, porque es dulce y atento, sin segundas intenciones. Quizá porque parece salido de otra época y porque, a pesar de todo, su presencia la tranquiliza sin sofocarla. Quizá porque...

Lo mira a hurtadillas. Fabrice está fotografiando la montaña con su máquina, que es enorme, además de ser de otra época. Discretamente, le hace una fotografía y, sin mayor explicación, la envía a sus amigas.

***

Audrey vacila mucho antes de pulsar la tecla verde. Teme las consecuencias de su llamada, pero si no la hace, se arrepentirá.

La vida de Audrey se puede resumir de esta manera: «Voy, no voy. Lo hago, no lo hago. Quiero, no quiero». Víctima casi de un trastorno obsesivo-compulsivo, se dice a sí misma: «Si Francesco está sentado, los llamo. Si está de pie, solo les enviaré un mensaje». Se vuelve. Francesco está sentado. Así pues, pulsa el famoso icono verde. El teléfono suena dos veces antes de que su madre descuelgue.

—¡Hola, cariño! —dice Nicole.

—Hola, mamá.

—¿Pasa algo? Nos dijiste que no ibas a poder llamar por teléfono.

—Sí, es cierto, pero ha ocurrido una cosa. ¡No te asustes!

—¡Si dices eso, me asusto enseguida!

—Esta mañana, a primera hora, ha habido un terremoto mientras estábamos en la cima, pero te aseguro que estamos bien.

—¡Un terremoto! Viví uno en mil novecientos sesenta y siete, en Béarn. Tengo un recuerdo espantoso.

—Nunca me lo habías contado —dice Audrey.

—Es cierto. Es una de esas cosas que prefieres olvidar. Lo siento mucho, cariño. Se supone que deberías haber tenido una experiencia relajante. De haberlo sabido, te habría reservado una habitación en un balneario. Tu padre me convenció. ¿Lo has oído, Philippe? Ha habido un terremoto en Italia. ¡Enciende la tele! —grita, a tal punto que Audrey debe apartar el teléfono de la oreja.

—No es necesario, mamá. No creo que lo mencionen en la televisión francesa.

—Ah, ¿de verdad?

—Estoy segura. ¿Están despiertos los niños? Me gustaría darles los buenos días.

—¿Los niños? La verdad es que…

—No me digas que aún están durmiendo. Conmigo se despiertan al amanecer.

Al otro lado de la línea se hace el silencio.

—Vamos, mamá. Pásame a Jules, por favor. ¡O a Paul!

—No puedo pasártelos.

—¿Por qué?

—Porque no están aquí.

—¿Cómo que no están ahí? Pero ¿qué me dices? Debíais ir a recogerlos al colegio.

—Lo sé, pero… Jérôme los esperaba también a la salida y los niños quisieron irse con él.

—¿Y tú aceptaste sin decirme nada?

—Escucha, Audrey, no podíamos montar un espectáculo delante de todos. Es su padre. No aprobamos lo que te hizo, pero quiere a sus hijos y le gustaría verlos más a menudo.

—¿Eso fue lo que dijo?

—¡Por supuesto!

—¡Es un descarado! ¡Mierda! Ahora mismo estoy rabiosa.

—Ya te oigo. Lo siento. No imaginaba que te lo tomarías así.

—¿Y cómo quieres que me lo tome? —grita Audrey.

—Los niños parecían encantados de ir a su casa.

—Vale. ¡Basta! Lo hecho, hecho está. Ahora tengo que dejarte. Te volveré a llamar cuando esté más tranquila.

—Cariño, yo…

Pero Audrey ha colgado ya, furiosa. Manda un SMS a su marido: «Buenos días. ¿Puedes decirles a los niños que los quiero? Gracias».

A continuación apaga el móvil, se lo mete en el bolsillo y saca de él la hoja de los consejos. La lee deprisa y se detiene en el número catorce, que le parece más que apropiado para la ocasión: exteriorizar el estrés. Sin complejos, inspira hondo y grita con todas sus fuerzas:

—¡AAAAAAAAAAAAHHHHHHHHH!

Antes de que acabe de gritar todos han corrido ya a su lado para asegurarse de que no ha sido atacada por un gremlin. Al oír el alarido, se han temido lo peor.

—¡Coño! ¡Qué gusto da! —exclama Audrey—. ¡Vaya! ¡Jamás habría imaginado lo bien que sienta!

—¿Ha dicho «coño»? —pregunta Fabrice con aire incrédulo.

—Pues sí —responde Bérénice.

—¡Te estás soltando, Audrey! —exclama Stéphane sonriente.

—¡UH! ¡AH! Ya me siento mejor —añade ella.

—¿Quieres contárnoslo? —pregunta Francesco.

—No creo que os interese. Solo necesitaba descargar la tensión. Ese punto es genial. ¡Os lo recomiendo a todos!

—¿Qué punto? —pregunta Stéphane.

—El catorce: exteriorizar el estrés. Sí, es ideal cuando estás en medio de la nada —dice Francesco mirando alrededor para asegurarse de que no aparece ningún pastor cargado con un fusil.

—Pero casi provocas otro seísmo —observa Fabrice.

—¡No hables de desgracias! —suelta Isabelle, torturando el pedazo de madera que lleva en el bolsillo.

Cuando se da cuenta del gesto que está haciendo, saca el pedazo, se lo tiende a Bobby para que lo olfatee y luego lo lanza con fuerza diciendo:

—¡Vamos! ¡Ve a buscarlo!

Pero Bobby no se inmuta, en lugar de eso, la mira cabeceando con aire de decir: «¡Ve tú si quieres!».

CAPÍTULO 13

Cuando el grupo vuelve a ponerse en marcha, cada uno piensa en lo suyo. A pesar de que hace todo lo que puede, Audrey no logra quitarse a Jérôme de la cabeza. Jérôme, que arruina su vida. Jérôme, que la hace tan infeliz, después de haberle hecho creer en el amor eterno. Jérôme, que aprovecha su ausencia para acaparar a sus hijos. Jérôme, que la decepcionó. ¡Grrr! Irritada, trata de recordar los consejos para apaciguarse, pero esta vez no le sirven de mucho.

A su espalda, Stéphane aguarda el momento propicio para hablar con ella. La oye mascullar, señal de que no tiene ganas de conversar. Será paciente.

Isabelle se siente mucho mejor después de haber llamado a su marido. Sonríe sola como si estuviera sintiendo el amor por primera vez. Camina con paso ligero. Casi no siente dolor en los dedos gordos de los pies, a pesar de que las botas son estrechas y le aprietan.

Francesco aún no les ha dicho que les esperan unas cuantas citas en la peluquería y en el instituto de belleza. Como ha tenido que cancelar el programa debido al terremoto, quiere darles una sorpresa y está deseando ver su reacción.

Bajan a buen paso, con prisa por volver a la civilización. Salvo unos cuantos rebaños de vacas y ovejas, no se cruzan con nadie. Es como si no hubiera sucedido nada, como si no se hubiera producido el terremoto, como si lo hubieran soñado. Todo está en su sitio. El pequeño arroyo sigue allí, no tardan en ver el cementerio de árboles algo más abajo.

Fabrice se detiene un momento para refrescarse las manos. Bobby ladra a su lado.

—¿Has visto algo, Bobby? —pregunta Fabrice.

Alertado por el perro, Francesco se apresura a acercarse a ellos. Fabrice no lo oye llegar. Escudriñando aquí y allí, al final descubre lo que ha inquietado al perro.

—¡Una víbora! —grita.

La serpiente desaparece entre la hierba alta. Aterrorizado, Fabrice da un paso atrás y se vuelve sin saber que Francesco está a su espalda, de manera que le da un cabezazo en plena cara. El atractivo italiano cae al suelo más tieso que un palo.

—¡Madre mía! —grita Fabrice—. ¡He matado a Francesco! ¡Isabelle, rápido!

Francesco yace en la hierba. Por la nariz le sale un hilo de sangre. Demasiado preocupado por el guía, que parece haber muerto por su culpa, Fabrice no parece sentir ningún dolor. En cambio, se imagina ya detrás de los barrotes por homicidio involuntario.

—¿Hay que hacerle la respiración boca a boca? —pregunta Bérénice, dispuesta a ofrecerse como voluntaria.

La farmacéutica, que tiene un diploma en primeros auxilios, se pone manos a la obra. Alza enseguida la mirada para tranquilizar al grupo, que aguarda su diagnóstico conteniendo la respiración:

—Solo está grogui. Lo has noqueado.

—Ha sido un accidente. He visto una serpiente en la orilla y me he asustado. No lo he oído llegar.

—¿Tú no te has hecho nada? —lo interrumpe Bérénice.

Fabrice se quita el gorro y se masajea la cabeza para comprobar dónde ha recibido el golpe.

—¡Ay! —grita al dar con la zona dolorida.

—A ver qué tienes —dice Bérénice solícita—. ¡Vaya, tú tampoco te has librado! Tienes un chichón enorme.

Entretanto, Francesco ha empezado a balbucear, pero nadie entiende lo que dice.

—*Élisa... Amore... vita mia, Élisa, rivederci, mi manchi...*[4]

—Parece que está volviendo en sí —dice Audrey—. ¿Alguien conoce a la tal Élisa?

—Debe de ser su chica —responde Stéphane con perspicacia.

—¿Cómo quieres que sepamos quién es? Él lo sabe todo de nosotros, pero nosotros no lo conocemos. Deberíamos llamar a Chiara —sugiere Bérénice.

Fabrice está aturdido. Se ha sentado en la hierba al lado de Francesco. Con la cabeza hundida entre las rodillas, que ha pegado al pecho, se balancea como un niño castigado.

—Vamos, Fabrice. ¡No está muerto! Mira, está hablando, así que no pasa nada —dice Bérénice tratando de tranquilizarlo.

—¡Ten, échate esto en la boca! —le ordena Isabelle tendiéndole un pequeño tarro parecido a un espray contra el mal aliento—. Pulveriza dos veces bajo la lengua y verás como enseguida te encuentras mejor.

—¿Es una droga? —pregunta Stéphane—. Yo también quiero. Así olvidaré las ganas de fumar.

—¡Da igual lo que sea! —replica Audrey—. ¡¿¡Por qué quieres llamar siempre la atención?!

Entretanto, Isabelle ha puesto su almohada cervical bajo la cabeza de Francesco y le está refrescando la cara con el agua de su cantimplora. La nariz del joven ha recibido un buen golpe, pero ya no sangra. No parece rota. Es posible que se le ponga un ojo morado. Farfulla palabras en italiano mientras Bérénice lo registra buscando el móvil, palpando a hurtadillas sus abdominales.

---

4   «Amor. Vida mía. Nos volveremos a ver. Te echo de menos». (N. de la T.).

—¿Estás segura de que lleva el teléfono en la barriga? —le pregunta Isabelle, que ha comprendido las intenciones de la joven—. Yo en tu lugar miraría en el bolsillo de la chaqueta.

—Ah, sí... Aquí está —dice Bérénice, que lamenta no haber podido palpar los bolsillos del pantalón.

—¿Está bloqueado?

—Por desgracia sí. Ten, mira el fondo de la pantalla. Debe de ser la chica de la que habla.

En la pantalla aparecen Francesco y una joven rubia comiéndose una pizza. La foto no es muy reciente, porque en ella Francesco lleva el pelo más corto.

—Bueno, ¿qué hacemos? —pregunta Audrey.

—Francesco, ¡eh! ¡Despierta! —grita Isabelle.

—¿Voy a tener que llevarlo a cuestas? —pregunta Stéphane inquieto.

Bobby se acerca a su dueño. Analiza la situación, gira ladrando alrededor de él y por último le lame la cara. Francesco reacciona al instante.

—¡Para ya, Bobby! ¡Qué asco!

Aliviados, los demás sonríen al ver que el guía abre también los ojos.

—¿Por qué me miráis así? Parece que habéis visto una aparición.

Fabrice se abalanza sobre él, exultante al ver que ha recuperado el conocimiento.

***

Al cabo de unos minutos, Francesco se levanta sin presentar ninguna secuela. Recuerda todo lo que pasó antes de que Fabrice le diera el cabezazo. En cambio, no suelta ni una palabra sobre Élisa, que pobló sus sueños mientras estuvo inconsciente. Tiene una especie de bulto en el entrecejo e Isabelle le ha puesto una pomada para que no se forme un hematoma. Además le ha dado un analgésico para el dolor. ¿Quién puede reprocharle que se haya llevado la farmacia a cuestas? Como es una buena profesional, no se separa de él. Bérénice y Audrey tampoco. Tácitamente las tres han decidido averiguar algo más sobre Élisa. Isabelle, la decana del grupo, empieza el interrogatorio:

—¿Quién es Élisa, Francesco?

El joven se sobresalta al oír el nombre.

—Hum… ¿Élisa?

—Sí, mientras estabas inconsciente, después de que Fabrice te diera el golpe, has repetido varias veces ese nombre. A las chicas y a mí nos gustaría saber quién es.

—¿A las chicas y a ti? —pregunta él observándolas.

Bérénice y Audrey hacen gestos de aprobación.

—¡Qué curiosas sois las mujeres! En cualquier caso, ¿por qué habría de hablaros de ella?

—Por la simple razón de que sabes más de nosotros de lo que nosotros sabemos de ti —tercia Bérénice.

—Exacto, es una cuestión de equidad —añade Audrey.

Francesco se ríe sonoramente.

—Si os lo digo, perderé toda mi credibilidad.

—¡Para nada! ¡Venga, te escuchamos! —lo anima Isabelle.

—Bueno, os lo cuento porque no me dejáis otra opción. Es una chica que conocí en enero del año pasado. Entró en mi vida tan rápido como salió de ella. Me enamoré enseguida. Era la primera vez que me sucedía.

—¡Es superromántico! —exclama Bérénice.

—¡No lo interrumpas, por favor! —la riñe Audrey—. Sigue, Francesco, queremos saber qué pasó después.

—¡Bueno, eso es todo! —dice él.

—¿Cómo que eso es todo? ¿No estáis juntos? —replica Isabelle insatisfecha.

—Acabo de decíroslo. Entró en mi vida tan rápido como salió de ella. No estamos juntos.

—¿Y tú estás colgado de una chica a la que solo has visto unos segundos? —se embala Audrey.

—No sé cómo explicároslo... Tenemos muchas cosas en común, es fascinante, guapa, divertida. Me robó el corazón.

—Guauuu... —dice Bérénice suspirando.

—No, Béré, de guau nada, porque no hay ninguna relación. Pero bueno ¿ella lo sabe al menos? —pregunta Audrey.

—Hum... ¿Tengo que responder a todas vuestras preguntas?

—Sí —afirma con firmeza la decana.

—En ese caso, ¿qué es lo que habría de saber?

—¡Que piensas en ella, caramba! —contesta Audrey exasperada—. ¡Que sentiste el flechazo! ¡Que estás enamorado! Hay tantas cosas que a una mujer le encantaría oír decir a un hombre... ¿Lo sabe o no?

—No, no lo sabe. No me atreví a decírselo. Tenía novio, no era libre. La vida es así. No era el momento adecuado, eso es todo.

—¿Os besasteis? —pregunta Bérénice.

Francesco elude la pregunta.

—¡Debes responder, Francesco! ¿Os besasteis o no? —repite Isabelle.

—Sí —contesta él al final, dando su brazo a torcer.

—¡Oh! —exclaman las tres mujeres a la vez que se paran.

—¿Y qué? Ella vive en Francia y yo aquí. Ella ha vuelto a su vida y yo a la mía. ¿Qué habríais hecho en mi lugar?

—¡Lo que hiciste tú no, desde luego! ¡Porque no hiciste nada! ¿Aún puedes ponerte en contacto con ella? —pregunta Audrey.

—Solo tengo su correo electrónico.

—¡Pues ahora mismo le escribes! No nos marcharemos de aquí hasta que no lo hayas hecho —le ordena Isabelle.

—¿Es una broma?

—¿Te parece que bromeamos? —pregunta Bérénice.

Las tres lo miran con los brazos cruzados, aguardando su respuesta.

—No pienso hacerlo ahora. Para empezar, estamos en la montaña y, además, el *coach* soy yo. ¡Aquí soy yo quien da las directrices, no vosotras!

—Vamos, Francesco, todos somos el *coach* de alguien.

—En casa del herrero, cuchillo de palo.

—No conozco ese refrán.

—En pocas palabras, me voy a sentar aquí y no me levantaré hasta que no hayas escrito un mensaje a tu Dulcinea.

—¡Eso es ridículo! —protesta Francesco.

Bobby, Fabrice y Stéphane, que habían seguido caminando, dejaron de oírlos a sus espaldas y, tras dar media vuelta, se acercan ahora a ellos.

—¡Eh, vosotros! ¿Qué ha pasado esta vez? ¿Habéis visto un oso? —grita Stéphane.

—Francesco tiene que hacer una cosa. ¡Enseguida vamos! —responde Isabelle.

***

Francesco se siente contrariado. Acosado por las tres mujeres del grupo, se pregunta cómo va a salir de ese avispero. ¡Y la respuesta es evidente! Si quiere paz, tendrá que cooperar. Pero ¿cómo puede aparecer de nuevo en la vida de Élisa sin hacer el ridículo?

—¡Sois muy astutas, chicas! ¿Qué se supone que debo decirle a Élisa? Además, no tengo cobertura.

—¡Estás mintiendo! Enséñame… —dice Bérénice.

—Os lo confirmo, está mintiendo. Bueno, chicas, será mejor que le ayudemos, si no, no bajaremos nunca de aquí.

—Sobre todo porque os tengo preparada una pequeña sorpresa —anuncia Francesco.

—Ah, ¿sí? ¡Espero que sea mejor que un terremoto! —comenta Bérénice.

—Ja, ja, qué graciosa. Os va a encantar y luego os arrepentiréis de haberme maltratado así.

—Razón de más para hacerlo cuanto antes —replica Isabelle.

Las tres mujeres se exprimen el cerebro para dar con una buena idea. Francesco, en cambio, ha pensado mil veces en ese mensaje, que nunca ha tenido el valor de enviar. Dado que se lo sabe de memoria, lo teclea frenéticamente y luego lo lee en voz alta.

De: Francesco [fran.ricci@gmail.com]
A: Élisa [Élisad94@gmail.com]

Querida Élisa:

Mientras ordenaba un poco la bandeja de entrada del correo he visto por casualidad las fotos que nos hicimos en la pizzería, hace ya un año. ¿Qué es de tu vida?

A veces pienso en ti, a pesar de que solo pasamos juntos unas horas. A menudo me pregunto cómo habría sido nuestra vida si hubiéramos podido recorrer un poco de camino juntos. Eso es todo, solo quería saludarte. Espero que estés bien. Abraza a Bobby de mi parte.

Con afecto,
Francesco.

—Genial —le felicita Isabelle—. No habría sabido hacerlo mejor.

—¡Guau! Me encantaría recibir un correo así —dice Bérénice, extasiada por el mensaje.

—Yo en su lugar, te respondería enseguida —asegura Audrey.

—Sí, pero han pasado dieciocho meses, dudo mucho que me responda. A lo mejor no recuerda siquiera quién soy.

—Siento tener que decirte esto, hijo, pero siendo la más vieja del grupo, puedo permitírmelo. Bueno, digamos que podría ser tu hermana mayor, no una *cougar*. Todo esto es el preámbulo para asegurarte que no eres el tipo de hombre que se olvida con facilidad.

—¡Es evidente! —corrobora Bérénice.

—¡Me sorprendes! —añade Audrey.

Encantado, aunque también cohibido por los cumplidos, Francesco se ruboriza.

—Al menos, luego no te arrepentirás de no haberlo hecho. ¡Vamos, envíalo ya!

—¿Lo envío? ¿Estáis seguras?

—¡Sííí! —responden las tres al unísono.

Francesco pulsa el icono de envío. Un sonido indicada que el mensaje se ha mandado correctamente. En parte se siente idiota, pero, a la vez, se alegra de haberlo hecho.

—Hay algo que se me escapa. Le has escrito que abrace a Bobby. No lo entiendo. ¿Puedes explicárnoslo? —pregunta Bérénice.

—Bobby y Bobby son hermanos.

—¿Qué?

—Es muy sencillo. Cuando Élisa regresó a Francia, se llevó un cachorro: Bobby.

—¿Y tu Bobby? ¿De dónde sale entonces?

—Los dos Bobby son de la misma camada, por eso decía que son hermanos. En lugar de dar un nombre a cada uno, la propietaria de la madre de los cachorros los llamó a todos Bobby, tanto a los machos como a las hembras.

—Ah… La verdad es que es una buena idea —admite Audrey.

—Vamos, Fabrice y Stéphane nos están esperando —dice Francesco—. Una cosa, por favor, no digáis ni una palabra de lo que acabamos de hacer, ¿de acuerdo?

—No sé de qué estás hablando —responde Audrey.

—¿Qué hemos hecho? —Bérénice se hace la sueca.

—Sufro de alzhéimer precoz, así que ya lo he olvidado —afirma Isabel, que de repente ha recordado que tiró al suelo el palo amuleto y ahora lo está buscando desesperadamente.

Se rasca la cabeza disimulando. Debe dejar de creer en esas tonterías. «¡Hipocondría y superstición, os quedaréis en esta montaña!», se repite una y otra vez.

—¡Sois maravillosas, gracias! —les dice Francesco, agradecido.

A continuación, los cuatro se reúnen con Fabrice y Stéphane, que están en plena confesión. No logran enterarse de qué hablan, ya que apenas se acercan, ellos se callan. Fabrice enrojece, Stéphane sonríe. Esos dos están tramando algo.

CAPÍTULO 14

Son casi las diez de la mañana cuando la pradera, el telesilla y el albergue de Paolo aparecen por fin en el horizonte. Han llegado a la meta. El grupo se debate entre la alegría de haber vuelto y la tristeza por haberse visto obligados a acortar tanto el momento de plenitud. En la cima se sentían bien, lejos de la rutina, bajo el cielo y las estrellas. A pesar de no haber sido precisamente una experiencia «zen», nadie cambiaría nada de lo sucedido en las últimas horas. Hasta Francesco se nota más ligero, la verdad es que pocas veces se ha sentido tan bien. El cansancio se ha esfumado y lo embarga una gran sensación de paz. Pero no piensa dejar las cosas así. Quiere mimar al pequeño grupo hasta el último minuto, aunque tenga que salir de su bolsillo.

Paolo los recibe a la manera italiana, es decir, gritando.

—¡*Ecco*, aquí están mis excursionistas! ¿Qué le ha pasado a tu nariz? —pregunta a Francesco a la vez que se la toca.

—¡Ay! *Non è niente!* De verdad que no es nada. Me alegro de verte.

—Yo también me alegro. Habéis elegido bien el día —dice gesticulando—. Saca todo lo que puedas, Monia, ¡deben de tener hambre! ¿Verdad que tienes hambre, amigo? —pregunta a Fabrice, dándole palmaditas en un hombro.

—Bueno, sí. ¿En este país hacéis algo más, aparte de comer?

—¡Comer es *vita*! —replica Paolo—. Si comes, significa que tienes buena salud.

—Es cierto —corrobora Francesco—. Yo solo picaría algo, pero con Monia eso es imposible, siempre exagera con la cantidad.

—*È vero!* ¿Os ha asustado mucho el terremoto?

—¡Sí, claro! Ha sido espantoso —recuerda Isabelle—. Jamás había vivido algo así.

—Me ha parecido que duraba horas —añade Fabrice.

—Todavía tengo la piel de gallina —exclama Stéphane.

—En cualquier caso, puedes sentirte orgulloso de ti mismo —le susurra Audrey—. A pesar de lo que ha ocurrido, llevas veinticuatro horas sin fumar. ¡Felicidades! Había que empezar en algún momento.

—¡Tienes razón! La cosa es que no he pensado en el tabaco en varios minutos, pero ahora que lo mencionas…

—Deberías cambiar el parche —le sugiere Isabelle.

—Sí, es lo que pensaba hacer. ¿Puedes ayudarme, Audrey, por favor?

Ante la mirada intrigada de Fabrice, Audrey lo sigue. Se siente un poco desanimada y no tiene ganas de pensar. Los altibajos emocionales han ido como locos en las últimas horas, así que se deja llevar. A veces es lo mejor.

***

Cuando se quedan solos en el vestuario, Stéphane siente que se le acelera el corazón. Audrey no se da cuenta de nada. Se lava las manos mientras observa sus facciones tensas en el espejo.

—Vaya… Tengo una nueva arruga —constata.

—No tienes ninguna arruga.

—Sí, aquí está, encima de la ceja.

—No seas ridícula. Es un arruga de expresión.

—¡Adulador!

—Personalmente, yo solo veo a una joven muy guapa que necesita que alguien la cuide, y a mí me encantaría hacerlo. ¿Quieres que lo intente? —pregunta Stéphane con torpeza.

Audrey lo observa sonriente. Está visto que Stéphane es un exaltado. Animado por el gesto risueño de la joven, él avanza un paso, luego otro. Se planta ante ella y le desliza las manos por la nuca. Poco a poco, Audrey se relaja. Su cuerpo se estremece. Sin saber por qué, los ojos se le llenan de lágrimas.

—Eres lo mejor que me ha pasado en muchos años.

—Ah, ¿sí? —susurra ella—. Seguro que se lo dices a todas.

—Te aseguro que no.

«¡Menudo ligón!», piensa Audrey. En cualquier caso, siente la necesidad inmediata de estar en brazos de un hombre. Así pues, ¿por qué no Stéphane? El chico le gusta. Además, no tienen por qué iniciar una relación. Cuando él obtenga lo que quiere, pasará a otra cosa. La sustituirá enseguida y a ella le parecerá bien.

Stéphane se inclina hacia ella peligrosamente. Audrey cierra los ojos en señal de que el beso es bienvenido. Los labios de Stéphane rozan los suyos con delicadeza. La lengua se abre camino en la boca de ella y ejecuta una danza sensual, lánguida, muy excitante. Stéphane se entusiasma, se siente orgulloso de sí mismo. Durante su soltería ha estado muy abatido. A decir verdad, hacía mucho tiempo que no besaba a una mujer. Después de Judith, era incapaz de volver página. Todos los encuentros que tuvo acabaron en un doloroso fracaso. Le sorprende comprobar que espera algo más de Audrey. Le ciñe la cintura y la levanta para sentarla en el lavabo. Cuando Audrey se da cuenta de que las cosas están yendo demasiado lejos para su gusto, recula y le da una bofetada.

—¿Qué te pasa? —pregunta Stéphane ofendido, apoyando una mano en la mejilla dolorida.

—¡Perdón, Stéphane! —dice ella aterrorizada—. Es demasiado pronto, no estoy preparada.

—Podrías habérmelo dicho de otra forma. No era necesario que me dieras una bofetada.

—Lo siento muchísimo. No he podido controlarme —añade ella, confundida, con los ojos llenos de lágrimas.

—Está bien, no pasa nada, en serio —afirma Stéphane en tono sosegado—. Estoy seguro de que un día nos reiremos de esto.

Audrey se ríe y llora a la vez. ¿Y si tuviera razón?

***

Cuando vuelven al comedor, encuentran a los demás sentados a una mesa, en la que han dispuesto café y tartas de todo tipo. A nadie se le escapa la marca de los dedos en la mejilla de Stéphane ni el rubor que tiñe las de ella. Audrey se sienta al lado de Bérénice, que le pregunta con la mirada si todo va bien.

—Luego os lo cuento —susurra ella.

Mientras da buena cuenta de su tarta preferida, la *torta alla ricotta*, Francesco anuncia las siguientes actividades.

—Como ya sabéis, por razones ajenas a mi voluntad, hemos tenido que interrumpir nuestra excursión. Así pues, para hacerme perdonar, os he preparado una sorpresa.

Nadie reacciona en la mesa, como si estuvieran desconectados.

—¡Caramba! ¡Y yo que pensaba que os gustaría!

—Estamos reventados —afirma Stéphane—. La verdad es que me gustaría dormir un poco. ¿Nunca has incluido la siesta en tu programa zen?

—Más tarde, podrás hacerla después de comer si te parece.

—¿Y bien? ¿Cuál es la supersorpresa? —pregunta Isabelle.

En ese preciso momento, Emilio y Chiara entran en el local.

—*Buongiorno!* —saludan alegremente.

—¡Ah, aquí estáis! —exclama Francesco abrazándolos—. Podemos ponernos en marcha. Lo mejor va a ser descubrir el programa *in situ*.

—No me gustan las sorpresas —masculla Bérénice—. Siempre me llevo un chasco.

—¡Esta vez no será así! Bueno, eso espero —murmura Francesco.

Tras recoger sus cosas, se quedan parados frente a la montaña y la contemplan para despedirse de ella. Las imágenes desfilan por su mente. A sus espaldas, Francesco les saca una foto para el recuerdo.

CAPÍTULO 15

El primer pueblo se encuentra a varios kilómetros: Picinisco. El lugar donde sacaron fotos del panorama el día antes. ¡Cuánto camino han recorrido desde entonces!

Francesco les cuenta que Bobby nació en esa pequeña localidad y que, buscando bien, seguro que aún es posible encontrar uno o dos hermanos de la misma camada. Stéphane y Fabrice se preguntan a qué viene esa explicación, pero las mujeres parecen comprender el motivo.

—¿Aún no has sabido nada de Élisa? —le pregunta discretamente Bérénice, aprovechando que está a su lado.

—No.

—Vaya.

La gente del pueblo está reparando los daños causados por el terremoto. Por las aceras y en los alrededores se ven macetas de flores rotas y otros escombros. El minibús se para delante de la peluquería, cuyo letrero luminoso reza: FABIO PARRUCCHIERE. Fabrice se sobresalta. Han adelantado la hora de la cita. ¿Qué harán los demás entretanto?

—¡Hemos llegado! —anuncia Francesco.

—¿Esta es la sorpresa? —pregunta Stéphane, visiblemente decepcionado—. ¿Ir al peluquero del pueblo?

—¡Confía en mí! Alguien te atenderá mientras Fabio se ocupa de Fabrice.

—Espero que sea un bombón.

—Oye... —gruñe Audrey.

Stéphane la mira con aire de disculpa. Es su temperamento. La provocación y la exageración forman parte de él. Pero en realidad eso no tiene importancia, porque Audrey no espera nada de él. Le gustó el beso que se dieron, fue una verdadera sorpresa, tierno y dulce, al contrario de lo que cabría esperar por su actitud. Se pregunta si está lista para volver a empezar. La verdad es que no se siente segura. Jérôme sigue estando demasiado presente en su espíritu.

—¿Y nosotras? ¿Qué se supone que vamos a hacer nosotras? —pregunta Isabelle.

—¿Ves el instituto de belleza que hay al lado del peluquero?

—Sí.

—Pues bien, vosotras iréis allí —anuncia orgulloso Francesco.

—¡De manera que la sorpresa es ir a la desbrozadora! —exclama Bérénice.

Todos se echan a reír en el minibús.

—Estoy seguro de que ya has venido convenientemente desbrozada, Bérénice. No, lo que os he preparado, chicas, es un masaje relajante de una hora, seguido de una manicura. También podréis ducharos y cambiaros de ropa. La casa invita. ¿Y bien? ¿Qué os parece?

—¿Y nosotros? ¿No tenemos derecho a un pequeño masaje? —pregunta Stéphane.

—¡Confórmate con lo que te ofrecen! Puf, no tiene remedio, menudo plasta —refunfuña Bérénice.

—Solo está bromeando —lo defiende Audrey—. ¿Verdad que bromeas, Stef?

—No digo que no, pero al final resulta cargante —dice Bérénice.

—¿Por qué no dejáis de pelear? Me recordáis a mis hijos —exclama Isabelle, molesta.

—Perdona —se disculpa Bérénice—. Estoy nerviosa, aunque no sé por qué. Espero que el masaje me relaje.

—Y yo trataré de ser menos pesado. Palabra de antiguo *boy scout* —tercia Stéphane levantando los dedos.

—Genial. ¡Vamos! —dice Francesco.

Chiara y Emilio se miran sorprendidos. El grupo es verdaderamente asombroso. Pobre Francesco, ¡lo que debe de haber sufrido con ellos!

—Fabrice... ¡Espera! —Bérénice llama al joven mientras se apea del minibús—. ¿Me dejas que te saque una foto antes de que te cortes el pelo?

—Bueno, si quieres...

—Así podremos ver la diferencia —dice ella mientras la hace—. ¡Que os divirtáis!

—¡Vosotras también, que os cuiden mucho! ¡Hasta luego! —responde Fabrice, cuyo estrés va en aumento mientras camina hacia el salón de peluquería.

***

Fabio y su empleado reciben a los excursionistas como a unos reyes. En la peluquería solo trabajan ellos dos. Además, el terremoto de esa mañana ha dejado los comercios sin clientela. En el salón de belleza, por otra parte, Loretta y el personal femenino no ocultan su decepción al ver llegar a Chiara en lugar de a Francesco.

En el pueblo todos lo adoran, en especial las mujeres. Es el soltero más codiciado de la zona. Nadie puede comprender por qué no se ha casado aún. Algunos se preguntan si no será homosexual.

Por suerte para las mujeres, una o dos aventuras pasadas confirman lo contrario.

—*Ciao! Come stai!* —dice Loretta.

—*Benissimo!* —contesta Chiara.

—*Dove è Francesco?*

—*Da Fabio*, el peluquero.

—*Mannaggia*, qué lástima —susurra Loretta—. Buenos días, señoras, ¡acomódense! Enseguida las atenderemos.

—Qué curioso, ¿todos hablan francés? —observa Bérénice sentándose en el sofá de la sala de espera.

—¡Sí, salvo las viejas generaciones! ¿Habéis visto el chasco que se han llevado cuando no han visto a mi hermano? —les pregunta Chiara en voz baja.

—Bueno, hay que reconocer que tu hermano está como un tren —responde Bérénice.

—Y es muy amable —añade Audrey.

—Si no estuviera casada, habría intentado ligármelo, a pesar de que soy demasiado vieja para él —confiesa Isabelle.

Las cuatro mujeres se echan a reír como unas adolescentes en el pasillo del centro.

—Por cierto, Audrey, ¿no tenías algo que contarnos? —recuerda Bérénice.

—¿Me he perdido algo? —pregunta Isa.

—Hum. Sí… Stéphane me besó cuando fuimos a cambiarle el parche.

—¡Caramba! —exclama Chiara.

—¿Y bien? ¿Cómo fue? —pregunta Bérénice con aire pícaro.

—Bien, pero al final le di una bofetada —responde Audrey con naturalidad.

—Apuesto a que te obligó a hacerlo —afirma Bérénice.

—¡Te equivocas!

—¿No querías? —apunta Isa.

—En ese momento ni me lo pregunté. Al contrario, tenía muchas ganas, pero mientras me besaba, me acordé de mi marido y la bofetada fue espontánea.

—¿Estás casada? —pregunta Chiara.

—Separada. Mi marido me dejó por una cría de apenas treinta años.

—¡Menudo cabrón!

—Lo peor es que creo que lo sigo queriendo.

—¿Por qué insistes en querer a un hombre que ya no te quiere? —le pregunta Isabelle.

—No lo sé. Quizá porque lo construí todo con él y esta separación ha destrozado nuestra familia.

—No me parece que sea una razón suficiente. Mereces ser feliz, Audrey. Debes ver la separación como una oportunidad para volver a estar bien con otra persona.

—Es curioso que digas eso, porque Francesco me comentó exactamente lo mismo cuando conversamos en privado. He deseado con todas mis fuerzas que mi marido volviera, pero ahora ya no estoy tan segura de querer que lo haga.

—¡Pobre Stéphane! Ahora entiendo por qué tenía la mejilla roja. Casi me da pena —dice Bérénice.

—¡Anda ya, pero si lo detestas! Se ve a la legua.

—No lo detesto, lo único es que a veces me exaspera… Pero dinos, ¿qué habéis decidido al final?

—¡Nada! Solo fue un beso.

—¿De verdad piensas que él va a dejar las cosas así?

—No sé nada. La verdad es que me da igual. Lo más importante para mí son mis hijos. Por el momento no hay sitio para otro hombre en mi vida. Tener una vida sentimental me complicaría demasiado las cosas.

—¡Señoras! —las interrumpe Loretta—. Síganme. Pueden desnudarse por completo si se sienten cómodas. Si quieren, hay una ducha. Usted y usted, vayan a esa cabina —dice señalando a Bérénice y Audrey—. Usted venga por aquí.

Todas obedecen las órdenes de Loretta, que parece una mujer resuelta. Agradecen poder darse, por fin, una ducha. Después se tumban en la camilla de masaje. Antes de que las masajistas se pongan manos a la obra, las mujeres roncan ya.

***

Al lado, en la peluquería, Fabio propone a Fabrice un corte adecuado a su personalidad. Le basta intercambiar unas frases con él para comprender que se trata de un hombre tímido, que se preocupa muy poco de su apariencia y para quien el corte de pelo es el último de sus problemas. En pocas palabras, tiene carta blanca. A Fabio le encantan los desafíos, porque en ellos da la talla. En cuanto vio entrar a Fabrice en el salón supo cuál era su corte. Fabio tiene un don para eso, de hecho, muchos jóvenes de la región acuden a su local desde muy lejos para que los peine.

El peluquero se pone manos a la obra enseguida. Empieza por aplicarle un champú relajante. Fabrice siente sus dedos masajeándole el cuero cabelludo. Es tan agradable que tiene que hacer un esfuerzo para no dormirse.

Entretanto, el empleado se ocupa de la barba de Stéphane a la vez que habla con Francesco. Visto el entusiasmo general, hablan de fútbol. El mercado de fichajes se abrirá en unas semanas y los traspasos de jugadores apasionan a la gente. Es la primera vez que Stéphane se somete a este tipo de cuidados. En Francia no es muy corriente, a pesar de que el oficio se está extendiendo cada vez más. En cambio, en Italia el barbero es una institución que frecuentan tanto los jóvenes como los mayores. También es normal que los hombres se depilen las cejas. Cuestión de costumbres.

***

En unos minutos, el espejo refleja a un nuevo hombre. Francesco sonríe. Fabio ha hecho un buen trabajo, estaba seguro de que lo conseguiría. Fabrice se pone las gafas para admirar el resultado.

—¡Guau! ¿Soy yo? Casi no me reconozco.

—Pues sí, había que quitarte esa melena. Te sentirás mucho mejor con este corte. Es más moderno, más juvenil —observa Francesco.

—Y más fácil de peinar cuando sales de la piscina. Basta con que te pongas un poco de gel con los dedos y que hagas esto —le explica el peluquero haciendo el movimiento.

Fabrice lo imita. En principio parece sencillo. Ahora lleva el pelo muy corto en los lados y más largo en la parte de arriba, con una ligera onda a un lado. Su madre se asombrará de que se haya atrevido a cambiar tanto.

—Además, si me permites —añade Fabio—, deberías cambiar de gafas. O llevar lentillas.

—Tienes razón, lo haré en cuanto vuelva a París. Poco a poco.

—Bueno, amigo, creo que todas las tías se volverán a mirarte por la calle —comenta Stéphane, cuya barba jamás ha sido tan suave ni ha estado tan bien cortada.

—Sería la primera vez.

—¿Te apetece echar un vistazo a la tienda de enfrente? Tienen ropa de moda muy rebajada.

—A mí también me gustaría comprar algo —dice Stéphane.

—¡Por supuesto! Vamos. *Ciao, ragazzi!* —grita Francesco para despedirse de Fabio y su empleado.

Antes de salir del salón, Fabrice da calurosamente las gracias a Fabio dejándole una generosa propina. Quién le iba a decir que iba a encontrar un nuevo estilo en Italia. ¡Eso demuestra que todo puede suceder en la vida!

***

Una hora y media más tarde, las chicas terminan su tratamiento. En lugar de la ropa de la excursión, se han puesto un vestido y sandalias más veraniegas. Además, la estetista las ha maquillado un poco. Reposadas y engalanadas, salen como tres diosas del instituto de belleza. Chiara ha desaparecido y el minibús ya no está aparcado donde antes. Oyen un silbido, pero no se atreven a volverse.

—Espero que no esté dirigido a nosotras —dice Bérénice indignada—. ¡Que no somos ganado, joder!

—¡Eh, estamos aquí! —grita una voz más que reconocible: Stéphane.

Los hombres están sentados en la terraza del bar que hay al otro lado de la calle, delante de un spritz y de unos *stuzzichini* o canapés. Las mujeres esperan a poder cruzar la calzada.

—No me digas que ese que está al lado de Francesco es Fabrice —murmura Bérénice.

—¿Y quién va a ser si no? —replica Isabelle.

—¡El nuevo *look* le queda genial! —comenta Audrey.

—¡Ya te digo! —confirma Bérénice, que no logra apartar la mirada de él.

Los caballeros se levantan para recibir a las damas en la mesa. Sin la indumentaria de excursionistas, parecen otras. Todos se dan un beso, como si acabara de empezar un nuevo día.

—Señoras, están deslumbrantes —dice Francesco.

—Estás guapísima —susurra Stéphane al oído de Audrey, que nota en sus mejillas lo suave que está ahora su barba y lo bien que huele.

—Vaya, Fabrice… ¡Estás irreconocible! Estás… ¡tan distinto! —dice Bérénice poniéndose roja como un tomate.

—Es verdad. ¡Ese corte te queda genial! —corrobora Isabelle—. Pareces mucho más joven.

—Gracias… —dice él cohibido.

—Además, os habéis cambiado de ropa —observa Audrey.

—Hemos comprado varias cosas en la tienda de al lado, la única del pueblo, dicho sea de paso —añade Francesco—. Pero siéntense, señoras, es la hora del aperitivo. Siento no haberles esperado. Hace calor y teníamos sed. *Pietro! Per favore, tre Aperol Spritz per le signore!* —grita al camarero.

Capítulo 16

El aperitivo se eterniza. Charlan un buen rato como un grupo de viejos amigos que acaba de reencontrarse después de varios años sin verse. Fabrice no ha hablado tanto en su vida; como si, además de quitarle una buena cantidad de pelo, el corte le hubiera liberado la mente. Bérénice lo oye hablar de su infancia en las inmediaciones de Aviñón, de sus padres, a los que ve poco, de su hermana... Se los imagina mientras lo escucha. Se ve visitándolos con él. Quizá lo haga un día como amiga, o puede que como algo más. Si antes ya le intrigaba, con el nuevo *look* el chico le gusta aún más.

Isabelle examinó atentamente la copa al llegar, pero, tras comprobar que era irreprochable, apuró el primer cóctel de un trago. Va por el tercero. Jamás había bebido un spritz. Las burbujas en forma de balón que se elevan en la copa, la rodaja de naranja flotando en la superficie del líquido del mismo color, el toque amargo, delicadamente espumoso... Se dice que su marido tiene que probarlo sí o sí. Sin duda encontrará la receta en internet, igual que ha encontrado información sobre sus numerosas enfermedades. Su pensamiento divaga. Se siente bien sentada a la mesa con esos jóvenes (porque sí, todos son más jóvenes que ella). Está un poco piripi y no le duele nada. Se siente viva y no se culpa por eso. Después de todo, ¿por qué debería hacerlo? No tiene que conducir. Así que, sin una razón precisa, alza su copa y dice:

—¡Por Zen Altitud!

—Por Zen Altitud —repiten los demás.

Audrey y Stéphane se han sentado juntos. A pesar de lo que les contó antes a sus amigas, Audrey se deja seducir por él, que demuestra ser mucho más delicado de lo que parece. Un pequeño juego de galanteo se instaura entre ellos: él dice una frase, ella se ríe sin motivo y viceversa. Sin duda el alcohol ayuda. Hace meses que Audrey no sale con sus amigas. Sumida en una cotidianeidad cronometrada, no se concedía ningún respiro. Hacía tiempo que no bebía. De hecho, en sus mejillas ha parecido un leve rubor, que a ojos de su nuevo pretendiente la hace aún más atractiva.

Francesco mira el móvil de vez en cuando. Está deseando tener noticias de Élisa. ¿Cómo reaccionará cuando vea su mensaje? ¿Cómo habría reaccionado él si hubiera recibido un mensaje de ella?

***

A eso de la una y media el minibús se detiene delante del bar. Emilio toca el claxon para avisar de su llegada. Francesco se levanta y se dirige a pagar la cuenta mientras los demás suben trastabillando al vehículo. La cabeza les da vueltas. A pesar de que no tienen mucha hambre, es hora de comer algo para compensar los aperitivos que han ido empalmando uno tras otro.

Francesco los lleva a comer a casa de sus padres. Debido al terremoto, ha tenido que cambiar todo el programa. Ha anulado la visita al castillo de Caserta y esta noche no dormirán en la bahía de Nápoles, sino en las habitaciones para huéspedes de sus amigos Matteo y Cristiano, que son hermanos. Hace unos años vendieron la tienda de regalos que habían heredado de su padre para lanzarse al mundo de la restauración y la hostelería.

A Francesco le ha bastado llamarlos por teléfono para saber si tenían varias habitaciones libres.

Francesco no suele llevar a sus clientes a ver a su familia, pero esta vez tenía ganas de ir a casa. Porque él aún vive con sus padres. Es la tradición. Los italianos viven con la familia hasta que se casan. Luego, el hombre nunca va muy lejos; a menos que emigre por otras razones.

***

Emilio ha subido el volumen de la radio. Los excursionistas mueven la cabeza al ritmo de la música mientras contemplan el paisaje. Están a varios kilómetros de su próximo destino: Casalvieri.

Audrey enciende el móvil para asegurarse de que todo va bien. Suspira al ver que ha recibido ya un sinfín de correos profesionales. Con dedos temblorosos, teclea rápidamente un SMS a su madre: «Todo va bien, soy ZEN. Besos». Después, envía otro mensaje a Jérôme: «Voy a desconectar el teléfono, en caso de emergencia, llama a tus exsuegros». Acto seguido apaga el aparato y lo mete en su pequeño bolso de mano.

—¡Ya está, ahora sí que estoy tranquila! —dice—. Quiero aprovechar estos últimos momentos lejos de todo.

Stéphane la mira con una ternura rayana en el éxtasis. ¿Se estará enamorando de ella? No, apenas la conoce. Lo conmueve, eso es todo. Porque, francamente, ¿quién tiene ganas de aburrirse con una madre de familia depresiva?, piensa. ¡Hay que ver las ideas que se le ocurren!

***

Un comité de recibimiento espera a los excursionistas en la puerta de la casa familiar de Francesco. La madre del guía les sale al encuentro en el patio con su delantal de cocina, seguida de Chiara y de varias personas más.

—¡Ah, queridos! Por fin habéis llegado —grita la madre en un francés impecable.

—Os lo advierto —murmura Francesco—, es posible que os mime más que vuestra propia madre. *Mamma!* —dice a continuación apeándose del minibús.

Bobby parece feliz de volver a ver a su dueño.

—Estábamos preocupados por el terremoto —grita la madre—. ¿Te encuentras bien? —añade examinándolo de pies a cabeza—. Menos mal que tu hermana nos dice cómo estás. Si fuera por ti, nos moriríamos esperando —comenta con cierto tono de reproche.

—¡Las malas noticias llegan volando, las buenas cojeando! ¡Ya lo sabes! No es la primera vez que tiembla la tierra.

—Además, ¡solo ha temblado una vez! ¿Habéis sentido las réplicas? Han sido mucho más débiles. Las lámparas del techo se han balanceado dos veces sin motivo.

—Habrá sido la corriente de aire —explica Francesco suspirando al ver que Isabelle palidece—. Os presento a mi madre, Elvira. Y estos son mis tíos, Dario y Antonella. Viven en Bélgica, pero vuelven a menudo al pueblo. No sabía que hoy estabais aquí —añade dirigiéndose a ellos.

—Buenos días a todos —dicen en francés con acento belga.

—Yo tampoco sabía que ibas a venir con tus clientes —comenta discretamente la madre de Francesco.

—¿Qué os parece si vamos a la mesa? —sugiere Chiara para animar el ambiente—. ¡Todo está preparado!

Una vez hechas las presentaciones, entran directamente en el comedor por una puerta acristalada. Fabrice ve su reflejo en ella y por un momento piensa que tiene delante a un desconocido. Le cuesta acostumbrarse a su nuevo corte de pelo y cada vez que se lo toca casi no se lo cree.

—¡Sentaos como queráis! —propone Elvira.

—Antes me gustaría lavarme las manos —dice Isabelle.

—Por supuesto. El cuarto de baño está al fondo del pasillo.

Tras lavarse las manos, todos se sientan a la mesa, que está puesta para doce comensales. Queda un asiento libre, pero nadie se atreve a preguntar a quién corresponde.

—Mi marido está al caer —dice Chiara, que ha percibido la curiosidad de los invitados—. Ha ido a buscar las pizzas.

¿Pizzas? Bérénice no puede más. Nunca ha prestado demasiada atención a la línea, pero a ese paso va a regresar a París como el muñeco de Michelin. A pesar de no tener hambre, sabe que devorará todo lo que le pongan en el plato, porque en ese país todo está delicioso, y rechazar o dejar comida es signo de mala educación.

Audrey, que está un poco achispada, se apresura a comer algo consistente. Sin importarle el qué dirán, agarra un pedazo de pan de la cesta y le da un buen mordisco:

—Lo siento, pero tengo demasiada hambre. Debo meter algo sólido en el cuerpo —dice con la boca llena.

—¡Me alegra oír eso! —contesta la madre de Francesco—. Aquí nos gustan los buenos comedores. En Francia son demasiado tiquismiquis. Que si no hay que apoyar los codos en la mesa, que si no se puede empezar a comer antes de que todo el mundo se haya servido… ¡Madre mía! Aquí todo eso nos importa un comino. Picad algo. ¡Que aproveche!

—De todas formas, si me permites —observa Chiara—, te aconsejo que dejes un poco de sitio para la pizza. Mi madre siempre exagera un poco y pone comida como para un regimiento.

—Sí, tienes razón, es que no aguanto mucho el alcohol y como me he pasado un poco bebiendo…

Sin pedir su opinión, tanto si quieren beber como si no, Emilio llena las copas de vino tinto.

Stéphane lo hace girar en la copa para observar su color mientras Emilio lo apura de un trago.

En ese momento, llega Giuseppe con las cajas de pizza.

—*Buongiorno a tutti!* —dice el marido de Chiara dejando las cajas encima de la mesa—. Yo no hablar mucho francés pero comprendo todo —añade sentándose al lado de su mujer y dándole un beso en la frente.

—Vamos, servíos, hay que comérselas calientes, porque así es como están buenas —explica Francesco.

Los brazos de los presentes se alargan hacia las cajas, que emanan un aroma delicioso. Es evidente que están en Italia. Los franceses manifiestan ruidosamente el éxtasis que sienten. La masa es fina, la salsa de tomate sabe realmente a tomate, las hojas de albahaca han conservado todo el gusto y la mozzarella se ha fundido a la perfección.

—Mmm… ¡Esta pizza está que te mueres! —exclama Stéphane.

—Es cierto —corrobora Fabrice—. Jamás he comido una tan buena.

—¡Eso es lo que dicen todos! —asegura Francesco.

Las barrigas se van llenando a medida que se vacían las bandejas. Pero eso no es todo, porque a la comida aún le queda mucho para terminar.

***

Después de la pasta *all'uovo* con salsa napolitana, las chuletas de cordero y las patatas asadas al horno, sus barrigas están a punto de reventar. Mientras digiere y sueña despierta en su silla, Audrey se fija en los retratos familiares que adornan las paredes.

—¿Eres tú el que aparece esa foto, Francesco?

—Sí, es el día de mi primera comunión, tenía nueve años —responde el guía.

—Estás casi irreconocible —comenta Isabel.

—No fue mi mejor época —confiesa Francesco.

—Mi hijo no era guapo.

—*Mamma!*

—¡Entonces eras feo! Aunque para una madre los hijos siempre son guapos.

—¡Mamá!

—*E allora?* ¿Qué más da? Mejoraste al crecer, no tiene nada de malo.

Chiara y Giuseppe se ríen. Francesco se siente incómodo.

—Esperad, voy a buscar su álbum.

—No, mamá —refunfuña Francesco—. No tiene sentido que vean mis fotos de niño. Uf... siempre se sale con la suya —dice a los presentes.

—¡No es grave! Será divertido verte desnudo en la bañera — suelta Bérénice.

—Ese es precisamente el tipo de fotografías que hay en el álbum. ¡Mi madre se está pasando!

—Estoy deseando verlas —dice Antonella—. Ha pasado mucho tiempo. Tu madre puede decir lo que quiera, eras un niño monísimo.

—Francesco, por cierto, ¿qué coche tienes en este momento? —le pregunta su tío.

—Sigo teniendo el Alfa, el mismo del año pasado.

—Y la joven que conocimos... ¿Cómo se llamaba?

—¿A quién te refieres, cariño? —le pregunta su mujer.

—La joven que viajó en el mismo avión que nosotros desde Bruselas. La dejaste en el cementerio de Roselli, ¿recuerdas?

En la mirada de Francesco se lee cierto pánico.

—Ah, sí, Dario, tienes razón, ahora me acuerdo. É, É... Élisa ¡eso es! ¡Qué amable era! ¿Sabes algo de ella, Francesco?

—No, tía. ¿Por qué debería tener noticias de ella?

—Ah, por nada especial.

—¿Quién es esa chica? —pregunta la madre de Francesco, que entra en ese momento abrazada a un grueso álbum.

—¡Nadie! —responde Francesco irritado.

—Sea quien sea, no sé cuándo va a presentarnos a alguien. Por lo visto se avergüenza de nosotros... —se queja Elvira.

—Hablas por hablar. Si me avergonzara de vosotros, no habría venido con mis clientes.

—¿Y eso qué tiene que ver? ¿A qué estás esperando para casarte?

—Si me permite, señora Elvira, quizá Francesco esté esperando a que aparezca la persona adecuada.

—¡Gracias, Isabelle! Deberías escucharla, mamá. Es farmacéutica y comprende la naturaleza humana, ¿sabes?

—Caramba, ¿eres farmacéutica? Entonces eres algo así como un *dottore*. Es una bonita profesión. ¿Puedo preguntarte algo? Dario tiene unas punzadas fuertes en la espalda desde hace varios días. ¿Verdad, Dario? ¿Te sigue doliendo?

—Un poco, sí.

—¿Ha hecho algún mal movimiento?

—No sé, puede... —contesta con un fuerte acento.

—Espere, vuelvo enseguida —dice Isabelle.

La farmacéutica se levanta de la mesa, sale del comedor y se dirige hacia el minibús. El calor le azota la cara. ¡Es sofocante! «Menos mal que hemos bajado de la montaña», piensa. Se habrían achicharrado. El índice de protección cien no habría bastado y se habrían arriesgado a contraer un cáncer de piel.

La puerta está abierta. Isabelle rebusca en su botiquín y regresa a la casa con el tensiómetro y con una pomada antiinflamatoria.

Cuando vuelve a entrar en el comedor, ve que Audrey y Bérénice se están riendo de buena gana con las fotos de Francesco. Fabrice dormita en el sofá, mientras Stéphane trata de descifrar *La Gazzetta dello Sport*.

—*Che bello pisellino!* —exclama Antonella, la tía de Francesco, mientras contempla una foto donde él aparece desnudo cuando era niño.

—¡Tía! ¿Ahora te vas a meter tú también? —dice Francesco ofendido.

—¿Qué significa *pisellino*? —pregunta Audrey curiosa.

—Pilila, colita —responde Giuseppe entusiasmado—. ¡Eso sí que lo sé traducir!

—De hecho, *pisello* significa guisante en italiano —precisa Chiara—. Si veis escrito *piselli* en el menú de un restaurante, no os asustéis, no os servirán pililas. Es una guarnición muy frecuente en Italia.

—¿Me permite que le tome la tensión, Emilio?

—¡*Prego*, señora! Esto significa, por favor, se lo ruego —precisa al ver la perplejidad de la farmacéutica.

—A mí también me gustaría tomármela —dice Dario.

—Y a mí —añade Antonella.

—*Anch'io!* —Giuseppe también quiere.

—Vaya, entiendo… —observa Isabelle divertida—. ¡Por lo visto no soy la única hipocondríaca!

—Te llevarías bien con mi madre —afirma Francesco.

—Por supuesto, ¿está casada, señorita?

Isabelle suelta una sonora carcajada. A Francesco la salida de su madre le hace menos gracia.

—Me adula que me encuentre bastante joven para su hijo, pero, en efecto, estoy casada y tengo dos hijos —responde la farmacéutica enseñándole la alianza.

—Era una broma. ¿Y usted? —pregunta entonces a Bérénice.

—Yo estoy soltera —responde Béré ruborizándose—, pero espero que sea por poco tiempo —añade dirigiendo a Fabrice una mirada a la que solo le falta el hilito de baba.

—Deja ya de preguntar, mamá. ¿No ves que los cohíbes?

—¡Qué va! —exclama Audrey—. Aquí es cuando te dieron el diploma, ¿verdad, Francesco? Y aquí estás con Giuseppe, ¿no?

—*Fammi vedere!* A ver... ¡Sí! Estábamos en el instituto, en bachiller. ¡Éramos inseparables!

—¡Qué guay! —dice Audrey—. Jamás he hecho los álbumes de mis hijos. Confiaba en tener tiempo para eso durante los permisos de maternidad, pero entonces me dedicaba a las cosas que había programado y que nunca había llegado a hacer. Es una lástima. Ahora que mi marido no está, ya no tengo ganas.

—*Mio Dio!* ¿Murió? —pregunta Antonella.

—No, no. Me dejó por otra —dice Audrey con naturalidad, como si hubiera aceptado la situación.

—¡La culpa la tienen los móviles! —masculla Elvira—. Si no existieran, la gente tendría menos tentaciones.

—¡De eso nada, la infidelidad siempre ha existido! —replica Dario.

—Ah, ¿sí? ¿Y eso cómo lo sabes? —gruñe su mujer.

—¡Hablaba por hablar, mi apuesta dama! —contesta a su mujer.

—¡Eso es! ¡Ahora me acuerdo! —grita Audrey al oír el apodo—. ¡Gracias, Dario! Gracias a vosotros me he acordado del actor al que se parece Stéphane. ¡Al doctor Apuesto! El que sale en la serie *Anatomía de Grey*.

—¡Es cierto! —corrobora Bérénice.

—Esta mañana hemos hablado de eso en la montaña —añade Francesco.

—Pero ¿quién es ese tipo? —pregunta Stéphane.

—Espera, te lo enseño en internet —dice Chiara.

Dario suspira. Gracias a la intervención de Audrey se ha ahorrado un incidente diplomático con su mujer.

Entretanto, Isabelle ha tomado la tensión a los que se lo han pedido. Exceptuando Elvira, que la tiene un poco alta, todos están bien. Elvira está dando un masaje en la espalda a Emilio, en el punto donde le duele. Tiene que ir a la granja y Dario se ofrece a acompañarlo. Giuseppe se despide de todos porque tiene que volver al trabajo. La hora de la siesta ha pasado, de manera que los comerciantes tienen que volver a abrir sus tiendas. Francesco se sienta al lado de Fabrice, al que no le duele nada, y las mujeres empiezan a ordenar.

***

Stéphane detesta las sobremesas que se eternizan. Sin embargo, ha pasado un momento maravilloso con la familia de Francesco. Mientras Fabrice y Francesco duermen en el sofá, Stéphane sigue a las mujeres a la cocina. Elvira le pone un paño en las manos y le dice:

—Que te parezcas a una estrella de la televisión no significa que no puedas ayudar en las tareas domésticas. ¡A secar!

—¡Yo no me veo tan parecido! Mi nariz es mucho más recta que la suya —afirma haciéndose el ofendido.

—Tienes razón, además de haberte puesto un bonito nombre, tus padres también acertaron con la nariz —afirma irónicamente Bérénice, recordando la conversación que tuvieron en el avión.

—En pocas palabras, ¡eres un hombre perfecto! —concluye Isabelle.

—Sobre todo ahora que ya no fumas —añade Audrey.

—¡Soy perfecto! —repite él divertido mientras seca la vajilla procurando causar una buena impresión a las mujeres y bajo la mirada de admiración de Audrey, que sale en su ayuda.

En un abrir y cerrar de ojos, todo está lavado, secado y en su sitio. Bueno, casi todo. Encima de la mesa del comedor siempre hay un centro de fruta rebosante y una bandeja enorme de pastas de té. Según les explica Chiara, es lo mínimo que deben tener por si se presenta una visita. Siempre hay que poder ofrecer algo. En su casa, en realidad en cualquier casa, es inconcebible que la nevera esté vacía. Además, una no es suficiente; la familia Ricci tiene tres, y todas a reventar de comida. Si estalla una guerra no padecerán hambre.

CAPÍTULO 17

Al final, Stéphane también se ha quedado dormido. Mientras los hombres descansan, las mujeres acompañan a pie a Antonella, que vive cerca de su hermano. Tras dejarla delante de la puerta, no sin antes haber declinado la invitación a comer la enésima tarta local, las jóvenes dan un paseo por el centro histórico de Casalvieri. Ya echaron una cabezada durante el masaje, por eso ahora se sienten descansadas y contentas de poder caminar para bajar la comida, que ha sido más que abundante. Las calles son empinadas, pero sus piernas están acostumbradas al ejercicio y aún no tienen agujetas. Exceptuando varios gatos y perros callejeros, el pueblo está desierto.

Doblan las campanas de la iglesia. Audrey echa un vistazo a su reloj: son las seis de la tarde. La hora a la que suele salir del trabajo para ir a recoger a sus hijos del colegio. Por suerte, los respectivos colegios (preescolar y primaria) están uno al lado del otro, cosa que facilita enormemente la tarea. A pesar de ello, Audrey siempre está agotada. Se pregunta si lo resistirá. Vacila entre el deseo de que sus hijos se independicen pronto y el miedo a que la dejen. Audrey sufre el paso del tiempo, en lugar de aprovecharlo.

Dado que no ha tocado el teléfono desde esa mañana, decide enviar un mensaje a su madre: «Cucú. Todo en orden. ¿Vais a recoger a los niños o va a ir Jérôme?».

La respuesta no se hace esperar. Audrey se irrita y sus nuevas amigas se dan cuenta.

—De repente pareces nerviosa. ¿Qué ocurre? —le pregunta Isabelle.

—Pienso en mis hijos. A esta hora suelo salir de trabajar para ir a recogerlos.

—¡Tienes derecho a concederte una pausa! —replica Bérénice.

—¡Eso es fácil de decir! Cuando tienes un hijo, te conviertes en otra persona. Todo gira alrededor de los niños. Es más fuerte que tú. Vivimos para ellos —explica Isabelle.

—Puf… Al oíros se me pasan las ganas de ser madre. Ya estoy bastante estresada. ¡Antes debería encontrar al padre y no es tan fácil! Por cierto, ¿dónde están los consejos de Francesco?

—He dejado la hoja en el bolsillo de mi chaqueta —responde Audrey.

—Bueno, para empezar, ¡respira hondo! —sugiere Isabelle.

Las tres inspiran a la vez. Perciben los olores de la naturaleza. Oyen el canto de las cigarras. Audrey se siente ya más relajada.

—Es nuestra última noche —añade Isabelle—. Mañana volverás a ver a tus hijos, ¡así que aprovecha!

—Chicas… —dice Audrey después de haber reflexionado un momento—. Quiero daros las gracias a las dos. Ayer por la mañana, cuando os conocí, no pensé que al final nos haríamos amigas, pero hemos vivido muchas cosas juntas en muy poco tiempo. ¿Qué os parece si seguimos viéndonos en París?

—¡Por supuesto, será un placer! —responde Isabelle con entusiasmo.

—¡Cuenta con ello! Quiero saber si al final acabas o no con Stéphane.

—¡No creo! —responde Audrey echándose a reír—. Por el momento no me imagino haciendo el amor con otro hombre que no sea Jérôme. Es impensable. ¡Puaj!

—Pero Stéphane y tú os habéis besado —observa correctamente Bérénice—. Su lengua entró en tu boca y, si mal no recuerdo, no te pareció tan asqueroso.

—Es verdad… ¡Caramba! —murmura Audrey comprendiendo que está haciendo progresos.

—Ya verás como el tiempo lo resuelve. ¡Mirad! La puerta de la iglesia está abierta. ¿Entramos un momento? —propone Isabelle.

***

Isabelle aprieta el paso, atraída como por un imán. Le encantan las iglesias. Cree profundamente en Dios, a pesar de que este no la ha ayudado, desde luego, a combatir la hipocondría. Al entrar siente en la cara la frescura del interior del edificio. El aroma a incienso impregna las paredes. Hunde los dedos en el agua bendita y se hace la señal de la cruz. Camina hasta la primera fila y se arrodilla para recogerse.

Bérénice y Audrey, para quienes la religión no significa mucho, la siguen en silencio. A pesar de no ser practicante, Audrey está bautizada, por eso pudo casarse por la Iglesia. Recuerda el día D, que consideraba el más bonito de su vida hasta que nacieron sus hijos. Recuerda el sermón del sacerdote sobre la fidelidad, el amor eterno, las pruebas que iban a tener que superar y las veces en que, quizá, se iban a tener que perdonar. Bueno, hay que reconocer que su matrimonio no podía durar mucho. Sintiéndose impotente delante de la imagen de Cristo, enciende una vela y balbucea una oración por sus padres y sus hijos. Ojalá le dé valor suficiente para amar la vida.

Bérénice va y viene por las naves, disfrutando del arte que la rodea. Le fascinan las pinturas murales, las vidrieras, las estatuas de san Roque, las reliquias de san Honorio en su caja dorada y el techo totalmente decorado. El hombre es capaz de crear cosas maravillosas. ¿Por qué otros se empeñan en destruirlas?

***

Tras pasar un rato en la casa de Dios, las tres mujeres prosiguen la visita del casco antiguo del pueblo. Por esas callejuelas, cada vez más estrechas, solo pueden circular los vehículos de dos ruedas. Las Vespas están aparcadas en los angostillos. Tienen la impresión de estar en el plató de una película. Los hilos de tender van de una ventana a otra, el volumen elevado de los televisores confiere un ambiente especial al lugar.

Al ver que se han alejado demasiado, deciden dar la vuelta de común acuerdo. De repente oyen tres voces masculinas hablando en francés.

—¡Ah, por fin os encontramos! —exclama Francesco.

—¿Me has echado mucho de menos, Audrey? —pregunta Stéphane en tono seductor.

—Bueno... —responde ella haciendo melindres.

—¿Y tú? ¿Has dormido bien, Fabrice? —pregunta Bérénice.

—Sí, gracias. Me siento en plena forma.

—¿Quién os ha dicho que estábamos aquí? —pregunta Isabelle.

—Aquí las paredes oyen. Las ancianas están en sus puestos detrás de las cortinas. Tres mujeres paseando solas llaman la atención.

—Ah, ¿sí? Y eso que no hemos visto a nadie —dice Audrey, sorprendida —. Incluso la iglesia estaba desierta.

—Lo que cuenta es que os hemos encontrado. Os propongo que vayamos a ver vuestras habitaciones. La casa rural no está lejos de aquí, pero es mejor ir en minibús. Además, debéis de estar hartas de andar, ¿no?

—La verdad es que no. Este pueblo es encantador —añade Isabelle.

—Si os parece bien, cenaremos allí. La cocina es excelente.

—¿Cenar? ¿Significa eso que vamos a comer más? Pero si acabamos de levantarnos de la mesa —protesta Bérénice.

—No hay prisa, pero seguro que dentro de dos o tres horas tendrás ganas de picar algo.

—¡Claro que sí! Apenas se habla de comida, me entra hambre —dice Stéphane.

—A este paso, no engordarás diez kilos, sino veinte —observa Isabelle—. Sobre todo si dejas de fumar. Deberías hacer deporte.

—¡Ya está previsto! En cuanto vuelva a París me apuntaré a un gimnasio. No puedo engordar. Soy el doctor Apuesto, ¿no?

—¡Buena decisión! ¡Así me gusta! ¡La verdad es que me sorprendes! —le felicita Francesco.

Mientras bajan por la calle empedrada, Francesco les cuenta la historia del pueblo, que tiene unos cuantos un siglos. Con un poco de imaginación, los parisinos retroceden varias décadas en el tiempo. Pueden ver a las ancianas con los pañuelos atados a la cabeza, las procesiones religiosas hacia la pequeña capilla que hay en la plaza, el mercado de los domingos, los comerciantes gritando para atraer a los campesinos e incluso los soldados corriendo para escapar de lo peor. Un monumento a los caídos rinde homenaje a los muertos de las dos guerras mundiales, que azotaron el pueblo y sus alrededores. Las imágenes desfilan por sus cabezas mientras suben al minibús.

***

Al cabo de unos minutos, Francesco para el vehículo delante de un edificio enorme. Una bandera italiana ondea en la fachada, cubierta en parte por buganvillas. Antes de que tengan tiempo de poner un pie en el suelo, los dos hermanos aparecen en la puerta.

—*Benvenuti al Cantinone!* Me presento. Soy Cristiano y este es Matteo, mi hermano pequeño. A pesar de que es más grande que yo, como podéis ver —dice el primero con cierto acento, haciendo vibrar las erres.

—*Piacere di conoscervi!* Encantado de conoceros —responde Matteo estrechándoles la mano—. ¿Habéis disfrutado de la excursión a pesar del terremoto?

—¿Terremoto? ¿Qué terremoto? —bromea Stéphane fingiendo amnesia.

—«*Boniorno*» —Bérénice hace pinitos—. ¿Cómo es que habla tan bien nuestro idioma?

—Tenemos familia en Lyon y hace mucho tiempo tuvimos buenos profesores en el colegio. Quién nos iba a decir entonces que el francés nos iba a ser tan útil. El sesenta por ciento de nuestros clientes proceden de países francófonos. Con las demás nacionalidades nos arreglamos en inglés. Nuestra hermana, Marta, es bilingüe. Vivió casi un año en Nueva York, en casa de nuestra tía. Pero no es el momento de contaros nuestra vida. Habéis venido a descansar

—Es verdad. ¡Somos unos charlatanes! —comenta Matteo.

—¡Como muchos italianos! ¡Hablamos por los codos! —apunta Francesco.

De unos cuarenta años y con el pelo entrecano, visten una camiseta polo de color burdeos con el logotipo de la casa de turismo rural en el corazón. Cristiano se hace cargo del equipaje mientras dice:

—¡Seguidnos! ¡Habéis tenido mucha suerte! Solo tenemos cinco habitaciones y dos estaban reservadas, pero las anularon por el terremoto justo antes de que Francesco llamara.

—Es una señal. Si no, habríais tenido que compartir la cama con alguien —bromea Matteo agarrando las mochilas restantes.

—Bueno, eso no habría sido tan grave, ¿verdad, Audrey? —dice Stéphane.

—¡Por supuesto! Estoy segura de que a Fabrice le habría encantado dormir contigo, ¿verdad? —contesta Audrey guiñando un ojo a este con aire de complicidad.

—Hum, esto... —masculla Fabrice vacilante.

—¡Era una broma, Fabrice!

—Sea como sea, problema resuelto, porque cada uno tendrá su habitación —replica Isabelle, que se muere de ganas de ver la suya.

Las habitaciones son más o menos idénticas. La diferencia está en el nombre y en el color que predomina en la decoración. Todas llevan el nombre de una flor: Rosa, Mimosa, Camelia, Violeta, Orquídea. De esta manera, en la decoración de la habitación Rosa predominan los tonos rojos y rosados (Bérénice se precipita hacia ella); en la habitación Mimosa hay varias tonalidades de amarillo (Isabelle adora esa flor y, por tanto, la elige); Audrey se queda con la habitación Orquídea, mientras que los hombres, indiferentes a estos detalles, se conforman con las dos restantes. Parecen unos niños en un campamento de verano. Su monitor, Francesco, los vigila de cerca. Les concede una hora para tomar posesión de la habitación, relajarse o llamar por teléfono. De esta forma, quedan en verse en el restaurante a partir de las ocho. Durante ese tiempo, Francesco piensa arreglar los últimos detalles del regreso a Francia.

Capítulo 18

Todos agradecen el momento de descanso. Stéphane se tira en la cama y reflexiona mirando el techo. ¿Qué puede hacer para que el corazón de la pequeña Audrey zozobre? Le gusta mucho, mucho más que Bérénice, que tanto le impresionó en el aeropuerto. ¡Esa noche o nunca!, piensa. Una buena ducha le sentará bien. Para ambientarse, utiliza el wifi de la casa rural y selecciona una lista de reproducción de viejas canciones italianas en YouTube. Se desviste deprisa, echa un vistazo a su cuerpo en el espejo, mueve los pectorales y a continuación se sumerge en el agua caliente, orgulloso de sí mismo, mientras suena la melodía:

Lasciatemi cantare,
Con la chitarra in mano,
Lasciatemi cantare,
Sono un italiano...[5]

***

---

[5] Canción de Toto Cutugno, *L'italiano*, 1983, «Dejadme cantar con la guitarra en la mano, dejadme cantar, soy un italiano» (N. de la T.).

A falta de la piscina donde practica la natación, Fabrice decide darse un baño. Preocupado por el medio ambiente, llena la bañera hasta la mitad y se sumerge en el agua tibia con cuidado para no mojarse el pelo. Teme que luego no será capaz de peinarse tan bien como lo hizo Fabio. En cualquier caso, debe desembarazarse de los pequeños pelos que le hacen cosquillas en la nuca. El barbero le ha aconsejado que se deje barba. Sus compañeros no lo van a reconocer. Cuántos cambios en unas horas, tanto físicos como psicológicos. Recuerda lo nervioso que estaba en el aeropuerto, el miedo a subir al avión por primera vez, la timidez que demostró cuando Audrey le dirigió la palabra, el pánico que sintió con las turbulencias, el terror que se apoderó de él durante el terremoto. El médico tenía razón. Esa estancia va a ser realmente inolvidable. Jamás se había sentido tan vivo. No niega que aún le queda mucho para convertirse en la persona que desea, pero ¡menudo progreso! ¡Cuántos buenos momentos! Cada vez siente más confianza en sí mismo. Se encuentra bien y solo es el principio. Esta es su última noche en Italia y quiere disfrutar de cada instante.

Tanto se relaja que al final se sumerge por completo en el agua, olvidándose del nuevo corte de pelo.

***

Bérénice confiaba en poder descansar un poco, pero está furibunda. No debería haber mirado el teléfono. Todo iba sobre ruedas hasta que leyó los comentarios de sus amigas en el grupo de WhatsApp. Después de haber visto la foto de Fabrice, Gwen se burló de él: «¿Quién es el campesino?». Gaëlle se ensañó tildándolo de «pastor perdido en su montaña». Bérénice se siente ofendida.

Para no alimentar los chismes, prefiere ignorar la conversación. Pero le duele mucho, se siente decepcionada. ¡Eso es! Creía que sus amigas eran más inteligentes, menos superficiales. Seguro que ella habría pensado lo mismo si no lo conociera y lo hubiera visto por primera vez, pero Fabrice es muy amable, además de divertido. A pesar de que aún no es del todo consciente de sus cualidades, es realmente simpático. Le gusta mucho. Si le deja, él puede ayudarla a reconciliarse con el mundo masculino.

¿Por qué la gente atribuye tanta importancia a las apariencias? ¿De verdad es necesario ser guapo y sexi para ser feliz, para merecer el amor? No es justo.

***

A Isabelle le pican los brazos. Le sucede cuando está estresada. Extraño, porque en su día logró curarse de la psoriasis. «¡No debo pensar en eso! ¡Por encima de todo no debo pensar en eso! ¡Es puramente psicológico!», se dice tratando de convencerse mientras se rasca el codo.

Al igual que Bérénice, no debería haber encendido el móvil. Acaba de hacer una llamada que ha dado al traste con su estado de ánimo. Culpable: su hijo. Aunque se había preparado para que no sucediera, el crío ha conseguido que se sienta culpable a pesar de los mil seiscientos kilómetros que los separan.

—¡Hola, cariño! ¿Ha ido bien el colegio?

—¡Bah! ¡Tengo hambre, mamá! ¿Qué hay para comer?

—Tienes de todo en la nevera, Baptiste. Solo has de calentar el plato que prefieras en el microondas.

—¡No me apetece!

—¡Entonces, muérete de hambre!

Eso es lo que a Isabelle le habría gustado gritar a su hijo. En lugar de eso, exhaló un suspiro sin que él la oyera y trató de regular su ritmo cardíaco. Sus amigas le aseguraron que los chicos adolescentes eran amables, a diferencia de las chicas. No es su caso, desde luego. Sin saber qué más decir, Isabelle preguntó por Clara.

—¡Cucú, pequeñaja!

—¡Mamá! ¿Cuándo vuelves?

«¡¿Nunca jamás?!», pensó en un primer momento, pero enseguida se sintió culpable.

—Mañana. ¿Tu hermano se porta bien contigo?

—Está jugando a *Fortnite* desde que volvió del colegio. Yo estoy jugando en la tableta.

¿Pecado confesado, medio perdonado?

—Entiendo. Ya hablaremos cuando vuelva. Vuestro padre estará al caer. Os quiero mucho.

—Yo también te quiero, mamá.

Cuando colgó tenía el corazón en un puño. Le habría gustado que le preguntaran cómo estaba, si el paisaje era bonito, si hacía calor, si la comida era buena… Pero no, era esperar demasiado de unos críos de esa edad. No pueden razonar como los adultos, porque, precisamente, son niños. ¿Qué enfermedad puede causar entonces el sentimiento de culpabilidad?

Se toma la tensión por curiosidad: ciento veinte / ochenta y dos. Es perfectamente normal. El aparato vuela a través de la habitación. Isabelle busca el minibar para saquearlo, pero, como no está en un hotel, no hay minibar. Tampoco hay televisión. Desesperada, vacía el contenido de su mochila en la cama buscando el espray calmante. Cuando por fin lo encuentra, se vaporiza la boca. Recuerda cuando, en el aeropuerto, le dijo en broma al agente de seguridad que se bebía los tarros de gel hidroalcohólico. El recuerdo la hace sonreír. Grrr. Y pensar que antes de la llamada se sentía tan bien…

***

Nicole acaba de responder al SMS que le envió su hija: «Buenas tardes, Audrey. Paul y Jules están con su padre. Disfruta de la última noche. Te quiero, mamá».

«Si me quisieras de verdad, no habrías permitido que Jérôme se llevase a mis hijos durante mi ausencia», refunfuña Audrey.

Vacila un buen rato antes de marcar el número, el tiempo de darse una ducha, maquillarse y vestirse. Haciendo acopio de valor, hace una videollamada a su exmarido para ver a sus hijos, pensando, erróneamente, que es una buena idea. Pero eso solo lo entiende después.

—¡Buenas tardes, Jérôme! ¿Así que los niños están contigo?

—Sí, espero que no te moleste.

—¡No, no! —miente ella—. ¿Puedo hablar con ellos?

—Por supuesto. Te paso a Paul, está a mi lado. Estamos jugando a los Playmobil.

La carita del niño aparece en la pantalla.

—¡Paul, cariño! ¿Cómo estás?

—¡Bien! ¡Estamos en casa de papá! ¡Te presento a Pikachu! —dice levantando el gatito como si fuera un trofeo.

—¡Le vas a hacer daño! ¡Qué gato más mono! ¿Has comido?

—Aún no. Tita está cocinando.

—Ah. ¡Papá está cocinando! —repite—. ¿Y qué os está preparando papá?

—¡No, no es papá! Es ti-ta. ¡Tita Lilie!

El mensaje tarda un poco en llegar a la casilla correcta del cerebro de Audrey. «Tita» es la otra, la que destrozó su matrimonio, la que le roba el puesto de madre. Audrey trata de contener la rabia en la pantalla. ¡Respira hondo! ¿Dónde está la jodida hoja con los consejos antiestrés? De seguir así, se los tatuará en el cuerpo. ¡Caramba, qué buena idea!

—Ah… ¡Qué bien! —dice apretando los labios.

—¿Quieres ver a la tita Lilie? ¡Es muy guapa!

—Pues… ¡no! ¡Pásame a tu hermano! —grita desesperada conteniendo las lágrimas.

—¡De acuerdo! Se está bañando.

—¿Solo?

—No, la tita Lilie está con él.

—¡Bueno! ¡No es grave! Deja que se bañe tranquilamente. Dile de mi parte que lo quiero mucho, tanto como a ti.

—Yo también estoy enamorado.

—Eres un cielo, cariño. No puedes estar enamorado de mí, no es lo mismo.

—¿Enamorado como los papás y las mamás? —pregunta el niño.

—Eso es. Si quieres, hablaremos de eso cuando vuelva, ¿de acuerdo?

—De acuerdo, mamá más querida del mundo.

—Un beso, corazón. ¿Me pasas otra vez a papá, por favor?

El teléfono vuelve a manos de Jérôme. La leve sonrisa irónica que se dibuja en los labios de su exmarido es la gota que colma el vaso.

—Te lo advierto. Regreso mañana y quiero que los niños vuelvan a casa —dice con los ojos llenos de lágrimas.

—Por supuesto, Audrey. No sé qué te imaginas.

—No me imagino nada. Constato sin más.

—¡No te los estoy robando! También son mis hijos.

—Lo sé. Tengo que dejarte. Dale un abrazo a Jules de mi parte. Adiós.

Audrey cuelga furibunda. Los beneficios que le han producido los momentos vividos se han evaporado en un soplo. Tira el teléfono al suelo y lo pisotea varias veces con un tacón. Se echa a llorar desconsoladamente a la vez que estalla el cristal.

***

El jaleo que se oye en la habitación Orquídea llama la atención de los otros huéspedes. Bérénice e Isabelle salen al pasillo al mismo tiempo.

—¿Qué son esos ruidos? —pregunta Bérénice—. ¿Qué está pasando ahí dentro? Es la habitación de Audrey.

—No tengo ni idea. Es como si estuviera colgando un cuadro y, que yo sepa, no le gusta la decoración, ¿no? ¿Audrey?

—¡Dejadme en paz!

—¡De eso nada, querida! —murmura Isabelle—. ¡Abre!

—¡No!

—¡No seas infantil! ¡Abre la puerta o la tiro abajo! —le ordena Isabelle.

Fabrice y Stéphane salen de sus habitaciones. Stéphane aparece con una toalla envuelta en la cintura y Fabrice con otra en la cabeza.

—¿Por qué gritáis así? —pregunta Stéphane.

—Es Audrey. Hemos oído ruidos raros en su habitación —explica Isabelle.

—No quiere abrirnos la puerta —añade Bérénice.

—¡Soy especialista en abrir puertas! —asegura Stéphane, que desaparece un momento y vuelve agitando una navaja suiza—. Sabía que me serviría durante el viaje. No son cerraduras normales, son cerrojos como los de los cuartos de baño. ¡Ya está! —dice empujando la puerta—. Hola, cariño, pero ¿qué te pasa?

—He roto el teléfono —responde Audrey sollozando.

—Son cosas que pasan. Ya te comprarás otro —la consuela él mientras recoge los restos—. Caramba, la verdad es que lo has reventado. Debías de estar hecha una furia para dejarlo así.

—Tenía todas mis fotos dentro. ¡Soy un desastre! ¡Uy! ¿No llevas nada debajo? —le pregunta señalando la toalla.

—Pues... no. ¿Quieres ver mi móvil? —responde él para distraerla.

—¿Tu móvil? —repite Audrey, que parece aturdida.

—Gracias por tu ayuda, Stef, pero Isa y yo nos ocuparemos ahora de ella. Ve a vestirte. Nos vemos en unos diez minutos.

Fabrice sigue parado en medio del pasillo sin saber qué hacer.

—Fabrice, eh… No te olvides de la toalla, de esa, la que llevas en la cabeza —dice Bérénice señalándosela.

—¡Ah, sí, gracias! —responde él palpándose la cabeza—. Vuelvo enseguida. A ver si consigo peinarme bien.

—Si necesitas ayuda, ven a verme. Tengo un hermano pequeño y cuando vivíamos en casa de nuestros padres me encantaba peinarlo.

—Gracias, pero creo que podré. Debo aprender a hacerlo solo —contesta mientras entra en su habitación.

En la habitación de Audrey, es la hora de las confidencias. Mientras la joven cuenta la conversación que ha tenido con su exmarido y su hijo, Isabelle le limpia los chorretones negros de rímel que tiene bajo los ojos.

—Yo también estoy muy nerviosa —le dice.

—Ah, ¿sí? ¿Por qué? —pregunta Bérénice, terciando en la conversación.

—He hablado con mi hijo y he tenido la clara impresión de que soy la criada de la casa.

—¡Ah, el drama de las madres! ¡Ya estamos otra vez! No olvidéis que soy soltera. Todavía no tengo hijos y, si lo que pretendéis es disuadirme de que los tenga, ¡he de deciros que sois muy convincentes!

—Por supuesto que no, ser madre es estupendo —masculla Audrey—. No sé por qué he reaccionado así. Quizá porque mi hijo parecía contento y yo no era la causa de su alegría. Eso me ha sacado de quicio.

—¿Y qué habrías preferido? ¿Que te dijera: «Estoy triste, mamá, vuelve enseguida, por favor»?

—Puede ser… Bueno, no, claro.

—Tus hijos están bien. Su padre se ocupa de ellos. No están con un desconocido.

—¡Ella sí que lo es!

—Mucho menos de lo que tú te crees.

—Coño, he roto el móvil por eso. ¡Soy gilipollas!

—¡Eh, acabas de decir dos palabrotas! —exclama Bérénice, fingiéndose ofendida.

—Estoy harta de ser sensata.

—Me parece muy bien, pero eso no es razón para hacer lo primero que se te pasa por la cabeza. Espero que, al menos, sepas de memoria el número de tus padres.

—¡Mierda! Tenía que confirmarles la hora de regreso y solo recuerdo el número de Jérôme.

—¡Ojo, que acabas de decir mierda! ¡Me parece que en esta habitación hay demasiadas libertades! —observa Bérénice.

—Le enviaremos un SMS con mi teléfono para decirle a qué hora llegamos a Orly, pero lo haremos mañana por la mañana. Ahora vamos a salir de aquí, fingiremos que todo va bien y en el mejor de los mundos, y lo pasaremos en grande. Es nuestra última noche en Italia y tenemos que aprovecharla al máximo. ¿De acuerdo, chicas?

—¡De acuerdo, Isa! Gracias por haberme escuchado con tanta paciencia. Ahora entiendo por qué te aprecian tanto tus clientes.

—¿Y yo qué? ¿Apesto? —suelta Bérénice.

—¡Déjame ver! —dice Audrey olfateándole el cuello—. Pues no, diría incluso que hueles bien. ¿Qué perfume usas?

—¡La vie est belle!

—¿En serio?

—¡Sí, en serio!

—Gracias a ti también, Béré.

La barriga de Bérénice hace un ruido enorme.

—¿Qué ha sido eso, un pedo? —pregunta la farmacéutica.

—No... Creo que Francesco tenía razón. Empiezo a tener hambre.

Las tres mujeres salen riéndose de la habitación Orquídea y se encuentran con Stéphane y Fabrice en el pasillo. Audrey se coge del brazo de Stéphane mientras que Bérénice le alborota un poco el pelo a Fabrice, porque se lo ha peinado demasiado hacia atrás. Isabelle hace de carabina.

CAPÍTULO 19

Para llegar al restaurante tienen que salir del edificio y rodearlo. La entrada se encuentra en la parte posterior, donde hay también un gran aparcamiento. Un columpio cuelga de la rama de un árbol, que a juzgar por el tamaño del tronco ha de ser centenario. A la sombra de su robusta copa hay un banco de hierro forjado. Los arbustos de flores de diferentes especies confieren un aire especialmente bucólico al lugar. En los alrededores se extienden campos de trigo y girasoles. El sol ha desaparecido tras la montaña que tienen enfrente. Allí anochece mucho más rápido que en París. Venus, la estrella del Pastor, como se la conoce en la región, resplandece ya en el cielo, esperando que sus compañeras sigan su ejemplo. Francesco se reúne con ellos para contemplar el cielo.

—¿Sabéis por qué la llaman la estrella del Pastor? —les pregunta.

—No —responden todos al unísono.

—Pues porque es la primera que aparece al atardecer y la última que desaparece al alba. Según la tradición, los pastores la observaban para saber cuándo debían recoger o sacar sus rebaños.

—¡Acabo de aprender una cosa nueva! —dice Bérénice—. Bueno, ¿qué os parece si entramos? Estoy deseando ver el menú.

—¡No me digas! ¿No dijiste que no ibas a poder probar bocado esta noche? —pregunta Francesco en tono burlón.

—¿Y qué? Los únicos que no cambian de opinión son los imbéciles.

—¡Me alegro mucho! ¡Vamos! Deben de estar esperándonos.

***

El restaurante es coquetón. Se compone de varias salas sucesivas con las paredes de piedra. Los manteles son del mismo color burdeos que las camisetas de los dueños. La decoración es rústica, pero cálida a la vez. Los dos hermanos les salen enseguida al encuentro. Han preparado una mesa redonda para el pequeño grupo de franceses. Matteo y Cristiano pensaron que estarían más tranquilos cerca de la chimenea, apartados de las cocinas. En cualquier caso, el restaurante está desierto por el momento y no creen que esa noche vayan a acudir muchos clientes. No trabajan demasiado entre semana. La temporada alta aún no ha empezado y con el terremoto los habitantes de la zona preferirán sin duda quedarse en casa.

—¿Os gustan vuestras habitaciones? —pregunta Cristiano nada más verlos.

—¡Todo perfecto! —exclama Isabel—. He notado que en todas hay un ramo con las flores correspondientes al nombre de la habitación.

—Sí, nuestra madre es muy detallista —comenta Matteo—. La más difícil es la mimosa. La florista nos trae un ramo todos los lunes. Tratamos de plantar un árbol, pero dado el calor que hace aquí, no fue bien.

—Deberíais poner flores artificiales, os saldría menos caro —sugiere Stéphane, que ni siquiera se ha fijado en las de su habitación. Lo único que le ha llamado la atención es el tamaño desmesurado de la cama. Seguro que tres adultos podrían dormir cómodamente en ella. Bueno... dormir o hacer otras cosas, evidentemente. A Stéphane no le falta imaginación.

—¿Has visto lo grande que es la cama?—susurra a Audrey, que está sentada delante de él—. Podríamos compartirla sin llegar a tocarnos.

—Seguro que sí —responde irónicamente Audrey.

—Son camas de dos metros —explica Francesco, que los ha oído.

—En Francia las camas siempre son pequeñas —comenta Matteo—. En Italia jamás encontraréis camas de un metro cuarenta. Solo en las habitaciones infantiles.

—¡La verdad es que las habitaciones son inmensas! —afirma Fabrice.

—¡Desde luego! La mía es tan grande como el piso donde vivo —corrobora Stéphane echándose a reír.

—El mío es bastante más pequeño —añade Bérénice, que vive en un piso de un solo dormitorio—. Pero bueno, ¡eso no lo es todo en la vida! ¿Qué os apetece beber?

—Os lo iba a preguntar —dice Cristiano mientras les pasa el menú.

—¿Aperol Spritz para todos? —propone Francesco.

—Uy, no. Si es posible, preferiría un mojito —dice Audrey. A nadie se le ha pasado por alto que tiene los ojos enrojecidos.

—¡Todo es posible! —responde Cristiano—. La hierbabuena es de nuestro jardín y es buenísima.

—Yo también quiero un mojito —dice Bérénice.

—Yo no, tiene demasiado azúcar y no es bueno para la diabetes —comenta Isabelle en voz alta.

Francesco frunce el ceño. ¿Dónde han quedado sus buenos propósitos?

—Pero, bueno, como no soy diabética, tomaré lo mismo que mis amigas —añade después cambiando enseguida de opinión.

—*Va bene.* Tres mojitos para las señoras. ¿Y para los señores? ¿Qué os apetece?

—No sé —dice Fabrice titubeando—. No suelo beber alcohol.

—¡Vamos, amigo! Que tu madre no te está vigilando.

—No tiene ninguna gracia —lo defiende Bérénice—. Puedes tomarte un Martini blanco. ¡Está buenísimo!

—Entonces, tomaré un Martini —confirma Fabrice, un poco molesto por el comentario de Stéphane.

—Oye, amigo, que era una broma.

—¡A veces tu sentido del humor deja bastante que desear! —suelta Fabrice, atreviéndose por fin a replicar—. No conoces a la gente. Mi madre podría estar muerta.

—Me hablaste de ella a mediodía. Tus padres viven cerca de Aviñón.

—Es cierto —asiente Fabrice asombrado.

—Como ves, a pesar de las apariencias, sé escuchar a la gente.

—¡En ese caso, eres un farsante! Lo siento, estoy un poco cansado. Anoche dormí poco.

—¡No te disculpes! Sé que mis bromas son lamentables.

—Resumiendo, tres mojitos y un Martini. Francesco, ¿sigues queriendo el spritz?

—No, prefiero pasar enseguida al vino. Esta noche no quiero mezclar. El barolo que me serviste la última vez me gustó mucho.

—¡Una elección excelente! ¿Traigo ya la botella?

—¡Sí! *Per favore*. Todos lo beberán luego en la mesa —afirma.

—*Benissimo!* Voy a avisar al sumiller —dice Matteo antes de alejarse.

—¿Desde cuándo el sumiller trabaja entre semana? —pregunta Francesco desconcertado—. No os saldrá muy rentable.

Cristiano se echa a reír.

—Mi hermano es *gigolo*. Entre semana es el sumiller.

—Querrás decir *rigolo*, que en francés significa «cachondo» —dice Isabelle.

—¡Eso es! —asiente Cristiano—. Hacemos muchas cosas, pero lo de ser *gigolos* aún no lo hemos tocado. Y ya que hablamos de cachondos —dice dirigiéndose a Stéphane—, ¿qué vas a beber?

—Un agua mineral a temperatura ambiente, por favor. Tengo los intestinos delicados, así que es lo mejor. Además, esta noche tengo un poco de ansiedad —afirma dirigiéndose a Isabelle ante la sorpresa de todos—. ¡Habéis picado! ¡Es una broma! ¡Menuda cara habéis puesto!

—¡Me caes bien! —dice Cristiano—. Permíteme que te prepare una sorpresa. El cóctel de la casa te encantará, estoy seguro.

—*Va bene para il cocktail della casa!* —suelta Stéphane con un acento terrible.

—En cuanto a la cena, ¿habéis elegido ya o preferís que vuelva luego?

Todos están leyendo el menú sin saber muy bien qué elegir. Acostumbrado a ese tipo de situaciones, Cristiano les da un consejo:

—Si os parece, traeré varios *antipasti della casa* y otras cosas para picar. Después, si seguís teniendo hambre, podréis pedirme algo más. *Va bene così?*

—*Perfetto!* —exclama Francesco—. Si los demás estáis de acuerdo, claro —añade.

Dado que nadie se opone, la propuesta de Cristiano queda aprobada por unanimidad.

***

La primera ronda cae en un santiamén. La temperatura del local y el ambiente distendido invitan a beber. Stéphane apura literalmente de un trago su cóctel Rossini, fresco, ligero y afrutado, hecho con *prosecco* y fresas del jardín del restaurante. Al verlo tan entusiasmado, todos se animan a probarlo. Las señoras se prometen pasar al agua lo antes posible, pero después de haber bebido una copa del vino, que parece deleitar las papilas gustativas de Francesco a cada trago. Los *antipasti* son más que abundantes y, como dicen algunos, «el apetito se abre comiendo» (además de bebiendo). Gracias al alcohol, todos dejan de lado sus pequeñas contrariedades. Audrey ha olvidado por el momento que hace un rato destrozó furiosa su teléfono; Isabelle que es una madre explotada y desengañada; y Bérénice que sus amigas tildaron de patán al hombre que tiene enfrente. Por otra parte, ese hombre tan reservado se acomoda a todo. Se ha dejado secar el pelo al aire y no precisamente como le aconsejó Fabio.

—¿Qué ha sido de tu corte de pelo, Fabrice? —le pregunta Francesco.

—¿Qué le pasa a mi pelo? —contesta alzando la mirada, como si así pudiera verse la coronilla.

—La culpa es mía… —dice Bérénice—. Se lo he revuelto antes, por eso no se le ha secado bien.

—¿Y si hago esto? —pregunta Fabrice tratando de ajustarse el mechón, que ahora parece la cresta de un gallo y que provoca las risas de sus compañeros.

—¡Sí, sí, así es perfecto! —ironiza Stéphane con los ojos fuera de las órbitas.

—¡Espera! Deja que te lo arregle —le propone Bérénice, contenta de poder tocarle el pelo.

No teme el contacto con Fabrice. Se levanta y se pone detrás de él. El pseudopeinado del joven se transforma rápidamente en un masaje del cráneo bastante sensual.

—¿Has lavado cabezas en otra vida? —pregunta Isabelle—. ¡Lo haces fenomenal!

—En cualquier caso, a Fabrice parece gustarle.

Y tiene razón, porque Fabrice está en el séptimo cielo. Jamás habría imaginado que el cráneo podía ser una zona erógena.

Sorprendido de las reacciones que el masaje está provocando en su cuerpo, apura el contenido de su copa. Como si eso fuera una señal, Bérénice vuelve a su sitio dejando a Fabrice con su confusión capilar.

***

En la mesa, los platos están vacíos, al igual que las copas y la botella de vino. Sus estómagos suplican una pausa, pero la curiosidad es más fuerte. Algo achispado, Stéphane llama a Cristiano, que se acerca a ellos con las cartas en la mano.

—¡Ya os dije que os lo comeríais todo! ¿Estaba bueno?

—¡Delicioso! —responden al unísono.

—¿Queréis algo más?

—Hum… Me tientan las *troffie al tartuffo*.

—Vamos, Stef, date el gusto —lo anima Francesco—. Jamás las comerás tan buenas en Francia, créeme. Están hechas en casa.

—Yo no puedo más, pero te picaré alguna para probarlas —dice Audrey.

—Pícame lo que quieras, guapa —responde Stéphane.

Uno de sus pies empieza a subir lentamente por la pantorrilla de Audrey bajo la mesa. Ella se tensa, preguntándose si la delicada caricia que nota en la pierna no será fruto de su imaginación, si Bobby no se habrá escondido bajo el mantel, pero de repente recuerda que el perro se quedó en casa de su dueño. Entonces mira a Stéphane, que la está devorando literalmente con los ojos. Demasiado cansada para reaccionar, deja que siga. Se dice que, si lo ignora, acabará hartándose.

Isabelle, cuyo estómago parece apreciar la gastronomía italiana, se deja tentar por unos *ravioli ricotta e spinaci*. Cuando Cristiano le advierte que el plato es algo abundante, Bérénice se ofrece para compartirlo. A Fabrice le apetece sobre todo una ensalada verde y, como todo es posible en la taberna, su deseo se ve cumplido. Francesco, cuya figura esbelta contrasta con su buen apetito, se decanta por unos *spaghetti alle vongole*.

Por si fuera poco, es necesaria otra botella de vino para acompañar los nuevos platos.

***

Un grupo de jóvenes entra en el restaurante. A pesar de que son casi las diez, Cristiano los invita a acomodarse. Como pasó por eso cuando era joven, los acoge de buena gana. Son de la zona y vienen de celebrar el final de la temporada de fútbol. Hablan a voz en grito y comen mucho. Matteo no deja de ir y venir a la bodega a por botellas de Peroni, la famosa cerveza nacional.

La cena de los excursionistas toca a su fin. Para variar, están a punto de reventar. Antes de despedirse, Matteo les ofrece una copa de *limoncello*, el digestivo preferido de los italianos. Recordando una de sus películas favoritas, Stéphane considera que es un buen momento para exhibir su cultura:

—*Comincio a sentire la fatiga!*

—Empiezo a estar cansado... Esa frase me recuerda algo —dice Isabelle—. ¡Ah, claro! ¡Es de *Los bronceados hacen ski*! ¿Conoces la película, Francesco?

—¡Por supuesto! Me encanta. La escena en el refugio es para morirse de risa, con los italianos que no piensan en otra cosa que en echar un polvo. ¡El cliché del típico italiano, pero es muy divertido! «¿Sería posible que su amigo dejara de mirar por la ventana? *Grazie mille!*». —añade riéndose de buena gana.

—¿Y cuando se pierden durante la excursión que ha organizado Popeye y los rescatan unos montañeros que les dan de comer unas cosas espantosas? —recuerda Fabrice.

—¡Síí! —exclama Bérénice—. ¡Qué asco! Solo de pensarlo me entran ganas de vomitar.

—¡Toda la película es muy divertida! —asegura Audrey—. Debería volver a verla.

—La tengo en casa. Cuando quieras puedes venir para una proyección privada —le propone Stéphane, que está dispuesto a hacer lo que sea para conquistarla.

Pasan un buen momento riéndose mientras recuerdan esa película, y luego otras que les han gustado por diferentes razones. Tienen la risa floja, están eufóricos por lo que han bebido. Solo Stéphane parece frustrado. Tiene calambres de tanto acariciar a Audrey con el pie y ella da la impresión de no notar nada. Ya no sabe cómo llamar su atención, sobre todo porque el volumen sonoro ha aumentado en la mesa de al lado y el ruido está empezando a sacarlo de sus casillas. Solo han hablado de fútbol desde que llegaron. Stéphane, que entiende algo sobre el tema, oye los nombres de algunos de los jugadores que están en el mercado: De Rossi se marcha, Rabiot abandona el Paris Saint-Germain para ir a la Juve, Balotelli regresa a Italia después de haber pasado una temporada en el Olympique de Marsella, Gigi Buffon se retira… En pocas palabras, comentan la actualidad futbolística con un entusiasmo desbordante.

Harto de oírlos, Stéphane se pone en pie y, ante la mirada inquisitiva de sus compañeros, se dirige hacia la mesa de los jóvenes:

—¡Eh, vosotros! No oímos nada. ¿Podéis bajar un poco el tono? —pregunta.

El grupo enmudece de golpe. Sus miembros se preguntan de dónde sale ese temerario que se atreve a interrumpir su conversación.

—*Ma che vuole questo?* ¿Qué quieres? —pregunta uno de ellos.

Consciente de que la juventud es impulsiva, Francesco sale en su ayuda. Conoce al grupo, porque son de la región. No son mala gente, pero no dudarán en plantarle cara si es necesario.

—*Tutto a posto, ragazzi! Ha bevuto un po' troppo.* Está un poco borracho, tranquilos. Venga, ven conmigo, Stéphane —dice agarrándole un brazo sin más miramiento.

—Quiénes son los campeones del mundo, ¿eh? —prosigue él—. ¡Nosotros! Somos los campeones. Somos los campeones. ¡Campeones, campeones, oé, oé, oé! —canta sin parar.

Tranquilizados por la presencia de Francesco, que es como el hermano mayor para los de su generación, los jóvenes se echan a reír. *Fair-play*, alzan sus jarras de cerveza y gritan: «*Viva la France!*».

El ambiente no puede estar más animado. El grupo de excursionistas imita a Stéphane, cantando el mismo eslogan y golpeando la mesa para marcar el ritmo. La fiesta está en su apogeo. Matteo, Cristiano y el personal de cocina salen para asistir al espectáculo.

Pero Francesco está preocupado, porque piensa que ya va siendo hora de llevar a sus clientes a retiro. Por el momento, los jóvenes se han tomado las cosas con buen humor, pero nunca se sabe cómo pueden acabar. Puede estallar una pelea de buenas a primeras y, de ser así, dejarían el restaurante patas arriba. Así pues, al final salen del restaurante cantando, bailando y, sobre todo, tambaleándose.

En el portal de la casa, el grupo se despide de Francesco, que sube al minibús, no sin antes haber oído los reproches de las mamás, Isabelle y Audrey, que se han indignado al saber que iba a coger el volante.

—¿En serio? ¡Si vivo a quinientos metros!

—¡Razón de más! ¿Podemos acompañarte a pie? —propone Isabelle.

—Pero ¿qué decís? Es más fácil morir caminando que en coche. Estamos en el campo. La gente conduce como loca.

—¡Precisamente por eso! ¡Nos pondremos los chalecos amarillos para que nos vean!

—¡Ah, eso sí que no, nada de chalecos amarillos! ¡Tened piedad de mí! Me traen malos recuerdos... —gime Bérénice.

—No es necesario. En cuanto llegue os envío un SMS. ¿Os parece bien?

—Es una locura —dice Isabelle intranquila, sintiendo que se le acelera el corazón.

—Además, ya no tengo teléfono —tercia Audrey.

A su lado, Fabrice y Stéphane, traman cosas de borrachos cogidos del brazo. Cristiano se acerca a ellos sin que se den cuenta.

—¡Las señoras tienen razón! ¡Dame las llaves! *Forza!* ¡Subid todos al minibús! Acompañaremos a Francesco a casa.

Este no intenta negociar. Sabe que ha bebido demasiado. El grupo sube al vehículo precipitadamente. Fabrice trastabilla en la acera. Bérénice le dice que se ponga a su lado y él obedece. Con los ojos brillantes, Béré lo mira amorosamente, le agarra un mechón de pelo y lo enrolla en el dedo índice. Audrey tropieza y cae en brazos de Stéphane mientras trata de sentarse. Con un ambiente digno de un campamento estival, el minibús se pone en marcha. Apenas avanzan unos metros, Isabelle, que está muy mareada, pregunta al conductor:

—¿Queda mucho? ¡Tengo ganas de hacer pipí!

—Hemos llegado —responde Cristiano riéndose.

—¡Ya os dije que no estaba lejos! —dice Francesco, contento de que lo hayan acompañado.

Desde luego, ya es hora de que todos se vayan a dormir. Bobby ladra detrás de la puerta.

—¡Shhh! —dice Francesco lanzando gotas de saliva al hablar—. Vas a despertar a todo el barrio. Mañana nos vemos a las nueve en punto, amigos. Y ahora ¡todos a la cama! —añade mientras se apea del minibús—. ¡Cuento contigo, Cristian'!

—*Non ti preoccupare! Buona notte!*

—*Grazie mille! Buona notte a tutti!*

Los excursionistas se pegan a los cristales para despedirse del guía.

***

Por suerte son los únicos huéspedes del establecimiento de turismo rural. Los abrazos se eternizan en el pasillo. Isabelle es la primera en entrar en su habitación, porque está deseando ir al baño y darse una ducha antes de acostarse. Delante de su puerta, Bérénice confía en no tener que dormir sola. Sabe que el alcohol tiene mucho que ver con su estado, pero, por primera vez desde hace meses, el deseo de pasar la noche abrazada a un hombre es muy fuerte. Y, suponiendo que Stéphane se apiadara de ella, no es a él a quien desea.

—Me alegro mucho de haberte conocido —dice tímidamente al elegido de su corazón.

—Esto... ¡Yo también! Ha sido una velada estupenda. ¡Buenas noches! ¡Hasta mañana! —contesta él mientras entra en su habitación, dado que no ha entendido la invitación de Bérénice a compartir una «mayor intimidad».

Plantado delante de la puerta de Audrey, Stéphane hace un último intento.

—No me gusta dormir solo, por favor, ¡me angustia! —miente.

Audrey suelta una carcajada.

—¡Eso no te lo crees ni tú! ¡Para ya! Si lo único que buscas es un polvo, lo siento, no soy la persona adecuada —suelta al instante.

—¿Cómo? ¡Nada más lejos de mi intención! Me gustas mucho, Audrey —dice articulando con dificultad—. Podríamos pasar un buen rato juntos...

—Has bebido demasiado y yo también, así que sería un desastre. ¡Quizá en otra ocasión! —contesta ella dándole un leve beso en los labios.

—Ah, ¿sí? ¡Lo dices para que me vaya!

—Puede ser —responde Audrey desapareciendo detrás de la puerta.

Stéphane aguarda un poco con la esperanza de que cambie de opinión, pero cuando oye correr el agua comprende que no tiene nada que hacer. Frustrado y muy excitado, va a ducharse también y luego se echa, aún mojado, en la inmensidad de su cama.

***

Fabrice e Isabelle son los primeros en caer en brazos de Morfeo. Bérénice se duerme también mientras mira las fotos del móvil. En la habitación de al lado, Audrey no logra conciliar el sueño, a pesar del cansancio. La cabeza ya no le da tantas vueltas, pero sus pensamientos se han embalado. Rumia, reflexiona, se levanta, se vuelve a acostar, lee una vez más los consejos sin encontrar el sosiego que desea. Ni siquiera el libro que está leyendo logra que se concentre. «¿Y si Stéphane tiene razón?», piensa.

Tumbada en la cama, siente que el calor invade su cuerpo. Ella no lo escucha como debería y él grita que debe ocuparse de él. Podría resolverlo sola, pero no es su estilo. Tampoco lo es acostarse con el primero que encuentra. Pero los únicos que no cambian de opinión son los imbéciles. Stéphane le gusta. Es simpático, divertido y, sobre todo, parece entusiasmarle la idea de ayudarle a estar bien. «*Carpe diem!*», se dice.

Se levanta resuelta. Se mira al espejo, se pinta un poco los labios, se echa un poco de perfume, se da volumen al pelo, ajusta el tirante de su picardías de satén y echa sus principios de santurrona a la papelera mental. De puntillas, excitadísima por la transgresión, sale de su habitación y rasca la puerta de Stéphane. ¡No le responde! Pega la oreja, pero no oye nada, ni siquiera unos ronquidos. ¿Tanto trajín para nada? ¡Ni hablar! ¡Por una vez, sabe lo que quiere! Desesperada, empuja hacia abajo el picaporte y comprende que Stéphane no ha cerrado con llave, así que entra en la habitación. ¡Ah, el muy pillín! ¿Habrá imaginado lo que iba a pasar?

Audrey se mueve a tientas, con miedo a tropezar con la pata de algún mueble. Sus ojos se van acostumbrando poco a poco a la penumbra. Como la habitación da a la calle, la luz de las farolas se filtra un poco a través de las persianas. Escucha la respiración lenta de Stéphane, levanta la sábana y se acuesta a su lado.

Por un momento, se pregunta qué demonios está haciendo ahí. No se atreve a tocarlo, por temor a causarle una crisis cardíaca. ¿Está desnudo? ¿En calzoncillos? No lo sabe. ¿Y si se hubiera equivocado de habitación? En ese caso, se habría metido en la cama de Fabrice. Aterrorizada, hace amago de levantarse, pero su vecino empieza a balbucear en sueños:

—Campeones…

Uf, menos mal: no se ha equivocado de cama. Reconoce la voz firme de Stéphane. ¿Qué se supone que debe hacer? Podría conformarse con dormir a su lado y tener la delicadeza de esperar a que él la descubra al despertarse. Pero lo cierto es que se muere de ganas de hacer el amor. Así pues, haciendo acopio de todo su valor, le acaricia la espalda. Tiene la piel suave. Siente bajo sus dedos cómo se va erizando. Sigue así varios minutos, pero Stéphane parece no sentir sus caricias. Poco a poco, empieza a bajar.

—¿Qué pasa? —grita él sobresaltado—. ¿Quién está ahí?

—Shhh… Soy yo, Audrey —susurra ella.

—¡Maldita sea, menudo susto me has pegado! ¿Qué haces aquí?

—He cambiado de opinión.

—¿Sobre qué?

—A ver si lo adivinas.

Sin darle tiempo a pensar, le da un beso en la boca.

Capítulo 20

Isabelle, Bérénice y Fabrice son madrugadores. Han dormido poco, pero bien, con un sueño profundo y reparador. Juntos se dirigen hacia el comedor. El desayuno está ya preparado en la mesa de bufé, así que deducen que pueden servirse. La ausencia de Audrey y Stéphane se convierte enseguida en el tema de conversación:

—La verdad es que entiendo que tenga ganas de dormir hasta tarde. No es fácil cuando tienes dos hijos. ¡Hablo por experiencia! —dice Isabelle.

—Nosotros aún no sabemos lo que son esas alegrías, ¿verdad, Fabrice? —exclama Bérénice.

—Quizá un día... —responde él.

—¡Eso espero! Pero ¿y Stéphane? ¡No tiene hijos! No tiene por qué tener un reloj interno. Supongo que se habrá olvidado de poner el despertador.

—¿Tú crees? Entonces deberíamos ir a ver qué pasa, ¿no? —sugiere Fabrice.

—Aún es pronto. Dejémoslos dormir un poco más —responde Isabelle—. No hay prisa.

—¿Y si han pasado la noche juntos? —suelta Bérénice mientras mastica un cruasán.

—¿Por qué dices eso? —pregunta Fabrice.

—Mi sexto sentido… Esta noche he oído unos ruidos extraños. Habría jurado que en la habitación de al lado estaban ocurriendo cosas… interesantes, pero estaba demasiado cansada para levantarme. Además, la cama es genial, quiero poner el mismo tipo de colchón en mi casa. Lástima que en mi piso no quepa una cama así.

—Es cierto —corrobora Isabelle—. Normalmente me duele la espalda, pero aquí nada. Podríamos pedir que nos envíen uno. Le preguntaré a Francesco si es posible.

Isabelle se lanza sobre la macedonia de fruta fresca. Bérénice devora los bollos. Algunos están rellenos de mermelada, otros de chocolate. ¡Hay que probarlos todos, por supuesto! Fabrice ha untado de *ricotta* una rebanada de pan campesino tostado.

—La verdad es que me sorprendería —dice mientras mastica.

—¿El qué? ¿Qué puedan enviarnos un colchón a Francia?

—No, que haya sucedido algo entre Audrey y Stéphane.

—Si ha pasado, mejor para ellos, ¡menuda suerte! —suelta Bérénice, a la que le habría gustado vivir lo mismo con él.

***

Stéphane y Audrey duermen abrazados en la habitación Violeta. Casi no han pegado ojo. Hicieron el amor, hablaron, después volvieron a hacer el amor y a hablar, y vuelta a empezar hasta que se acabó la caja de seis preservativos que Stéphane había metido en la mochila por si acaso. A pesar de cuánto la deseaba, jamás se habría imaginado que Audrey se ofrecería a él. Le pareció sensual, insaciable, apasionada, atrevida. Ella también se sorprendió a sí misma. Jamás había sentido tanto deseo y, a diferencia de su exmarido, Stéphane le causó unas sensaciones inimaginables. Se prometió tomar mojitos más a menudo, porque, a menos que Stéphane fuera un dios del sexo, el cóctel debía de tener propiedades afrodisiacas. Habría que experimentarlo de nuevo.

***

La luz del día invade la habitación y Audrey emerge lentamente del sueño. Le vuelve a la memoria la noche anterior. ¡Qué pasada! Cada parte de su cuerpo recuerda los besos y las caricias de Stéphane. Se estremece una vez más. Debe volver a su habitación enseguida, pero él la atrae como un imán. No logra separarse de él. Sin embargo, no quiere que se descubra lo ocurrido ni tener que justificarse, a pesar de que no han hecho nada malo, al contrario. Anoche siguió su instinto por primera vez, franqueó sus límites y sus principios y, sorprendentemente, no se arrepiente. Ignora adónde la llevará ese intermedio con Stéphane, pero algo es seguro, se siente feliz.

Le acaricia con dulzura un hombro susurrando:

—Stef... ¿Qué hora es?

—Qué más da. ¡Abrázame!

—¡Va en serio! —dice ella alzando un poco la voz—. ¿Puedes mirarlo, por favor?

Con los ojos aún entornados, Stéphane coge su teléfono móvil y anuncia tranquilamente:

—No es grave, son las ocho y media. Aún tenemos tiempo para unos cuantos mimos.

—¿Las ocho y media? Francesco no tardará en llegar y no estaremos preparados. ¡Espera! —dice Audrey tapando la boca de Stéphane con una mano—. Oigo unos ruidos.

En el pasillo se oyen los pasos de sus compañeros. Audrey salta de la cama como Dios la trajo al mundo y se pega a la puerta.

Stéphane la contempla sin pronunciar palabra. Le gusta lo que ve. Se levanta en traje de Adán y se dirige hacia ella.

—¿Sabes que eres guapa? ¿Y si volvemos a empezar? —le dice abrazándola.

A pesar de que le gustan sus palabras, Audrey se asusta al oír unos pasos que se acercan. Alguien llama a la puerta y los dos se sobresaltan.

—¡Es tarde, Stéphane! —lo avisa Fabrice desde el otro lado—. Francesco no tardará en llegar y el desayuno vale mucho la pena. ¿Stef? —repite llamando más fuerte.

Stéphane corre hacia la cama y se enrolla la sábana alrededor del cuerpo. Audrey se queda paralizada detrás de la puerta, confiando en haber pasado el cerrojo. Al ver que el picaporte se mueve, se tira al suelo para esconderse detrás de la cama.

—Stef… —dice Fabrice por el resquicio de la puerta—. Lo siento, amigo, pero es muy tarde.

—¡Mierda! Me olvidé de poner el despertador. Me levanto enseguida.

A pesar de no ser una persona curiosa, Fabrice recorre la habitación con la mirada. En el suelo hay un picardías morado.

—¿Crees que Audrey también se olvidó de poner el suyo? —pregunta.

—Después de haber roto el teléfono, es lo más probable. Ya me ocupo yo de despertarla, si te parece.

—¡Perfecto! ¡Os esperamos abajo! Los distraeré, no os preocupéis. Nadie sabrá que te has escondido detrás de la cama, Audrey —dice mientras cierra la puerta—. Ah, y otra cosa —añade volviendo a asomarse—. Deberíais ventilar un poco la habitación, huele a chotuno.

***

Cuando Bérénice e Isabelle se disponen a llamar a la puerta de su compañera, Fabrice las para.

—¡Hola, chicas! ¿Podéis venir un momento, por favor? Necesito que me aconsejéis sobre qué ponerme.

Bérénice corre en su ayuda. Fabrice ha extendido toda la ropa sobre la cama, que ha hecho al estilo militar. Al verla, Béré esboza una sonrisa. ¡Al menos es ordenado! No como su último amigo, que solo tocaba la cama cuando se acostaba.

—No sé qué elegir —dice Fabrice—. Ayer compré estos suéteres y el pantalón. He mirado las previsiones y hoy va a hacer mucho calor aquí, pero en París lloverá. No sé si volver a ponerme la ropa de excursionista.

Mientras habla está pendiente de si Audrey ha vuelto a su cuarto.

—¡Ni se te ocurra ponerte ese espanto! —dice Bérénice—. El pantalón que llevabas anoche no está sucio. Además, te sienta superbién, te hace un culito estupendo. —En cuanto lo suelta, nota que se ruboriza, porque comprende que se ha pasado.

—¿Tú crees?

—Desde luego, además, con esta camiseta te quedará perfecto.

—Vale, gracias. ¿Y tú qué opinas, Isabelle?

—No entiendo mucho de moda. Como siempre voy con la bata de farmacéutica, no he de esforzarme mucho con la ropa. Pero sí, me gusta la combinación. ¡Aprobado!

Stéphane aparece recién duchado y vestido.

—¡Hola, amigos! ¿Habéis dormido bien?

—¡Ah, uno, al menos! —exclama Isabelle—. ¡Os dábamos por muertos! ¿Sabes si Audrey sigue durmiendo?

—Ni idea. Voy a ver —dice guiñando un ojo de manera que solo pueda verlo Fabrice.

***

Cuando Stéphane llama a su puerta, Audrey corre a abrir. Se asegura de que el pasillo está desierto y luego le da un beso no muy casto.

209

—Buenos días, Stéphane, ¿has dormido bien? —pregunta en voz alta—. Ya te echo de menos —añade susurrando.

—No me digas esas cosas, estás loca... —murmura él—. Esto..., sí, ¡genial! —responde luego alzando la voz para que los demás lo oigan.

—¿Se puede saber qué has hecho, Audrey? —le pregunta Bérénice—. Es supertarde. Tenéis que bajar ya a desayunar.

—Lo sé... No tenía despertador. No me di cuenta, pero no te preocupes. Me he duchado y he recogido mis cosas. ¿Vamos, Stéphane?

—Esto..., sí, si quieres. Aunque solo sea para tomar un café.

—¡Espera a ver el bufé! —exclama Bérénice—. En este país se pasan la vida comiendo. ¡Menos mal que hoy nos vamos, en serio!

Todos la miran atónitos.

—¡Es broma! ¿Habéis perdido el sentido del humor o qué os pasa?

Esa mañana Bérénice no está de buen humor. Las horas que puede pasar con Fabrice van evaporándose, como la gotas de rocío al sol, y todos los intentos que ha hecho para acercarse a él han fracasado. El paréntesis italiano toca a su fin y la esperanza de regresar bien acompañada se esfuma poco a poco. Será que aún no ha llegado su momento.

***

Mientras bajan la escalera, Audrey y Stéphane se paran en cada peldaño para besarse. A ese ritmo, Francesco podría ascender al Meta y volver a bajar sin que a ellos les diera tiempo a tomar un café siquiera. Cuando llegan a los pies de la escalera, Matteo los pilla en flagrante mientras lleva una pila de toallas.

Como es un profesional, hace como si nada, pero su media sonrisa lo dice todo.

—*Stefano! Audré! Buongiorno!* ¿Habéis dormido bien?

—Sí, muy bien.

—¿Qué os ha parecido la cama? Hace poco que las cambiamos.

—¿La cama? Bueno…, está muy bien —contesta Stéphane—. ¿Y la tuya? —prosigue dirigiéndose a Audrey—. ¿Qué te ha parecido?

Recordando las imágenes de su noche de amor, los dos se ruborizan.

—Es muy cómoda, la verdad —corrobora Audrey.

—¡Me alegro! La cama es muy importante —insiste Matteo—. Os agradecería que lo comentarais en Tripadvisor. Es nuestra mejor publicidad.

—Cuenta con ello, ¿verdad, Audrey?

—Por supuesto. Hemos estado muy a gusto en vuestro establecimiento. Será difícil que os olvidemos.

—*Ottimo!* Subo esto y vuelvo a veros. El café os está esperando.

—Gracias, Matteo, íbamos justo a beber una taza.

Lentos, pero seguros.

***

El grupo está esperando a que vuelva Cristiano, que ha ido a buscar a Francesco a su casa. Entretanto, Isabelle distribuye aspirinas en la entrada del restaurante. A todos les duele la cabeza y, además, sienten un peso en el corazón. Están a punto de volver a casa. Anoche se pasaron con el alcohol, incluso Fabrice, que siempre ha criticado su consumo. Va a tener que nadar mucho para eliminar toxinas.

Cuando el minibús llega, los excursionistas ven unas caras familiares: Emilio, Elvira, Dario, Antonella y Chiara han acudido para despedirse de ellos. Bobby les hace fiestas moviendo la cola mientras da vueltas alrededor de ellos.

—Mi hermano tenía razón. Sois un grupo encantador. Espero que sigamos en contacto.

—Y si queréis volver —dice Emilio—, basta decirlo. Nos encantará recibiros otra vez y acompañaros a visitar la zona.

—Sois muy amables. Es posible que vuelva para recordar lo que hemos vivido aquí —afirma Audrey.

Stéphane, que no puede estar más de acuerdo, le acaricia la mano discretamente. Le encantaría regresar con ella. Podría convertirse en un lugar donde verse, el lugar donde todo empezó entre ellos. Él, que no veía más allá de la punta de su nariz, empieza a pensar ya a largo plazo. Y lo más extraño es que, desde que se despertó al lado de Audrey, no ha vuelto a tener ganas de fumar. La vida reserva a veces bonitas sorpresas, a menudo cuando menos nos lo esperamos.

—Tened, son roscas, *ciambelle* —dice Elvira mientras les tiende una bolsa de papel—. Es una especialidad de la zona, son de anís. No esperéis a que se endurezcan. Podéis coméroslas si os entra un poco de hambre en el minibús. Pero, ojo, ¡son como las palomitas, cuando comes una, luego no puedes parar!

—Qué amable, gracias —dice Isabelle agarrando la bolsa.

—Dame un pedazo, quiero probarlas enseguida —le pide Bérénice.

—Dime una cosa, Béré, ¿no será que tienes un problema de bulimia? —le pregunta disimuladamente Isabelle—. No paras de comer.

—Ya lo sé. ¡Es el estrés! Pero no te preocupes, seguro que tengo la solitaria, porque no engordo nada. Bueno, ¡eso era antes! Esta mañana me ha costado abrocharme la falda. ¡Es horrible! —dice mientras da un mordisco a una *ciambella*.

—¿Has dicho «estrés»? —pregunta Francesco—. Quiero que esa palabra desaparezca de tu vocabulario. Y lo mismo vale para todos. Cuando empecéis a sentiros tensos, quiero que penséis en Zen Altitud.

—Por supuesto, y en el terremoto… ¡Superzen, en efecto! —bromea Stéphane.

Todos se echan a reír. Salta a la vista que están un poco nerviosos. Matteo y Cristiano cargan las mochilas en el maletero. Entretanto, el grupo abraza a los italianos como si se estuviera despidiendo de su familia.

—¡Buen viaje de regreso a todos! —exclama Dario.

—¡Venid a vernos si pasáis por Bruselas! —añade Antonella—. Cocino tan bien como Elvira.

Mientras suben al minibús, la señora de la limpieza se asoma a una ventana gritando:

—*Ho trovato questo! Appartiene a qualcuno?*[6]

Con la punta de los dedos sujeta una tira de color púrpura. Audrey reconoce enseguida sus bragas y sus mejillas se tiñen del mismo color que la prenda.

—¿Quién ha dormido en la habitación *Violeta*? —pregunta Cristiano, cohibido.

—Esto…, yo —mascula Stéphane—. Ya sabéis que soy un pervertido sexual. Esas bragas son como un peluche —confiesa para confundirlos.

—¡Puaj, eres realmente repugnante! —exclama Bérénice.

Además de estar más roja que un tomate, Audrey se enciende al oírlo. No puede permitir que acusen así a Stéphane. Punto número uno: analizar el origen del estrés. Solución: decir la verdad.

—¡Te prohíbo que digas eso! —grita.

—¿Qué te ocurre, Audrey? ¿Vas a volver a romper algo?

---

6   «He encontrado esto. ¿Es de alguien?» (N. de la T.).

—Me ocurre que esas bragas son mías. Seguro que os estaréis preguntando cómo han ido a parar a la habitación de Stéphane. Pues muy bien, ¡os lo voy a decir! ¡He pasado la noche con él! —dice a la vez que se lanza hacia él para darle un beso apasionado.

Todos aplauden. Los italianos los felicitan: «*Auguri!*». Fabrice tiene los ojos llenos de lágrimas. En cuanto a la mujer de la limpieza, lanza las bragas por la ventana y Bobby corre a atraparlas enseguida.

CAPÍTULO 21

Exceptuando el sonido de la radio, el silencio reina en el habitáculo climatizado. Es la hora de reflexionar. Francesco está triste. No quiere que ese grupo se marche. Cada vez que se despide de uno siente una emoción especial, pero hoy es más intensa. Élisa no ha contestado a su correo. Esta es, sin duda, una de las razones que explican su melancolía.

Bérénice contempla el paisaje tratando de memorizar cada detalle, las montañas redondeadas y las colinas. Ha disfrutado mucho en esa pausa fuera del tiempo. No ha encontrado el amor, pero ha hecho nuevos amigos y espera seguir en contacto con ellos. A su lado, Fabrice mira al infinito. Piensa en su vida, que quiere cambiar por completo, en los proyectos que pretende llevar a cabo. Esta noche irá a nadar. Tiene ganas de sentir el frescor del agua. Puede que eso sea lo único que ha echado de menos en Italia. Oye la respiración acompasada de su vecina, que lo apacigua.

Isabelle pasa revista a todos los momentos que han vivido en Italia. A pesar de que la estancia apenas ha durado unas horas, esa breve visita ha sido más beneficiosa que un mes de vacaciones. Esta tarde volverá a su vida habitual con su marido, sus hijos, la farmacia. En cuanto piensa en todo ello, su corazón se acelera. No sabe si esto es bueno o malo. Coge un trozo de *ciambella* para entretenerse.

Al fondo del minibús, Stéphane y Audrey aprovechan que los asientos son más anchos para besarse lánguidamente. Parecen dos adolescentes que han descubierto el amor en un campamento estival. Deben tomar aliento de vez en cuando.

—Jamás habría imaginado que acabaría en tus brazos —le susurra ella al oído—. Me parecías tan…

—¡Sexi e inaccesible! —dice él terminando la frase—. Sí, lo sé. Es la imagen que doy.

—Sí, es más o menos eso —corrobora Audrey irónicamente acomodándose entre sus brazos.

—Por cierto, ¿crees que Isabelle tendrá preservativos en su mochila? —susurra él.

Audrey suelta una carcajada y sus compañeros, que están soñando despiertos, se sobresaltan. Hasta Francesco siente curiosidad y echa una mirada por el espejo retrovisor.

—¡Perdón! ¡No pasa nada! —se disculpa Audrey.

—¿De qué te ríes? —sigue murmurando Stéphane—. Llevaba Nicorette, a pesar de que no fuma.

—¿Y qué? Pongamos que tuviera, ¿piensas hacer el amor aquí? ¿De verdad eres un pervertido? —lo interroga ella divertida.

—No sé, pero tú… ¡tú me vuelves loco! —exclama él antes de volver a besarla apasionadamente.

***

Llegan a Nápoles con cierto adelanto y Francesco decide dar una vuelta por la ciudad, ya que el aeropuerto se encuentra en la periferia. Si hubieran respetado el programa inicial al pie de la letra, deberían haber pasado allí parte de la tarde y la última noche, pero en principio no parece que a nadie le moleste el caos, y mucho menos a Audrey y Stéphane, que no se separan ni a sol ni a sombra.

Francesco conoce la ciudad como la palma de su mano. Por desgracia, lo más sabido de ella son sus peores aspectos, porque en realidad se trata de una localidad muy bonita.

Sin abandonar el autobús, cruzan el barrio de Mergellina, la parte accesible del paseo marítimo, que es peatonal. Francesco sube la colina para ofrecerles una vista fabulosa de la bahía de Nápoles. ¡Qué suerte! De repente queda libre un sitio delante de ellos. Francesco da un bandazo y aparca a la italiana. En el vehículo, todos sienten la sacudida.

—¡Eh! ¿Qué pasa? —exclama Fabrice.

—Es una sorpresa. ¡Vamos, bajad! ¡Sí, Audrey y Stéphane, vosotros también! ¿O vais a seguir pegados el resto de vuestra vida?

Audrey se ruboriza mientras Stéphane se echa a reír. Bérénice los envidia. A Fabrice solo le interesa el paisaje.

—¿Adónde vamos exactamente? —pregunta este.

—¡Confía en mí! —contesta Francesco.

Dan unos cuantos pasos, con Isabelle a la cabeza. Al llegar al mirador, esta exclama:

—¡Qué preciosidad!

—¡Me alegro mucho de que te guste! ¿No es magnífico?

—¡He de reconocer que sí, es maravilloso! —corrobora Stéphane.

—¿Qué es lo que se ve ahí abajo, el Vesubio? —pregunta Fabrice, que está acribillando a fotos el panorama.

—¡Exacto! Se puede subir hasta la cima y dar la vuelta al cráter. Si algún día volvéis, os recomiendo que lo hagáis. En esta zona hay muchas cosas que hacer: Pompeya, Paestum, Hercolano, sitios que recuerdan la historia de nuestro pueblo. Italia es un museo al aire libre, pero no os he querido agobiar durante el camino, Chiara me dijo que os había hablado de la abadía de Montecassino.

—¡Así es! —confirma Isabelle—. ¿Y esas islas? ¿Cuáles son?

—La de la izquierda es Capri.

—*Capri, c'est fini! Et dire que c'était la ville de mon premier amour...* —Stéphane no puede evitar entonar la famosa canción mientras mira a su enamorada a los ojos.

—Gracias por el paréntesis musical, Stéphane —prosigue Francesco—. La de la derecha es Ischia, más grande que Capri y un poco menos turística. Pero si lo que buscáis es la autenticidad de los viejos pueblos de pescadores, os aconsejo que visitéis Procida, es magnífica. Desde aquí solo se ve la punta, a la derecha.

—¿Y qué hay ahí abajo? —pregunta Bérénice señalando una especie de fortaleza.

—*Il Castel dell'Ovo*, el castillo del Huevo. Es la construcción más antigua de la ciudad, del siglo VII antes de Cristo. Según la leyenda, un brujo dejó un huevo mágico en sus cimientos para sostenerlo. Si el huevo desapareciera, la fortaleza se hundiría y eso supondría la ruina de Nápoles. En el siglo XIV, la reina Juana de Nápoles fue culpada de haber sustraído el huevo y, con ello, de haber causado todos los males que padecía la ciudad.

—¿Cómo sabes todo eso? —le pregunta Audrey.

—Me gusta la historia.

—¡Se nota! —comenta Bérénice.

«Este hombre es un dechado de virtudes», piensa.

—Han rehabilitado todo el barrio —continúa Francesco—. Ahora la avenida es peatonal. El paseo de ida y vuelta en la bahía es de siete kilómetros. Incluso han creado una especie de playa artificial. La Costa Amalfitana está detrás del Vesubio. Como veis, hay muchas razones para volver a Nápoles y visitar sus alrededores.

—Está claro que volveré —farfulla Fabrice, quien añade ese propósito a su lista de proyectos.

Mientras están admirando tranquilamente el panorama, Francesco oye las sirenas de un coche de los carabineros. De repente, recuerda que no ha pagado el aparcamiento, así que reúne de nuevo al grupo y este sube por última vez al minibús, que parte en dirección al aeropuerto.

***

¡Ya es la hora! Ha llegado el momento de la despedida. Francesco aparca un instante en las salidas, el mismo lugar donde dejó a Élisa en enero del año pasado. Siente una punzada en el corazón. Lo recuerda como si fuera ayer. No debería haber dejado que se marchara.

—¡No pongas esa cara, Francesco! —suelta Stéphane—. Sabía que nos ibas a echar de menos, pero no tanto.

—Lo siento, pero estaba pensando en otra cosa.

—¿Cómo es posible? ¿Y tú eres el dueño de Zen Altitud? —pregunta Stéphane.

—Sí, señor, un tipo genial que me dio una lista de consejos muy útiles. Te los puedo enviar cuando quieras —le dice Audrey guiñándole un ojo.

—¡Tienes razón! Debo dar ejemplo. Y todo sea dicho, me alegro mucho por vosotros dos. Al principio pensé que serían Fabrice y Bérénice los que acabarían juntos, pero bueno, el destino ha querido otra cosa. Lo que quiero es ver feliz a la gente.

Bérénice y Fabrice se hacen los sordos. Ella tiene un nudo en la garganta y él siente que su corazón late acelerado.

—Espero que la estancia os haya servido a todos —prosigue el guía—. Tenéis mi correo, me encantaría recibir noticias vuestras. Pero, sobre todo, no dudéis en escribirme si queréis preguntarme algo, lo que sea. Y si volvéis a Italia, ya sabéis dónde encontrarme.

Abraza a la pareja. Un militar se acerca al vehículo con aire de pocos amigos. Lástima que el uniforme no lo anime a ser más amable.

—*Signore! Non può rimanere qui!* —refunfuña.

—*Sì, adesso vado!* —protesta Francesco—. Me temo que he de marcharme.

A Isabelle le tiembla la barbilla. Que sea la mayor no implica que sea menos sensible. Francesco habría podido ser su hermano pequeño. Lo habría adorado. Se despide de él con un estrecho abrazo.

—¡Gracias, Francesco! Perdóname por haber llenado mi mochila de medicinas —dice sollozando.

—¡Fue por una buena causa! Salvaste a Stéphane y gracias a ti los demás sabemos que estamos bien de la tensión. ¿Te parece poco? Espero que todo vaya bien, Isabelle. Cuenta conmigo, incluso en la distancia, ¿de acuerdo?

—De acuerdo —asiente ella sorbiendo por la nariz.

Bérénice se acerca a él tímidamente. Esta vez no tiene miedo de decirle en voz alta lo que piensa: que le parece superguapo, super-simpático y superculto. ¡Y que su excursión es superguay!

—Esto…, ¡gracias, es superamable de tu parte! —exclama Francesco, un poco avergonzado.

—Bueno, exceptuando el terremoto, ¡ahí sí que metiste la pata! —añade Béré sonriendo.

—Es cierto. ¡No lo olvidaremos! —tercia Fabrice.

—Espero que Élisa te escriba —le susurra al oído mientras le da un beso—. En cualquier caso, yo lo haré.

—¡Con mucho gusto! Espera un segundo, Béré… Quería aña-dir algo —dice tras asegurarse de que Fabrice no puede oírlos—. ¡Que sepas que nunca me equivoco!

—Hum… No te entiendo.

—Pues que sigo creyendo en Fabrice y en ti.

—Ah…

Bérénice se aleja de él, confusa por sus palabras. ¡Es necesario creer en las cosas para que sucedan! Aún no hay nada descartado; mientras siga cerca, todo es posible.

—¡Fabrice! ¡El corte de pelo es estupendo! Tengo la impresión de que solo es el principio de tu transformación.

—Sí, gracias, te lo debo a ti. Me ha gustado mucho la visita, los momentos que compartimos con tu familia. Puedes estar seguro de que volveré y puede que la próxima vez no lo haga solo.

—¡Te deseo lo mejor, de verdad! Pero antes quiero darte un último consejo, amigo. A veces la felicidad está ante nuestros ojos y no la vemos. Quítate las orejeras, ¿quieres? ¡Y cómprate unas gafas nuevas! Espero la foto, ¿de acuerdo?

—*Benissimo* —suelta Fabrice tendiéndole la mano.

—*Ma che?!* ¿Qué es esto? ¡Cuando queremos a la gente le damos un beso! ¡Pon las mejillas, amigo!

—*SIGNORE!* Tiene que marcharse. *Debe lasciare il posto!* —insiste el soldado.

—*Sì! Sto andando via!* ¿No ve que me marcho ya? —grita Francesco subiendo al minibús—. Adiós, amigos, y pase lo que pase, seguid en estado zen. *Ciao a tutti!*

Sus manos se agitan en el aire hasta que Francesco deja de verlos. Aún tenían muchas cosas que decirle.

***

A diferencia de lo que pasó en la ida, el grupo de franceses embarcan juntos y luego se sientan uno al lado del otro en el avión: Stéphane y Audrey ocupan la fila dieciocho, e Isabelle, Bérénice y Fabrice la diecinueve. Dado que llegaron con un poco de adelanto, tuvieron incluso tiempo de comerse el último pedazo de pizza, como corresponde. No podían abandonar el país sin saborearla de nuevo. Además, la pizza del aeropuerto estaba suculenta. Stéphane repitió tres veces, cambiando los ingredientes, y compró dos porciones para la noche. Fabrice también se compró un buen pedazo, que luego piensa calentar en casa para cenar, después de la natación.

Isabelle saqueó la tienda de productos locales, donde se hizo con una botella de *limoncello*, una de *prosecco*, un tarro de aceitunas verdes, un paquete de ñoquis y una decena de *sfogliatelle*. Se trata de un dulce típico de Campania en forma de cono cortado en láminas que recuerda a una concha. Las *sfogliatelle* se pueden preparar con la pasta de hojaldre o con la quebrada, se rellenan con *ricotta* y se aromatizan con vainilla o canela. Espera que le gusten a su familia.

Tal y como quedaron, Audrey ha llamado a Jérôme para informarle sobre el desafortunado incidente que sufrió su teléfono. No se le ha ocurrido otra cosa que decirle que se le había caído en la taza del váter, donde había expirado. No ha dado más detalles sobre el suceso y se ha limitado a comunicarle la hora de llegada para que se la diga a sus padres.

***

Apenas se sientan en el avión, notan una pesadez en los párpados. Los cincos duermen durante buena parte del vuelo. Bueno, Audrey y Stéphane no tanto, porque se besan a la menor ocasión, para gran desconcierto de su vecino. No se hacen promesas. Una vez en París, ya verán. Para Audrey la prioridad son sus hijos. No quiere hacerse demasiadas preguntas. Punto número ocho: no anticipar los problemas. En cuanto a Stéphane, se adaptará. Una cosa es segura: no hará el idiota con ella. Es un poco pronto para decírselo, pero ya siente mariposas en el estómago.

Capítulo 22

El avión toca la pista. Los aplausos despiertan a Fabrice, quien se siente aliviado de haber aterrizado. Es la segunda vez que sube a un avión y entre la primera y la segunda solo han pasado tres días. A pesar de que los viajes se encuentran entre sus numerosos proyectos, esperará un poco a hacer el siguiente. Debe recuperarse.

Bérénice sigue durmiendo a su lado. Le parece guapa. Isabelle lo sorprende mientras la contempla. Como si lo hubieran pillado en falta, Fabrice desvía la mirada.

—Si te gusta, ¿por qué no se lo dices?

—Soy tímido —responde Fabrice.

—No esperes demasiado, si no, perderás la ocasión.

Bérénice se despierta en ese momento. Isabelle calla. Fabrice se siente inquieto.

—¡He dormido superbién! ¿He babeado? —exclama mirándose los hombros.

—¡Tú no! Pero mi almohada cervical está empapada. Voy a ir a ver a un dentista. No es normal producir tanta baba —comenta Isabelle.

—¡Mira que eres hipocondríaca! —dice Bérénice.

—Y eso que me controlo para no fastidiaros la vida.

—Es la tuya la que fastidias. ¿Qué más da si se te cae la baba mientras duermes? Nos pasa a todos, ¿no?

—Tienes más razón que un santo.

***

Esperan callados a que el resto de los pasajeros abandone el avión para levantarse. La azafata se acerca a ellos.

—¿No quieren bajar, señores? —les pregunta intrigada.

—Sí, sí… —responde Fabrice de mala gana.

Salen de la cabina sumidos en un silencio ensordecedor. Fuera, la lluvia repiquetea: bienvenidos a París. La temperatura es de quince grados.

Stéphane enciende su móvil. En la pantalla aparecen un montón de notificaciones. Un nuevo grupo de WhatsApp llama su atención. Se llama BEST OF ZEN ALTITUD.

—Eh, mirad, Francesco ha creado un grupo.

El guía ha escrito un mensaje: «Hola, espero que hayáis llegado bien a París, os mando algunas fotos de recuerdo. ¡Hasta pronto!».

—¡Esperad! Voy a contestarle, pero antes hagámonos un selfi.

El grupo obedece tratando de esbozar la mejor de sus sonrisas, pero en sus ojos se percibe ya cierta nostalgia. Las cinco cabezas se inclinan para ver las imágenes.

—¿Cuándo sacó todas esas fotos? —pregunta Audrey.

—¡Buena pregunta! —responde Bérénice.

—Estas son magníficas —exclama Isabelle—. Es el anochecer en el Meta.

—¡Eh, en esa salgo durmiendo! —dice Bérénice soltando una carcajada—. Nos fotografió en la tienda. ¿Y nuestro derecho a la imagen? ¡Podemos denunciarlo! —bromea.

—¿Y esta? ¿Dónde es? —pregunta Fabrice, refiriéndose a una fotografía de ellos frente a la montaña.

—Creo que era justo antes de volver a subir al minibús, al final de la excursión —responde Audrey.

—Nos hizo un montón de fotos, desde luego —constata Stéphane.

Cuando alzan la cabeza, el equipaje está ya en la cinta.

—¡Ahora sí que se acabó! —dice solemnemente Stéphane, que es el último en recoger la mochila.

Los ojos de Audrey reflejan el pánico que siente.

— Zen, cariño —le susurra su amante—. Nos volveremos a ver lo antes posible. Ya no puedo vivir sin ti.

—Mis padres han venido a recogerme. Yo, tú…

—Ahora mismo desaparezco, no te preocupes. Llámame en cuanto llegues a casa. Aquí tienes mi tarjeta.

—¡Pero si ya no tengo móvil! —dice Audrey, que de pronto ha caído en la cuenta.

—¿Tienes fijo?

—Sí, pero no me sé el número de memoria, nunca lo uso.

—No te preocupes. Gracias al grupo de WhatsApp, tengo ya tu número.

—Voy a pedir a mis padres que paren un momento en una tienda de teléfonos. Hay un centro comercial enorme a cinco minutos de aquí.

—Sí, Belle Épine, lo conozco.

—Lo siento por mis ahorros, pero no puedo estar sin móvil. Tengo tantas ganas de volver a verte… —murmura ella con los ojos llenos de lágrimas.

—Yo también, si tú supieras…

Se dan un beso de despedida vez antes de pasar la última puerta, donde los padres de Audrey la están esperando.

Entretanto, Isabelle abraza a los miembros del grupo.

—¡Os voy a echar de menos! —dice, emocionada.

—¡No nos defraudes, Isa! ¡Olvídate de tus achaques y disfruta de la vida! Estás en plena forma, salta a la vista, así que no te inventes enfermedades, ¿de acuerdo?

—Lo intentaré, os lo prometo —murmura ella enjugándose una lágrima.

—¿Qué te parece si compartimos un taxi, Fabrice? Si no he entendido mal, no vivimos lejos.

—¡Buena idea! No me apetecía ir de otra forma.

—¿Por qué no tratamos de quedar pronto los cinco? —pregunta Isabelle.

—Eso sería fantástico —responde Stéphane—. En cualquier caso, podemos hablar por el grupo de WhatsApp.

—Os mandaré las fotos que he hecho del grupo —tercia Fabrice.

Isabelle termina con un discurso que arranca a todos resoplidos de emoción:

—Antes de despedirnos me gustaría añadir que las horas que he pasado con vosotros me han hecho un gran bien. Sois unas personas estupendas. ¡Tú también, Stef! Sí, sí, te lo juro —dice riéndose con nerviosismo—. Cuando me apunté a este viaje no sabía lo que me esperaba. Ahora lo sé. No es necesario conocerse desde la infancia para hablar de amistad. Hemos vivido un montón de cosas juntos. ¡Gracias! Gracias de todo corazón por haber sido vosotros mismos durante estos días. Os quiero mucho.

Eso es todo. Bérénice se abalanza sobre ella. Audrey se une a las dos, seguida de Stéphane, que las rodea con sus grandes brazos mientras invita con la mirada a Fabrice a acompañarlos. De esta forma, los cinco forman una enorme piña humana que entorpece el paso y provoca las protestas de los demás pasajeros.

***

Cuando salen juntos de la terminal se hacen un último ademán de despedida antes de escrutar la multitud, buscando caras familiares. Se ven varias pancartas y una de ellas llama la atención de Isabelle. «¡Bienvenida, mamá!». Mientras se dice que no puede ser para ella, una vocecita aflautada la llama:

—¡Mamá!

Isabelle reconocería la voz entre mil, es la de su hija. Cuando las tres personas que más quiere en este mundo la reciben con la mejor de las sonrisas, se le saltan las lágrimas que ha tratado de contener hasta ese momento.

—¡Mamá! ¿Cómo ha ido el viaje? —pregunta Clara.

—Oh, cariño. Bien, pero ¡os he echado mucho de menos!

—Hola, mamá —murmura su hijo algo cohibido.

—¿Estás enfadado, Baptiste? ¿Qué te pasa?

—Quería pedirte perdón por lo de ayer —balbucea el adolescente.

—¿Ayer? ¿Qué ocurrió ayer? —pregunta ella fingiendo que no lo recuerda.

—Ya sabes... lo de la cena. No fui muy agradable contigo. Lo siento.

—Ah, eso. ¡Olvídalo! Pero prométeme que no volverás a hacerlo.

—Te lo prometo, mamá —dice él abrazándola.

—¡Vaya, dentro de nada serás más alto que yo! ¿Estoy soñando o has crecido en estos días?

El adolescente sonríe encantado.

—Bienvenida, señora. ¡Está usted espléndida! ¿Puedo invitarla a una copa? —dice Romain, mirándola con pasión.

—¡Solo aceptaré un Aperol Spritz! —contesta Isabelle lanzándose en sus brazos—. ¡Vamos a casa!

***

Audrey y Stéphane salen el uno al lado del otro sin mirarse ni tocarse: una tortura. Nadie ha ido a buscarlo a él. Stéphane mira por última vez a Audrey y solo con los labios, sin que ningún sonido salga de su boca, le dice «Te quiero». A Audrey le parece estar soñando. Se detiene y escruta la multitud buscando a sus padres. Stéphane se aleja, Audrey deja de verlo. De repente, una voz, seguida de otra, la llama:

—¡Mamá! ¡Mamá! —dice Jules.

—¡Hemos venido a buscarte con papá! —añade Paul.

«¡No! ¿Cómo han podido hacerme eso?» piensa ella, aunque sonríe como si todo fuera bien.

Audrey se domina. ¿Habrán decidido sus padres que vuelva con él? Pero, a pesar de que lo ha esperado durante meses, al verlo en ese momento lo comprende. Se acabó. Se ha curado de él. Ya no lo quiere. Jérôme está delante de ella y los chicos parecen muy contentos. Una vez más, Audrey recorre la multitud con la mirada con la esperanza de ver a Stéphane, pero este se ha ido ya.

—¡Mis niños! —dice con voz trémula mientras los abraza.

—¡Qué guapa estás, mamá! —le dice Jules a la vez que le acaricia el pelo.

—¡Gracias, cariño!

—Eres más guapa que las estrellas —añade Paul.

—¡Vaya, cuántos cumplidos!

—Es cierto que tienes buena cara —constata Jérôme antes de darle un beso—. ¿Ha ido bien?

—Fantástico, ¡superbién! Creía que mis padres vendrían a buscarme.

—Ya, pero como los niños estaban conmigo, nos hemos organizado así.

—Mamá, ¿me prestas el teléfono para jugar?

—¡De eso nada, no volváis a empezar, niños! ¿Por eso os alegráis de verme?

—¡Papá nos presta siempre el suyo!

—¡No es verdad! —se defiende Jérôme.

—De todas formas, mamá ya no tiene teléfono. La pantalla explotó.

—¿En serio? ¿No se te había caído al agua? —pregunta Jérôme.

—Esto… ¡ah, sí, perdón! Es la diferencia horaria. ¡No sé lo que me digo!

—¿Desde cuándo hay diferencia horaria con Italia?

—Madre mía, la verdad es que estoy reventada. Oye, ¿te importa si pasamos un momento por Belle Épine para que pueda comprarme otro?

—¡En absoluto! A decir verdad, me gustaría regalártelo, si no te importa. Para que me perdones por todo lo que te he hecho sufrir en los últimos meses. Si te parece bien, claro.

—Bueno, teniendo en cuenta mi economía, no te digo que no. ¡Eres muy amable, gracias! ¡Eres un cielo! —dice Audrey alegremente rodeándole el cuello con los brazos.

—Estás un poco rara, ¿no? ¡No me extrañaría que te hubieras enamorado!

Audrey pone los ojos en blanco, pero su sonrisa y su rubor lo dicen todo.

—¡Vamos a comprar un teléfono nuevo para mamá!

—¡Síííí! —gritan los niños.

—Y luego os llevaré a casa —añade Jérôme.

—¿A casa de papá o de mamá? —pregunta el hijo mayor.

—Mamá hace tres días que no os ve, así que pensaba dejaros en su casa —responde Jérôme.

—Es verdad, pero quería ir a la tuya, papá —dice Paul con aire triste.

—¿Y tú, Jules? —pregunta Audrey.

—Yo no le he dado un beso a Pikachu.

—¿Os gustaría quedaros en casa de papá uno o dos días más? —pregunta Audrey.

—¡Sí! —contestan los dos a la vez—. ¡Por favor, mamá!

—¿Qué opinas? —pregunta Jérôme a Audrey.

—Si te apetece y no te causa problemas con la tía Lilie, ¿por qué no?

—Uy, uy, ¡aquí hay gato encerrado, desde luego! En ese caso, ¡vamos a comprar enseguida el nuevo teléfono a vuestra madre para que pueda quedar con su chico!

***

Stéphane ha visto toda la escena desde la distancia. La sonrisa de Audrey al ver a su familia le ha partido el corazón. En su vida no hay lugar para él. Ella aún quiere a su marido, ¡salta a la vista!

Fuera no deja de llover. El humo de tabaco de la gente que se agolpa bajo la marquesina le produce náuseas. ¿Quién lo ayudará a cambiar el parche ahora?

Triste, llama a un taxi para regresar a casa, donde lo espera su mejor amiga: la soledad.

***

Bérénice y Fabrice guardan silencio en la cola de espera. Por suerte van abrigados. Los dos añoran el cielo azul del Mediterráneo. Es el contraste térmico con las temperaturas estivales italianas. Las sandalias y la minifalda de Bérénice ya no son muy apropiadas. De hecho, tiembla a pesar del chaleco que se ha puesto. Fabrice se quita la chaqueta y la apoya sobre los hombros de la joven.

—¡Gracias, Fabrice! Pero ¿y tú?

—No te preocupes, me gusta el fresco. Me he acostumbrado con la piscina.

Avanzan lentamente, es la hora punta. Da la impresión de que todos los pasajeros han decidido coger un taxi para volver a casa. Por fin llega su turno y un encargado les indica que se suban al vehículo que acaba de aparcar. El conductor, agachando la cabeza para no mojarse, les abre el maletero y les grita:

—¡Buenas tardes! ¡Suban enseguida, si no se van a empapar!

De hecho, les bastan unos segundos bajo la lluvia para mojarse de pies a cabeza.

—¡Hoy hace un tiempo espantoso! ¿Adónde vamos, jóvenes?

—Yo voy a la Bastilla y el señor a República —contesta Bérénice.

—Estupendo, es el mismo camino. Les advierto que hay mucho tráfico. Espero que no tengan prevista ninguna cita, porque quizá tardemos un poco.

—Me gustaría ir a la piscina, ¿cree que a las ocho habremos llegado?

—¡No se lo garantizo! ¿La piscina abre por la noche?

—Cierra a las nueve.

—Bueno, a ver qué puedo hacer —dice el conductor acariciando la piel de leopardo que cubre el volante.

—¿Tanto te gusta nadar? —le pregunta Bérénice.

—Es lo que mejor se me da. Cuando era niño competía. Una vez me clasifiqué para los campeonatos de Francia.

—Pero ¡eso es formidable! ¿Ganaste?

—No, luego me descalificaron. Según mi entrenador, no era lo bastante decidido, me faltaba agresividad. Además, ya era muy tímido. Ganar significaba aplastar a los demás y yo no tenía esa voluntad. Cuando compites, te entrenas tres veces por semana y mis padres al final se hartaron de tanto ir y venir, porque la piscina no estaba muy cerca. Así que lo dejé y a todos les pareció bien.

—¡Qué lástima! Quizá no elegiste el mejor deporte. Uno de equipo te habría ayudado más. Yo nado fatal. ¿Querrás enseñarme?

—¿Por qué no?

—Genial, iremos uno de estos días. ¡Qué guay!

***

En el habitáculo reina el silencio. El conductor escucha Radio Classique, lo que contribuye a entristecer el ambiente, ya de por sí abatido. Han salido de la autopista y están en la periferia parisina, cerca de la puerta de Bercy.

—¿De dónde vienen ustedes? —pregunta el conductor, que siente la necesidad de romper el silencio.

—De Italia, hemos participado en una excursión que se llama Zen Altitud —contesta Bérénice, contenta de poder charlar un poco.

—¿Zen Altitud? ¿Qué significa?

—Que los participantes en la excursión se fijan un objetivo que deben alcanzar.

—Conozco a dos o tres personas a las que podría interesarles. ¿Dónde se hace?

—En pleno centro de Italia. La montaña se llama Meta y está en la región de Lacio. El guía habla francés.

—Tengo una amiga que es originaria de esa zona. Seguro que lo conoce. Se lo preguntaré.

—¡El mundo es un pañuelo! —comenta Fabrice.

—¡Desde luego! Y qué, ¿lograron sus objetivos? Si la pregunta es demasiado personal, no me respondan. Lo mío es pura curiosidad.

—Bueno, la verdad es que, como no volveremos a vernos, podemos contárselo —dice Bérénice—. En mi caso, fue un regalo que me hicieron mis amigas cuando cumplí treinta años.

—¿Y fue un buen regalo?

—Sí, lleno de sorpresas… —responde mirando a Fabrice.

Bérénice recuerda su viaje como una película, en la que Fabrice suele ser el protagonista.

—¿Y usted, señor?

—Roma no se hizo en un día… Digamos que he hecho algunos progresos.

—¿En serio? ¡Has hecho un montón de progresos! Has sido divertido, simpático, superentrañable, incluso conmovedor. Pero ¿es que no recuerdas cómo tenías el pelo? Espera que busque la foto —dice Bérénice revisando su móvil—. ¿Quiere verla, señor?

—Llámenme Christian o Linh. No me gusta que me llamen señor, hace que me sienta viejo.

—¿Christianhouline? Es la primera vez que oigo ese nombre. Es original. ¿Es asiático?

El conductor la mira por el espejito retrovisor y, al ver lo seria que está, suelta una carcajada.

—No sé qué tiene tanta gracia, la verdad —dice Bérénice ofendida.

—Creo que es por su nombre —murmura Fabrice.

—¡El señor tiene razón! Ahora se lo explico —dice el taxista recuperando el aliento—. Tengo dos nombres: uno francés,

Christian, y otro chino, Lihn, y usted ha mezclado los dos. Qué bueno. Tengo que contárselo a Marie.

—¿Es su mujer?

—No, es la amiga italiana de la que acabo de hablarles, está escribiendo mi biografía.

—¡Qué fantástico! ¿Va a ser el protagonista de un libro? ¿Puede firmarme un autógrafo, por favor? Nunca se sabe, si luego el libro de su amiga es un éxito, podremos decir que lo conocemos.

—¿No te parece que estás exagerando un poco, Béré? —susurra Fabrice.

—¿Y qué? Es importarte alegrarse por los demás.

—¿Cómo se llama usted? Lo digo por la dedicatoria —dice el conductor.

—¡Ah! Bérénice.

—Aquí tiene —dice el taxista escribiendo unas palabras en su tarjeta de visita, donde aparece su nombre, Christian Linh Chen: «La vida es una sucesión de bonitos encuentros. ¡Sea feliz!».

—¡Gracias! Estoy totalmente de acuerdo con usted, Christianhouline. Lo siento, pero los dos nombres juntos suenan muy bien, le va mucho a usted.

—¡Enséñamela! —le pide Fabrice, que sonríe al leerla.

—¿Y usted? ¿Cómo se llama usted, señor?

—Me llamo Fabrice.

—Vaya, qué curioso, Fabrice y Bérénice, ¡rima!

—Pues sí, la verdad es que no me había dado cuenta —asiente la joven ruborizándose.

—Nos estamos acercando a la Bastilla, Bérénice. Si me da la dirección exacta, la dejaré en su casa.

—Por supuesto: calle Saint-Gilles número doce.

—Ahí vamos.

Avanzan un poco. El tráfico es ahora más fluido. El taxista se para delante del edificio.

—Es allí, están rehabilitando la fachada. Vivo en el primer piso. ¿Ves la ventana que hay detrás de la lona? Es mi casa. ¿Seguro que no quieres venir a tomar una copa?

—No, tengo que dar de comer a mis peces rojos.

—¿Hablas en serio?

—No, es una broma, pero la verdad es que necesito ir a nadar.

—Está bien —acepta Bérénice con tristeza—. Para pagar…

—Déjalo, esta vez corre de mi cuenta. De todas formas habría cogido un taxi.

—Gracias. Bueno, adiós —dice ella dándole un beso demasiado cerca de la comisura de los labios.

—Adiós, Bérénice. Nos vemos uno de estos días en la piscina.

El taxista se apea del vehículo para que Bérénice pueda recuperar su equipaje.

—¡Aquí tiene, joven!

—Adiós, Christianhouline, y gracias por el trayecto, ha sido muy agradable. Espero volver a verlo en un documental de la televisión.

—¡El futuro lo dirá! ¡Todo puede suceder!

Bérénice vuelve a despedirse de Fabrice antes de desaparecer en el portal del edificio.

—Ya está. —Fabrice suspira—. Debíamos separarnos. No vivo muy lejos, le indico por dónde debe ir. Gire a la derecha en el próximo cruce, por favor.

El taxi avanza unos metros y luego se para en seco.

—Pero ¡no puede hacer eso!

—Claro que puedo.

—¿Por qué ha frenado tan bruscamente?

—Disculpe, pero cuando veo algo así tengo que intervenir.

—¿Puede ser más claro, por favor?

—¡Esa chica está loca por usted y usted no se da cuenta!

—¿Cómo dice?

—Se ha pasado el trayecto lanzándole indirectas y usted... ¡prefiere ir a nadar! ¿Es usted homosexual?

—Pero ¡cómo se permite hablarme así! ¡No, no soy homosexual!

—Entonces, ¿es miope?

—¡Eso sí!

—¿No le gusta?

—Mucho, pero soy... tímido.

—A ella le gusta como es. Seguro que ahora está deprimida en su piso, se moría de ganas de que captara sus señales.

—¿Usted cree? —balbucea Fabrice.

—Estoy seguro.

—Entonces, ¿qué debo hacer?

—¡Irá a nadar mañana, porque vamos a volver a su casa! —anuncia el taxista dando marcha atrás y recibiendo los bocinazos de los demás automovilistas.

—¿No puede esperarme aquí, por si acaso?

—Le voy a esperar, pero solo para ver que todo va bien. Pague la carrera ahora, por favor. ¡Me gusta hacer de agencia matrimonial, pero eso tampoco es gratuito! Marie se sentirá orgullosa de mí cuando se lo cuente.

—¡Tenga, quédese con el cambio y gracias! Pero no se aleje mucho, ¿eh? Su presencia me tranquiliza.

—¡Buena suerte! —exclama el taxista mientras le da la mochila.

Por suerte ha dejado de llover. Fabrice se encamina hacia el telefonillo, pero, debido a la emoción, no logra recordar el apellido de Bérénice. Se le nubla la vista, está paralizado. Se vuelve y hace una señal de impotencia al señor Chen. Este toca claxon varias veces. Varios vecinos se asoman irritados a la ventana. En cambio, en casa de Bérénice no sucede nada. El señor Chen insiste con el claxon.

—¿Puede dejar de hacer tanto ruido? —se queja un vecino.

De repente, a Fabrice se le ocurre una idea. Se quita la mochila y se aferra al andamio. La natación refuerza los músculos de los brazos. Escala hasta llegar a la plataforma del primer piso. ¡El señor Chen está histérico en el taxi! Gesticula para animarlo. Fabrice inspira hondo y luego llama a la ventana.

Bérénice lo oye y descorre la cortina. Su cara se ilumina al verlo. Se le ha corrido el rímel y tiene un enorme tarro de helado en las manos.

—¿Me abres?

—No puedo, la ventana está bloqueada. Baja enseguida —grita ella desde el otro lado del cristal.

Caramba, subir fue fácil, pero bajar ya es otra historia. Lentamente, sin mirar la acera, se deja caer pegado a la barra. Cuando sus pies tocan el suelo, suspira aliviado.

—¡Muy bien! —grita el señor Chen—. ¡Me ha sorprendido!

—Ahora baja.

—En ese caso, ya no tengo nada que hacer aquí. Que sean muy felices. ¡Adiós!

—Muchas gracias… Adiós.

El taxi se aleja al mismo tiempo que se abre la puerta del edificio.

—¡¿Fabrice?! Pero ¿no debías ir a nadar?

—Sí, pero, por una vez, me he dicho que tenía algo mejor que hacer. ¿Has llorado? —dice él acariciándole las mejillas.

—Un poco —confiesa ella.

—Espero que no sea por mi culpa.

—Un poco —repite ella.

—No volverás a llorar por mí.

—Quizá de alegría…

Haciendo acopio de todo el valor que perdió a los dieciséis años, Fabrice se inclina hacia ella para besarla. Bérénice, sorprendida al principio por ese contacto inesperado, lo acepta mientras se dice: «Zen, Béré... Todo irá bien esta vez».

***

Stéphane vegeta delante de la televisión, deprimido, mientras mira las fotos del viaje por enésima vez. Confiaba en que los beneficios de la excursión duraran más. La verdad es que se siente aún más deprimido que antes. Mientras mete las pizzas a calentar, su teléfono suena: «Puede que sea Audrey». Se apresura a responder.

—¡Dígame!

—¡Hola!

—¿Has comprado ya un teléfono nuevo?

—Sí, lo necesitaba para hablar contigo. Dime, ¿qué piensas hacer durante las próximas cuarenta y ocho horas?

—Hum... Nada, tengo vacaciones hasta el fin de semana.

—Estupendo, yo también. ¿Te apetece venir a mi dormitorio? No es tan grande como el del Cantinone, pero si nos pegamos mucho, no necesitamos una cama muy grande.

—Pero ¿y tus hijos?

—Han querido quedarse en casa de su padre.

—¿Ese que abrazabas tanto en el aeropuerto?

—No estarás celoso, ¿no?

—No estoy celoso, estoy enamorado.

—Date prisa, por favor. No quiero perder ni un solo minuto de los que puedo pasar contigo.

—De acuerdo, me daré prisa, pero antes debo pasar por la farmacia.

—¡Compra una caja grande!

—Sus deseos son órdenes para mí, señora —dice al colgar.

Presa de una gran excitación, Stéphane improvisa danzas de la victoria en el salón. Gesticulando, coge algo de ropa y las llaves del coche, cierra el piso y baja la escalera como una exhalación. Una vez en el coche, dice en voz alta:

—Qué extraño, creo que he olvidado algo.

Hace memoria de los últimos acontecimientos para recordar lo que estaba haciendo justo antes de que Audrey lo llamara.

—¡Mierda! ¡Las pizzas!

Vuelve a subir a su casa como un rayo. Al abrir la puerta lo asalta un maravilloso aroma. Se precipita hacia el horno con la esperanza de que no sea demasiado tarde. Las pizzas están perfectas, como si estuvieran recién hechas. Stéphane las saca del horno y las envuelve en papel de aluminio por si les apetece merendar. Acto seguido se asegura de no haber olvidado nada esta vez. Comprueba tres veces si el horno está bien apagado, agarra una botella de vino y sale para reunirse con su amada.

**

Francesco descansa tumbado en el sofá de sus padres. Emilio mira un concurso en la televisión mientras Elvira prepara unos dulces. Bobby duerme sobre sus piernas. Esa noche no tenía ganas de estar solo. La presencia de su sus padres lo tranquiliza. Echa mucho de menos al pequeño grupo de franceses. Élisa sigue sin responder a su correo electrónico. Pero ¿qué le pasa? Normalmente no suele deprimirse tanto. Mira por enésima vez las fotografías de los últimos días. Nadie ha vuelto a dar señales de vida en el grupo de WhatsApp. Confiaba en que compartieran también sus fotos, pero es evidente que tienen algo mejor que hacer que navegar por la red. ¡No como él!

Por pura curiosidad, teclea: «Buenas noches. ¿Habéis vuelto bien a casa?».

Isabelle es la primera en responder. Sube una foto de su familia alrededor de un pequeño festín: dos Aperol Spritz, aceitunas en un cuenco, ñoquis con salsa napolitana y *sfogliatelle*. Como comentario, ha escrito: «¡Esta noche estamos en Italia! ¡Lástima por el colesterol, pero solo se vive una vez! Besos a todos».

Los emoticonos se suceden: pulgar levantado, sonrisa... Francesco se siente orgulloso. Stéphane le envía enseguida un selfi de él y Audrey con las cabezas juntas.

«¡Qué bonito es el amor!», comenta Francesco con un emoticono en forma de corazón.

Audrey escribe: «Ahora estamos ocupados, ¡ya hablaremos en otro momento!», y añade la carita con la lengua fuera.

«@audrey, ¿tienes ya el teléfono nuevo?», pregunta Isabelle.

«Sí. ¡Me lo ha regalado mi ex! ¡Quién me lo iba a decir!», responde Audrey.

«¿Noticias de Fabrice? ¿Está en la piscina?», pregunta Francesco.

En la pantalla aparecen unos puntitos. Fabrice está escribiendo: «Mis queridos amigos, tenía cosas mejores que hacer que ir a nadar».

«Ah, ¿sí? ¿Cómo qué?», comenta Bérénice con complicidad desde su teléfono.

«¡No es asunto vuestro!», contesta Fabrice.

«¡Vamos, enséñanoslo! Si no, iré a tu casa para verlo con mis propios ojos», escribe Stéphane.

«¡Tú estás ocupado!», afirma Audrey desde su móvil.

«¿Seguro que vosotros dos estáis juntos?», pregunta Isabelle.

«¡Sí! XD ¿Y qué, Fabrice? ¡Cuéntanos!», repite Stéphane.

«Ok».

Bérénice saca un selfi en el que Fabrice aparece dándole un beso muy casto en la mejilla.

«¡Tachán!».

«Ese montaje es muy fuerte. ¿Lo sabías, Béré?», pregunta Stéphane.

Bérénice saca otra foto de los dos besándose en la boca y esta vez la envía con su teléfono.

«Confirmo. Tenías razón, @francesco. ¡Nunca te equivocas!».

«¡Felicidadeeeesss!», exclama Francesco.

«¡Felicidades, me alegro mucho por vosotros!», dice Isabelle.

«Entonces, ¿ya no eres virgen?», escribe Stéphane con su tacto habitual.

—¿Te parece bien escribir algo así? —protesta Audrey enfadada al ver el mensaje.

—Es una broma, en realidad no es virgen, ¿o sí?

—No sabemos nada, pero si lo es, ¡se morirá de vergüenza! ¡Borra enseguida tu comentario! ¡Rápido! ¡Bórralo!

—No sé cómo hacerlo.

—Qué cruz. ¡Dame enseguida el teléfono! Ya está, ya lo he borrado. ¡A veces eres un desastre!

—Lo siento. ¿Dejamos ya de pelear?

—¿Por qué dices eso?

—Porque si dejamos de pelear, ¡luego tenemos que reconciliarnos! —explica Stéphane abalanzándose sobre ella para besarla.

***

En casa de Bérénice, Fabrice no sabe dónde meterse. A pesar de que Stéphane ha borrado el mensaje, Bérénice ha tenido tiempo de verlo. Por el momento, solo se han besado y hasta ahí todo ha ido bastante bien. Fabrice no tenía prisa. Quería tomarse su tiempo, sin forzar la situación, debían conocerse antes de pasar a cosas más serias. Con el teléfono en la mano, ahora Fabrice no se atreve a decir una palabra. Ese idiota le está fastidiando la vida desde el principio.

—Entonces, ¿Stéphane ha adivinado? —pregunta Bérénice.

Fabrice no responde. Siente una gran cólera. Se levanta, agarra su mochila y se dirige hacia la puerta.

—¡Eh! Solo era una pregunta. Si no tienes ganas de hablar, no hablamos.

—¡No tengo nada que decir!

—No quiero que te vayas, quédate, por favor. Todo esto me parece genial —dice ella poniéndole una mano en el hombro.

—Ah, ¿sí? ¿Te parece genial ser virgen a los treinta y dos años?

—¡Sí! Claro que sí, porque eso significa que voy a ser la primera —contesta ella haciendo amago de quitarle la camiseta.

—Espera, Béré, no estoy preparado.

—Vale, vale. Yo tampoco, la verdad. Disculpa.

—No debes disculparte. Es ese idiota de Stéphane, ¡no pierde una sola ocasión!

—Es cierto, pero, en cualquier caso, me habría enterado —dice besándolo apasionadamente.

Fabrice se relaja. La levanta en brazos y la lleva hasta el sofá. Los dos están muy excitados.

—Si haces el amor tan bien como besas, creo que estás preparado.

—¡No me tientes!

—Porque si no, ¿qué?

—Los únicos que no cambian de opinión son los imbéciles.

Epílogo

Varias semanas más tarde...

Bérénice ya no está soltera y ha dejado de tener miedo a los hombres. La relación con Fabrice va viento en popa. Sus amigas Gwen y Gaëlle lo adoran. Cuando Bérénice se lo presentó, recordaron que al principio dijeron que era un paleto, que parecía un pastor, y se sintieron estúpidas. De todas formas, hay que decir que Fabrice ahora no tiene nada que ver con el hombre que era en junio. Las dos amigas no dejan de compararlo con sus respectivas parejas. «Fabrice esto, Fabrice lo otro, Fabrice es genial, deberíais ser como Fabrice».

Por suerte, los respectivos maridos lo adoptaron de inmediato y lo que dicen sus mujeres les entra por un oído y les sale por otro.

Gracias a Fabrice, Bérénice ha aprendido a nadar, y gracias a Bérénice, Fabrice se ha convertido en un dios del sexo. En realidad, es menos tímido de lo que parece. Entre ellos todo va de maravilla, como si se conocieran desde siempre.

Bérénice ha dado el preaviso al propietario de su piso, porque en septiembre se irán a vivir juntos. El apartamento de Fabrice es mucho más grande y, además, argumento indiscutible, está mucho más cerca de la piscina. De esta forma, si la madre naturaleza cumple con su cometido, sus hijos podrán ir a clase de natación. Pero bueno, no hay prisa, tienen todo el tiempo del mundo.

Bérénice mandó un mensaje de agradecimiento al señor Chen, al que sigue llamando Chistianhouline. Este se alegró por ellos y le dijo que la anécdota aparecería en el libro de Marie Corte titulado *Memorias de un taxista parisino*. Para proteger el anonimato, les ha cambiado los nombres. Se ha convertido en el taxi oficial de la pareja. Dentro de unos días tiene que llevarlos al aeropuerto, desde donde viajarán a Aviñón para pasar quince días de vacaciones. Tienen previsto hacer varias excursiones. Fabrice está entusiasmado con la idea de que sus padres conozcan a la mujer de su vida.

Cuando le dijo a su madre que ya no estaba soltero, esta le contestó: «Hijo mío... ¡Qué alivio! ¡Hasta le había pedido a tu hermana que te inscribiera a Misstic!».

En fin, que están en el séptimo cielo, y eso es lo que cuenta. En cuanto a los padres de Bérénice, se quedaron encantados con él cuando lo conocieron. Fabrice sabe hacer feliz a su hija, que ahora se siente amada y está más tranquila, y eso es todo lo que desean para ella.

La pareja suele recordar la noche que pasaron en la cima del mundo. Su principal deseo se ha visto colmado: encontrar el amor. Los demás propósitos los han olvidado. Quizá no fueran demasiado importantes. A menudo escrutan el cielo parisino con la esperanza de ver estrellas fugaces, pero apenas si consiguen ver algún astro. Para remediarlo y para celebrar el aniversario de su encuentro, tienen pensado volver a Italia el próximo mes de junio. Francesco ya está al corriente.

***

Stéphane y Audrey están disfrutando de unas vacaciones de enamorados en el norte de Italia. Este país se ha convertido en su destino preferido. Están dando una vuelta por los lagos: Orta, Como, Garda y Mayor. Lo que más les gusta es probar las camas de los grandes hoteles.

Discuten mucho, pero enseguida se reconcilian entre las sábanas. Audrey sospecha que Stéphane lo hace adrede.

Sus relaciones con Jérôme han mejorado mucho desde que está con Stéphane y los dos hombres se han hecho incluso amigos. Bueno, digamos que no se detestan. No hace mucho celebraron el séptimo cumpleaños de Jules y todos se reunieron para la ocasión, incluso la tía Lilie. Sorprendentemente, Audrey no sintió deseos de arrancarle los ojos. Nicole y Philippe acudieron también, al igual que los padres de Jérôme, y Audrey supo mantener una actitud zen, porque desde que regresó de la terapia excursionista relee todas las noches los veinte consejos antiestrés antes de dormir. A fuerza de usarla, la hoja estaba muy manoseada, de manera que al final los escribió en el ordenador, los imprimió y los metió en un bonito marco, que luego puso en la mesilla de noche. A veces se los lee en voz alta a Stéphane, cuando va a dormir a casa de ella, es decir, a menudo. Jules y Paul lo adoran y el afecto es recíproco. A Stéphane le gustaría tener un hijo con Audrey, pero de momento es demasiado pronto. Stéphane no se atreve a hablarle del tema y trata de dar con la mejor manera de planteárselo. Quizá en Navidad, cuando ella le pregunte qué le gustaría recibir como regalo.

***

Isabelle volvió a la consulta de su psicóloga, la señora Ferron, que apenas pudo reconocerla. Físicamente estaba igual, por supuesto, pero psicológicamente había cambiado muchísimo. Isabelle le contó los beneficios que le había procurado el viaje: su marido se sentía orgulloso de ella, sus hijos estaban encantadores, incluso la bruja de su jefa estaba más simpática. Isabelle ve la vida con otros ojos. El vaso, que antes estaba medio vacío, ahora está medio lleno. ¡Y eso cambia todo!

—No sabe cuánto me alegro de haberle aconsejado que hiciera ese viaje. Entonces, ¿me confirma que funciona? —le preguntó la psicóloga al finalizar la sesión.

—Sí, pero si se lo recomienda a todos sus pacientes, los perderá a todos.

—Prefiero tener gente serena alrededor, créame. La felicito, Isabelle. Va por el buen camino. Si le parece, podemos vernos dentro de seis meses.

—¿Seis meses?

—¿Prefiere dentro de un año?

—¡Dentro de seis meses me parece bien! A saber qué ocurrirá hasta entonces...

***

Unos días después de que se marcharan los franceses, Francesco recibió la respuesta de Élisa. Temiendo su contenido, tardó un poco en abrir el correo y, de hecho, sucedió lo que imaginaba. Su declaración había llegado tarde: Élisa se había casado con su novio de entonces, la boda acababa de celebrarse y, peor aún, estaba embarazada. Francesco debía olvidarla para siempre.

Después, sin embargo, se escribieron a menudo como amigos y ahora tienen ganas de volver a verse. Élisa ha elegido Italia para su luna de miel porque quiere que su marido descubra su país natal. Así pues, ha pedido a Francesco que les enseñe la región. No viajarán solos. Déborah, la mejor amiga de Élisa, los acompañará. Según le ha contado Élisa a Francesco, el novio de Déborah la dejó al volver de un *road trip* por Australia y su amiga piensa que unos días en la montaña le sentarán bien.

***

Es el día D.

Francesco pone la pancarta de ZEN ALTITUD bien a la vista. Su avión ha aterrizado, de manera que no pueden tardar mucho. ¡Ah, ahí están! Reconoce enseguida a Élisa, que está tan guapa como la recordaba. A su lado, en el extremo de una correa de lujo, Bobby se desentumece las patas. Es idéntico a su Bobby, así que deberán ir con cuidado para no confundirlos.

—¡Hola, Francesco! Me alegro mucho de verte —dice ella abrazándolo—. ¡Ven, cariño! Te presento a Francesco. David, Francesco. ¡Francesco, David!

—¡Encantado de conocerte! —dice David mientras le estrecha la mano—. He oído hablar mucho de ti.

—Espero que bien —comenta Francesco.

—¡Diría que demasiado bien! —contesta David esbozando una amplia sonrisa.

—Y esta es Déborah, ya te he hablado de ella.

—¡Debbie para los amigos! *Piacere!*

Francesco puede ver por fin a la amiga de Élisa. Esta le dijo que era mona, pero no se imaginaba que iba a ser tan guapa. Francesco se siente cohibido y tarda unos segundos en decir algo.

—¿Hablas italiano?

—¡No! —contesta ella riéndose—. Aprendí unas cuantas palabras antes de venir, ¡por si acaso esos dos me dejan tirada! —añade señalando a los recién casados.

—Espero que podamos dejarte tirada, es nuestra luna de miel. Francesco se ocupará de ti —dice Élisa guiñándole un ojo.

—¿No nos damos un beso? —pregunta Debbie.

—¡Por supuesto! Lo siento, he perdido los modales.

—Me han dicho que eres guía de montaña.

—Sí, bueno, de una en especial: el monte Meta. ¿Te gustaría conocerlo?

—¡Me encantaría, he venido para eso!

Los cuatro se dirigen al aparcamiento. Francesco se siente confuso. Tiene las manos húmedas, se le ha acelerado el corazón y siente calor y frío a la vez. A su lado, Debbie se encuentra en el mismo estado. La magia ha funcionado. Élisa se siente orgullosa de su ardid. Esos dos están hechos el uno para el otro. Como suele ocurrir, el final de una historia coincide con el principio de otra, lo importante es tener una actitud zen.

LOS VEINTE CONSEJOS
ANTIESTRÉS

Fuente: revista *Tout Savoir Bien-Être* n.º 3 – Dossier especial: «Objectif no stress», por Julie Codis. En *Una terapia de altura* ciertos consejos aparecen modificados.

1/ Analiza el origen del estrés

Lo primero para combatir el estrés es identificar las causas de la ansiedad. De esta forma, te resultará más fácil dar una respuesta.

2/ Escucha tu cuerpo

No esperes a estar a punto de derrumbarte para actuar. Descifra las señales que te envía tu cuerpo y confía en tus sensaciones, en tu intuición.

3/ Aprende a conocer tus límites

Eres el único que puede distinguir entre un cansancio pasajero y el agotamiento total, entre el trabajo adicional al final del día y la gota que colma el vaso.

4/ Respira

Los ejercicios respiratorios ayudan a eliminar las tensiones y a recuperar la serenidad. Considera también la aromaterapia y los aceites esenciales con efectos calmantes.

5/ Concédete unas vacaciones

No hay nada mejor contra el estrés que un cambio de aires: seis días de vacaciones para dejar de pensar. Si no puedes marcharte, ¡la meditación te ayudará a reposar la mente!

6/ ¡Desconecta!

Las pantallas acaparan nuestra atención y eso no contribuye a aliviar una situación de estrés. Rompe esta influencia cotidiana varias veces al día.

7/ Ventila las neuronas

¡Nada mejor que un baño de naturaleza para resucitar! Pero, para aprovecharlo plenamente, la inmersión debe ser total. Aplica el punto número seis.

8/ No te anticipes a los problemas

El secreto para canalizar la angustia es no anticiparse a ella. Los problemas se afrontan cuando llega el momento, antes es inútil y estresante.

9/ Sé positivo

¿Eres una persona gruñona, pesimista o excesivamente ansiosa? Evita los pensamientos negativos y concéntrate en imágenes sosegadas, en recuerdos alegres.

10/ Come de forma sana y haz ejercicio

Procura comer platos equilibrados, compuestos de ingredientes ricos en magnesio y vitaminas, y dedica treinta minutos al día a la actividad física.

11/ Duerme… ¡y sueña!

Además de ser indispensable para el buen funcionamiento del organismo, el sueño es también la mejor manera de combatir el estrés. Es bueno consultar las cosas con la almohada: considérala una aliada y deja de sentirte culpable si duermes más de ocho horas de un tirón.

12/ ¡Expresa tu creatividad!

La terapia artística permite desviar la energía negativa para aprovecharla con fines constructivos y positivos. ¡Atrévete a expresar lo que sientes!

13/ ¡Aíslate…, pero no demasiado!

A veces, un silencio vale más que mil palabras, en especial cuando el estrés está causado por compromisos externos. Si te retiras para reflexionar, podrás hacer balance sobre ti mismo sin sufrir la presión del entorno.

14/ Exterioriza el estrés

¿Eres de esas personas que necesitan desahogarse para no estallar? No te contengas: llora y grita si eso te alivia, pero, sobre todo, habla con los demás. En contra de lo que aconseja el punto trece, las soluciones también pueden venir del exterior.

15/ ¡No dejes llorar a los niños!

Cuando tus hijos lloran, no los dejes patalear en un rincón. Escúchalos y trata de transmitirles la tranquilidad que necesitan. Tendrán más confianza en sí mismos y desarrollarán un sentimiento de empatía.

16/ Quereos los unos a los otros

El amor es poderoso contra el estrés, igual que la ternura en todas sus formas. Transforma tu interior en un lugar tan acogedor como un nido, así podrás olvidar con más facilidad los problemas cotidianos.

17/ Se acabó la perfección

Trata de relativizar y de reconsiderar tu relación con el trabajo. No todo sucede como se ha previsto ¿y qué? Lo mismo se aplica a tu cuerpo, a la apariencia física. No es perfecto, ¡pues mejor! ¡Sé positivo con él!

18/ Date permiso para decir «no»

Que rechaces un trabajo o un cliente no tiene por qué ser grave, sobre todo si está en juego tu salud. Además, estarás de acuerdo conmigo en que es mejor trabajar con serenidad que con estrés.

19/ Doma el estrés

No hay que rechazar todo lo relacionado con el estrés. Si sabes canalizar tus angustias y frustraciones, pueden convertirse en una fuerza y te permitirán ser una persona más segura.

20/ Vive de manera más sencilla

Consume menos, pero mejor. Conserva solo lo esencial y aprovecha los pequeños placeres de la vida: todo un programa para aprovechar la cotidianidad sin estresarse ni angustiarse demasiado.

Y PARA TERMINAR...

Para empezar, quiero dar las gracias a mis fieles lectoras (y también a mis fieles lectores, porque hay varios), que están ahí desde el principio. ¡Si he llegado hasta aquí, os lo debo a vosotras! Gracias de todo corazón.

Si acabáis de descubrir mi universo, confío en que esté a la altura de vuestras expectativas. Os esperan otras historias. No dudéis en escribirme, doy mucha importancia a vuestros mensajes. ¡Gracias de antemano!

Si queréis saberlo todo (o casi) de mi vida de escritora, os invito a ver la serie en vídeo de seis episodios que está publicada en las redes sociales de KDP, Kindle Direct Publishing, la plataforma de autopublicación de Amazon. También la encontraréis en mis redes y en YouTube. Al respecto, me gustaría dar la gracias a Ainara, nuestra bonita hada de KDP, a Laureline, por la realización del Vlog, además de a Dorian, el cámara. Fue una aventura extraordinaria que estoy encantada de compartir con vosotros.

¡Pero vayamos a lo esencial!

Espero que esta historia os haya gustado. De ser así (cruzo los dedos de las manos y los pies), decídmelo, gritadlo a los cuatro vientos y, por encima de todo, a las estrellas. Ojalá veáis muchas, todas las que se puedan contemplar desde la cima del Meta. Confío en volver para asegurarme de que todo está en su sitio. Cuando ascendí a esa cumbre por primera vez tenía dieciséis años.

Gracias a mi marido y a mis hijos, a los que quiero con locura. Os pido perdón por mis cambios repentinos de humor. Escribir es como esperar un hijo. Cuando lo hago me siento eufórica, deprimida, alegre, triste, cansada, estresada… y a veces una mezcla de todo ello. En ocasiones puedo ser insoportable. Os quiero.

Gracias a mis padres, a mi madre por su alegría de vivir, a mi padre por sus silencios. Cada uno me quiere a su manera. Gracias a mi hermana, que jamás ha leído tanto, a mis sobrinos y a mis sobrinas, a mis cuñadas y cuñados, a mis suegros, a los que adoro, a mis tías, tíos y primos, en resumen, gracias a mi gran familia, a mis amigos y a mis compañeros. Sois mis pilares.

Porque jamás repetimos lo suficiente que querer es poder, que basta con creer en una cosa y desearla. Gracias una vez más, ¡todo esto os lo debo a vosotros! ¿Qué? ¿Que ya lo he dicho? Da igual, ¡jamás lo repetiré bastantes veces!

Gracias a mis cuatro lectoras beta: Isabelle (que no tiene nada que ver con la hipocondríaca del libro), Corinne (mi psicóloga dominical, jamás agradeceré bastante a mi hija que le rompiera los dientes a la suya hace cinco años), Aurélie (lectora adicta) y Laureline, quien, además de realizar la serie web, leyó el texto mientras lo escribía. ¡Qué alegría sentí cuando puse la palabra «fin» al último episodio!

¡Gracias a las cuatro! No os imagináis lo vital que es para mí vuestra presencia. Como digo alto y claro en el primer episodio del Vlog, sois mi carburante. Gracias por vuestra paciencia, por vuestros comentarios amables, por las respuestas rápidas y por el ánimo que me dais.

Gracias a Florence Clerfeuille, que me corrige en tiempo récord. ¡Eres genial!

Y, por último, gracias a los autores, a los que forman parte de mi vida y sin los que no podría vivir. ¡Os reconoceréis! Os mando un fuerte abrazo.

¡Os deseo a todos que seáis felices! ¡Disfrutad de vuestros seres queridos! ¡Reíd! ¡Bailad! ¡Cantad! ¡Divertíos mucho! Tomad altura y... ¡conservad el espíritu zen!

Os adoro.

Sonia Dagotooooor

Seguimos en contacto:
En Facebook: www.facebook.com/soniadagotor
En Twitter e Instagram: @SoniaDAGOTOR